天边的莫云

王昆 著

长江出版传媒　长江文艺出版社

图书在版编目（ＣＩＰ）数据

天边的莫云 / 王昆著. -- 武汉：长江文艺出版社，
2021.4
　ISBN 978-7-5702-1995-7

　Ⅰ. ①天… Ⅱ. ①王… Ⅲ. ①长篇小说－ 中国－当代
Ⅳ. ①I247.5

中国版本图书馆 CIP 数据核字(2020)第 272690 号

责任编辑：周　聪　　　　　　　　责任校对：毛　娟
封面设计：颜森设计　　　　　　　责任印制：邱　莉　　胡丽平

出版：长江出版传媒　长江文艺出版社
地址：武汉市雄楚大街 268 号　　　邮编：430070
发行：长江文艺出版社
http://www.cjlap.com
印刷：武汉中科兴业印务有限公司

开本：880 毫米×1230 毫米　　　1/32　　印张：9.75　　　插页：2 页
版次：2021 年 4 月第 1 版　　　　2021 年 4 月第 1 次印刷
字数：200 千字

定价：38.00 元

杂那日根不辞辛苦，日夜守护格吉部落。

目　录

次仁央宗

1

太阳还没有完全升起来，茁壮的光芒已在杂那日根神山终年覆雪的山巅四散开来，照耀着整个格吉部落，照耀着雪山脚下起伏的沙日塘草场。

在杂那日根山下的扎曲河边，斑驳的草地上撑开着几顶洁白的帐篷，像几朵白云停驻那里；帐篷后面不远处，是一排简单修饰着屋顶和门窗的藏式土坯房。

帐篷是主人春夏放牧时用的，土房则是牦牛们越冬时的住所。那简陋的土房周围垒着成片成片的褐色圈块，那是次仁央宗每天积累的收获。次仁央宗几乎每天早晨七点就背上长长的牛粪袋子出门，沿着拉珍欧珠和牛群走过的路径，把牦牛排在路上已经半干的粪堆捡拾回去。

这些散落在草皮上的牛粪，是杂那日根神山赐给这片草场的宝藏。而早晨刚掉下来的牛粪，次仁央宗不会理它们，太新鲜的粪堆拾不起来，它需要一轮阳光的晾晒。

次仁央宗站在房前，虔诚地双手作揖，对着高高的杂那日根神山。作为格吉部落的子民，次仁央宗每天都要拜谢一下杂那日根山神，它是整个部落的守护神。相传在很早以前，沙日塘草场诞生了这片牧区最大的部落——格吉部落，它的百户就曾经驻扎在这片草场上。

从那时起，杂那日根就一直护佑着这片草场的子民。对着神山，次仁央宗说出了自己的祈求和愿望，小孙女拉珍欧珠的一个耳朵听力不好，次仁央宗希望她能快些好起来。

进到房子里，次仁央宗捡起几个干牛粪块开始烧火，她把一桶牦牛奶倒进铁锅里，开始熬制奶酪。除了自制奶酪，次仁央宗亲手做的牦牛肉干也必不可少，那是小孙女拉珍欧珠嘴里离不了的东西。

次仁央宗家是莫云乡结绕牧委会的一个散远牧点。结绕牧委会的草场比较大，牧户之间住得也很分散，一户与另一户的距离通常就有十几公里。次仁央宗很少到牧委会去，除了有几次到拉珍欧珠所在的牧区小学，一般她都不会离开扎曲河边。

奶酪在锅里凝固，次仁央宗将刚刚拾回的半干牛粪，垒放在院墙角。在这海拔五千米的沙日塘草场上，靠杂那日根神山护佑，牦牛们吃着鲜嫩的草芽，喝着四季冰封的雪山圣水，它们产的奶也营养充沛。

门前的扎曲河是汇入澜沧江的支流，丹增喇嘛说过，这里流淌的圣水会到达好几个国家。次仁央宗想，也就是说，扎曲河里的圣水养育着几个国家。

格云村那个刚刚大学毕业回来的格桑拉姆也说过，不过，她和丹增喇嘛的说法不一样。格桑拉姆说的更像外面人的说法，说这里是中华水塔。"中华"的意思，次仁央宗懂得，但水塔是个什么，次仁央宗并没有听懂格桑拉姆的解释。后来，听她沙日塘草场的洛扎曼巴说，"水塔"就和"草场"一样，存续着巍巍雪山上流淌下来的雪水。

但不管如何，次仁央宗一家和她们的牦牛都是喝着杂那日根汇入扎曲河的圣水长大的，和那好几个国家的人一样。对，牦牛也是家人，次仁央宗想到家里的牛群就很开心。

格桑拉姆是这片草场上的牧民的骄傲，是草场上的鹰，她可以向着雪山之巅展翅飞翔。格桑拉姆手里有一个常常闪着光亮叫"手机"的长方形东西，她经常用它来寻找"百度"。次仁央宗不知道"百度"这个词是啥意思，但这很神奇，以前全靠去寺庙里问喇嘛才能知道的事情，格桑拉姆说她"百度"一下就能知道，这让嘎尔萨寺里的丹增喇嘛很是不满，认为这冲撞了神灵。

但是渐渐地，牧场拿着"手机"的人多了起来，嘎尔萨寺的僧人们也就不管那么多了；渐渐地，僧人们的手里也有了这样的东西。"中华水塔"，就是格桑拉姆从手机上"百度"的话。她说给杂那日根神山下的次仁央宗她们听，于是整个草场便记住了这个词语。

2

奶酪做好了，次仁央宗撑起腰又眯缝起眼睛望了一眼雪山。

今天她比往常回来得早一些，要等着藏医洛扎曼巴过来为她治病。次仁央宗的病在沙日塘草场很常见，但也很折磨人。次仁央宗跟家人说，这个病可以不管它，人总是要死的么，那就升天了。但是，这样的病影响捡拾牛粪，弯腰久了就会晕倒。而牛粪太要命了，在沙日塘草场，每到冬季，气温常常在零下三十度左右，没有牛粪取暖，那会冻死牦牛和拉珍的。

　　牛粪跟雪山一样重要。为了不耽误捡拾牛粪这样的大事，次仁央宗决定"放血"。

　　三天前，她托付从乡政府回来办事的格桑拉姆，让她一定要转弯去一趟洛扎曼巴的诊所。洛扎曼巴的诊所在一条可以通往拉萨的大道边上，洛扎曼巴之所以把诊所开在那里，是因为那里过往的人比较多。次仁央宗听他们说过，前去布达拉宫朝圣的人群中，很多途经这里的病人都会到洛扎曼巴的诊所抓药。洛扎曼巴的诊所从不收费，洛扎曼巴说，只要是病人，就需要帮助。

　　洛扎曼巴是沙日塘草场上的藏医，由于现代化的医疗手段在这里发展缓慢，很多年来，他一直坚持用藏医药方式为牧民们治疗。洛扎曼巴共有六个孩子，其中一个送到嘎尔萨寺的丹增喇嘛身边修行之外，其余都在家里帮他采集药材。

　　洛扎家的小院子，就要成为一个小制药厂了。他的东厢房里住着一家七口，而西厢房全是各种草药和石块。那些已经被加工好的药丸，焕发着各种颜色，它们被装进了一个个玻璃瓶子，为整个沙日塘草场祛除病痛。

　　洛扎曼巴的药材来自杂那日根神山周边的高山上，有些是植物，有些是石块。洛扎曼巴在扎曲河里采集配药用的石块时，曾经有一次到次仁央宗家讨水喝。在为次仁央宗问诊之后，洛扎曼巴认为她得了一种需要从身体里"放血"的病。

洛扎曼巴说："好端端的，就是血液太多了，需要放回去。"次仁央宗茫然地点点头，什么叫放回去呢，她觉得听着就行，自己也不用去弄明白。

尽管回来得很早，但次仁央宗今天捡了满满一袋子牛粪。次仁央宗把它们砌在房子周围的空地上，一层层码放整齐，只需再来几次太阳，它们将彻底晒掉湿气，就可以摆在房子周围的牛粪墙上了。

牛粪墙砌在房子的外围，这样，视力不好的棕熊就不那么容易跨过去了。拉珍欧珠在十二岁的时候，就碰到过棕熊。

3

来了雪灾的那个冬天，杂那日根神山整个白了身子。山顶游走的雪豹都冻死了，更别说成群的牛羊。拉珍欧珠的牦牛群在那个雪季有一次很大的损失，有三十多只已经找到了尸体，而剩余的十多只却不知去了哪里。

坐在牛粪炉子前烤火的时候，奶奶次仁央宗说剩余的牦牛肯定已经冻死了，而拉珍欧珠却铁了心要去寻找它们。

奶奶想多说几句阻拦拉珍欧珠，但拉珍欧珠说，要记住丹增喇嘛的话呢。次仁央宗就不吭声了。

外面风雪很大，出了帐篷就很难迈步，幸好牛群前一天回返帐篷区时踩出了一条道，如今的新雪飘落上面，也能看出道路的痕迹。拉珍欧珠穿着深深的牛皮毡靴，那是上一次赛马节的时候，奶奶托了才仁闹布大叔骑了两天的摩托到县城为她定做的。

　　设在县城边上恩科赛马场里的活动拉珍并没有参加，但据参加了赛马的才仁闹布大叔说，场面非常气派，很多国家的人都来了。但是才仁闹布也疑惑不解地说了，好好的赛马节，场面也很热闹，但偏偏挂的标语不是赛马节，而是叫什么文化艺术节。

　　和才仁闹布的看法一样，隔壁村那个很有学问的格桑拉姆也不喜欢这样的名字，重点不突出。赛马就是赛马，好好赛么，搞什么文化艺术节？格桑拉姆还说，领导一个接一个地讲话，没完没了，马儿都着急了，连着拉了几次粪便。

　　穿着毡靴的拉珍欧珠胡乱想着这些事情，她走得很急，一边走着，一边使劲裹紧了披在身上的羊皮棉袄，腰里的束带再紧一些，脑袋再往羊皮帽子里钻深些，她大体知道失踪的牦牛会往哪儿逃命，之前找回来的三十多头，她就是凭着这样的预感找到的。

　　按照牧区的习惯，拉珍欧珠不需要去找这些失踪或已死去的牦牛，更何况，它们的确死了。在藏民的传统里，生不带来死不带去，生的时候光着身子，到山坡上的嘎尔萨寺里，找丹增喇嘛那里领取一个名字就行了；而到了死的时候，如果能贡献死去的肉身，一刀刀割尽了让天上的秃鹫饱食一顿，这一生的轮回就算圆满完成了。

和格吉部落里的人一样，雪山下任何有生命的东西一旦失去生命之后，它们就必须原原本本地回归大自然去。死去的牛羊无论暴毙于哪一处的暴风雪，都将是留给雪豹、野狼和秃鹫们的美食，牦牛们完成了它们的生命轮回，它们也是幸福的。

4

但拉珍欧珠就是想找到它们，更准确地说，是见到它们，哪怕只看一眼也就满足了；还有一个重要的原因是，丹增喇嘛告诫过牧民，一旦牛羊死了，千万不要让它们的尸体泡在神山上流淌的河道中，丹增喇嘛说那样会污染了下游水源。

拉珍欧珠突然想到，如果一头牦牛在这里污染了一条河道，好几个国家的人们都会喝到不洁的水了。想到这里，拉珍欧珠更要出来找到它们了。

但是，和人不一样，那些牛儿自从生下来后，还没有像人一样幸福地被丹增喇嘛起过名字呢，但拉珍欧珠相信牛儿也有它们的名字，要不然，牛的妈妈怎么区别叫唤它们的子女呢？

无数次，拉珍欧珠看到过母牛对着牛群哞哞叫过之后，就有小牛飞奔过去，那不和次仁央宗奶奶喊自己是一样的吗？拉珍欧珠想到这里笑了，她的步子迈得更有劲了。

在杂那日根神山的西南方，是一片缓冲的沟壑坡丘。在将到达山根脚的部位，一条河道在这里绕了一个弯，那一弯河道宽敞，夏天时水草茂密，冬天时干草铺地，身强力壮的牛儿们会更喜欢到杂那日根神山中上部啃食青青的草芽，间或存在着大量的虫草及其他珍贵的植物根茎，一些年老的牦牛可能更喜好这样的安逸之地。嘎尔萨寺就在这片安逸之中。

拉珍欧珠数过失踪的牦牛，大多是年迈的老牛们，它们就像帐篷里的次仁央宗奶奶一样，向来比较安静。其实，不只次仁央宗奶奶，在神山下面，所有有生命的东西都比较安静。

一个不留神，拉珍欧珠顺着河道边滑了下来。大雪覆盖，尽管看出明显的河道，但根本分不出河沿在哪里。好在冬季的河道都被冰封了，不会有水，挣扎着爬了起来，她扑打着身上和脖子里面的积雪，然后一步步向着河道下游走去。

5

远远的有一头牦牛躺在那里，拉珍欧珠觉得自己的运气太好了。目标那么明显，牦牛的身上竟然没有积雪，似乎还在动。

拉珍欧珠觉得这太神奇了，她转过身来，冲着杂那日根神山深深弯下了腰，祈祷这头牦牛还活着。

是的，哪怕只能找到这一头还活着，那也是神山显灵了。拉珍欧珠加快了步伐，深一脚浅一脚，冲着那只微微晃动的躺在河道积雪上的牦牛走去。

距离并不远，但脚下的干草绊缠，拉珍欧珠费力地用了一锅奶茶的时间，才到了牦牛几步远的地方。牦牛的背冲着她，头向着杂那日根神山，外侧两条腿向上直直伸着，似乎早已在风雪中僵硬了。这样的牛儿怎么可能还活着，如果不活着，怎么会一直在动？直到现在，直到拉珍欧珠走到牦牛跟前，又绕到牦牛头部，她还是看到牦牛的整个身子在动。

拉珍欧珠有点紧张，她再次回望杂那日根神山，神山啊，你保佑我吧。

牦牛的眼睛也睁得大大的，眼珠子一动不动，嘴巴半张着，里面塞满了积雪。顺着牦牛的脖子，拉珍欧珠看到了牦牛的肚子上有些不同寻常之处——那些暗红的血迹，似乎还很新鲜，那切面不平的伤口，又好像曾经有人对她说过这种经验。

拉珍欧珠糊涂了，她站在那里不知如何是好。是的，她依稀记得，有什么人给她说过，碰到这种情况需要怎么办。但是怎么办呢，她完全忘记了，是立即逃跑，还是留下来为一个生命祈祷？

她忘记了，她恐惧地忘记了，全都忘记了。

手足无措中，拉珍欧珠用微弱的声音喊了一句："神山啊神山啊。"然后，她伸手掀了一下那已经被打开的牛肚子。

瞬间的安静，紧接着一阵沉闷地大动静，牛的肚子像是一扇门一样地打开了。一个血淋淋的毛茸茸的大脑袋一张慵懒的刚刚被惊醒的脸伸了出来。

6

拉珍欧珠曾经听说过，如果在极寒的冬天遇到被开了肚子的牦牛，一定记得赶紧跑开。因为，那牛的肚子里，就像一个御寒的房子，一定睡着一头贪婪的大棕熊。

现在想起来有点晚了。拉珍欧珠一下子大脑就空白了，时间静止了，就连杂那日根神山也不在拉珍欧珠的脑子里了。

拉珍欧珠的双手半蜷着横在胸前，她一寸距离也不敢往回收，甚至嘴巴也不敢合上，她就那样直盯盯地看着棕熊，棕熊站立着身子，显然被人打扰了让它不快。它的双手在胸前耷拉着，它显然吃饱了，似乎并没有攻击人的打算。

停了大约三十秒钟，棕熊打了个嗝，然后甩甩脑袋，又钻回牛肚子里面睡觉去了。

从那以后，拉珍欧珠就更和她的牦牛分不开了。

现在，拉珍欧珠的牦牛群已经快要吃饱了，这些庞大笨拙的身体开始有了新的活力。

拉珍又一想，它们什么时候没有过活力呢？准确地说，这些畜生，浑身都是多余的力气。看着年轻的小牦牛伸着暗红色的阴茎去攀爬一头和它年纪相仿的小牦牛屁股，拉珍欧珠呵呵地笑开了。

和精力旺盛的小牦牛们相比，拉珍欧珠的活力是完全相反的。自从生下来后，拉珍欧珠的身体就非常孱弱，一场接一场的大病让她骨瘦如柴，却挺着一个奇怪的大肚子。

洛扎曼巴说拉珍欧珠的肚子里长了虫子，这个虫子会让拉珍欧珠活不了多久。但是，即便不久就会生命终结，灵魂终将走上天堂，神的使者——秃鹫们——会衔食着她的肉，带她飞升到灵魂所能达到的最高的地方。

7

一天天的，拉珍欧珠依然很快乐。她相信神灵庇护着草场上的一切生命，她和奶奶还有这些牦牛在杂那日根神山下相依为命。

她们赶在天亮之前就出发了，拉珍虽然听力不太好，但放牧是把好手，她注意力专注，并能把牦牛群调教得服服帖帖。牦牛喜欢带着露珠的嫩芽，拉珍懂得带它们去哪里寻找。

拉珍有两个哥哥，但是都夭折了。死去的哥哥是放在扎曲河里水葬的，在高原上，未成年的孩子死去，都要放在水里，让鱼类吞食他们的肉体，以完成自己生命的轮回。

拉珍欧珠最大的愿望就是活到成年人，那样，她的身体就不用被泡在水里，而是被放在半山腰的天葬台上，由神的使者——秃鹫们，来完成自己生命的布施。

丹增喇嘛曾经讲过，释迦牟尼在修行时，曾以头目脑髓、肢节手足布施，舍身饲虎，割肉喂鹰。丹增喇嘛要成为那样的人，次仁央宗和拉珍欧珠都希望成为那样的人。

丹增喇嘛还说过非常高深的一段话，那是他上一次到沙日塘牧村里来的时候。当时，次仁央宗带着身体孱弱的拉珍欧珠让丹增喇嘛摩顶。后来，坐在人群中间，也是坐在次仁央宗和拉珍欧珠对面的丹增喇嘛说：死亡只是不灭的灵魂与陈旧的躯体的分离，是异次空间的不同转化，我们拿"皮囊"来喂食兀鹫，是最尊贵的布施——舍身布施，能赎回生前罪孽，让逝者灵魂延续不灭或者得以轮回。

拉珍欧珠觉得，这是一段高深的话呢。

东方曼巴

1

刚刚经过的摩托车队伍惊起了困倦的次仁央宗。

在草场上，骑摩托车的一般都是放牧的少年，但今天来的显然不是；他们是几个身穿白大褂的人，和洛扎曼巴平常穿得一样。

但眼前的白大褂又和洛扎曼巴的不一样，他们的左上臂那里，有一个十分醒目的红色符记。次仁央宗不认识那个红字，但那每个人臂上都有的红记，却让她记得深刻。每年为身体孱弱的拉珍欧珠留取长命牛时，都要为小牛拴上红布，难道这些都是臂上带有红记号的人，也有这样的寓意？

摩托车并没有去往次仁央宗家。而是隔河经过她家的帐篷继续前行，次仁央宗知道，这是去云朵索道格尕那里的。

虽然都在这条扎曲河的上下游，格尕属于格云村，但次仁央宗属于结绕村。结绕牧委会的驻所在央日俄玛牧点，次仁央宗很少去那里。

住在扎曲河边，与次仁央宗来往最多的是格尕。她们来往得多，是因为洛扎曼巴把牧户们紧紧联系在一起。

崎岖山路上，四辆摩托车正使劲地蹦跳在坚硬的乱石之间。次仁央宗仔细辨认了一下，开摩托车的四个都是本族人，他们黑色的皮肤和卷曲的头发就是最好的特征。

隔着河，那粗黑的皮肤和笔直飘起来的头发，都是这大山和草场子孙后代的特征。次仁央宗在草场放牧了几十年的牛羊，对人或动物的特征区别，很快就能辨认出来。

但她也看得出，坐在三辆摩托车后面的三位，都不是这里的。

摩托车很快闪过了次仁央宗眼前的那片河滩，人影渐渐模糊了，但那三个后座上的红字还依然清楚。

加足马力的摩托车轮躲闪着在乱石上穿行，最前面的摩托车手是莫云乡卫生院的医生更求达吉。

"东方曼巴，我的身子会来回晃动，你要紧紧抓住扶钩！"更求达吉一边拧紧油门，一边大喊着告诉坐在后面、肩挎药箱的汉族女子，"坐直了就好，要不，我们都会摔进扎曲河里！"

摩托车以大幅度曲线蹦起来又掉下去，扎着马尾、浑身紧张的"东方曼巴"被颠了下来，小腿摔得一片瘀青，刚一碰就咬牙眦眼、疼痛难忍。她干脆选择紧跟摩托车，在悬崖边的山道上一路小跑。

2

"东方曼巴"的名字叫东方玉音，是一所解放军医院的肝胆外科主任，也是全军和全国有名的肝胆外科专家。两个月前，东方玉音刚刚在北京参加了一个全军健康扶贫工作推进会。在会上，中央要求军队医疗体系参与藏区健康扶贫。按照会议部署，东方玉音所在医院重点抽组一支专业队伍到藏区参与健康扶贫。

这个消息让东方玉音很振奋。早在一年前，她就作为专家考察组成员到过玉树藏区，而玉树牧区群众的病况给东方玉音留下了深刻的印象——因为高海拔沸点低，牛羊肉无法彻底煮熟，含在牛羊肉里的寄生虫也就无法杀灭，这给牧民们的健康带来极大的危害。

在牧区，最难对付的就是包虫病，这个病的特点是患者不会感到特别疼痛，只是反复发低烧，吃点退烧药，低烧就会很快退去；得了病的人便不会在意，而一旦病情进展到了恶化阶段，无论如何治疗，也很难达到根治效果。

作为肝胆外科专家，作为曾经深赴牧区调研过的专家组成员，东方玉音觉得自己应该为藏区做更多贡献；但组建医疗小分队的名单上，没有她的名字。

医院领导给出的理由很体贴：一是东方玉音的年龄不占优势，五十岁的她，在内地还算年轻，但在空气稀薄的高原，恐怕难以胜任长期的扶贫攻坚任务；二是医院的野战医疗队人员中，踊跃报名的年轻人太多，考虑到高原上需要更为充沛的体力精力，组织上决定不让她去冒险。

但东方玉音决心要争取加入援藏医疗队里去。她找了医院的每个领导表明自己的态度，从专业角度谈了自己的优势，又以科学负责的态度谈到自己健康程度足以应对高原一切困难。

东方玉音是有备而来，她带着一份全部合格的体检报告，游说了三天之后，大多数院领导同意了她的请求。但最终给她的身份是：医疗队技术顾问。

3

援藏医疗队技术顾问，意味着不必前往一线，不必参加巡诊。不到牧区巡诊还叫为牧区群众服务吗？东方玉音嘴里答应着，心里却另有打算。

医疗队队部驻扎在玉树藏族自治州杂多县人民医院，在这里，百分之九十八的藏族同胞大多认同藏医学治疗，现代医疗在实际运用中推广困难，发展更是缓慢，这将是医疗队面临的最直接的挑战。

但是，医疗队此次的核心任务是包虫病的筛查与治疗。资料显示，至二〇一六年十二月底，已组织筛查建档近六万人，但在被筛查的六万人里，基本都是在城市和乡镇集中居住人群中进行的，而一些偏远的草场，比如莫云和茶旦两个牧区乡，并没有得到必要的筛查。

县医院的外科医生才让说："莫云那里太过偏僻，六千多平方公里的草场里，人口有六千多人，分布在四个牧委会里；而那些牧户，大部分人并不在牧委会周边，而是零零星星随着牛羊逐草而居。"

东方玉音说："越是这种地方，医疗保障能力越低，就更该优先重视起来。"

才让却说："他们带着帐篷，几天就换一次地方，谁也不知道他们在哪里，谁也不知道谁家生了孩子、死了老人，或是走失了牛羊。"

在充分了解全县的医疗状况后，医疗队员们进行了科学地分组。根据东方玉音的建议：一部分人在县医院进行科室帮带，提升他们自身的诊疗能力，一部分人组成医疗小分队，到偏远牧区一线巡诊筛查。

出发前设定的顾问身份到这里已经不算数了，东方玉音决定亲自带一支巡诊小分队。去年调研时，东方玉音在州医院收了两个徒弟，东方玉音要把他俩叫过来，她看完地图定下了目标：进发莫云牧区。

4

几根高高竖起的木杆插在扎曲河里，在东方曼巴的视野里，它们纹丝不动，湍急流水在木杆跟前溅起水花，然后便绕道飞奔到下流去了。木杆上的经幡已经失去了颜色，但在风中仍然欢快地抖动着，发出哗哗啦啦的声音。

那声音，和水流的声音，给这安静的大山之中，带来了一丝欢快。但是，河里插着的木杆和那木杆上的经幡在诉说什么呢？东方曼巴到来之前，对这样的文化符号多少有些了解。

在另外两辆摩托车上，一男一女两个年轻人都紧紧抓住摩托车后座，看得出她们不是高原上的雄鹰，她们坐在蹦跳的摩托车上神情紧张。中间骑行的是一个身体健壮的中年男子，他的名字叫松周，是乡卫生院的工作人员。摩托车的蹦跳让他很兴奋："今天的路够好走了，好多年没有碰到这么好的路了，要是往常，可能要多出一倍的时间。"

　　三个外来的客人终于挺不住了，东方玉音大声叫喊："停一下，停一下，我快要掉河里了！"

　　摩托车队从湍急的水流里蹚过扎曲河的一个入水口后，突突声熄灭下来。三个客人像浑身散了架一样，瘫坐在脚下柔软的草滩上。

　　更求达吉曼巴一边哈哈地笑着，一边打开身上的背包，先在草地上铺开一条哈达，再掏出来奶酪、风干的牦牛肉和糌粑糕。一个学生模样的年轻女医生摇了摇头说："我可吃不进去这个。"说完，自己从白大褂里面的口袋里掏出了一袋干脆面，咔嚓咔嚓嚼了起来。

　　东方玉音胃口还行，尽管的确有些不太习惯，但她还是嚼起了风干牛肉。只是摩托车的颠簸加上高原氧气稀薄，她的心脏跳动频率明显加快。

　　"你们要吃肉啊，营养跟不上，也会高原反应的。"东方玉音对着旁边两个年轻人说道。那就是她的两个助手，一天前才从玉树州医院赶过来。

　　东方玉音身边年轻的汉族小伙子叫马黎明，主要负责 B 超机的使用，他背上的银白色便携式拉杆箱就是一台进口的干电池 B 超检查仪，可以在没有电源的情况下连续工作十多个小时。虽然工作在藏区，但相比东方玉音来说，大学刚毕业三年，从内地定向分配过来的马黎明对牧区也熟悉不到哪儿去。

另一个女医生位文昭是州医院妇产科的医生，虽然也是刚大学毕业不久，但考虑到草场上的妇女们妇科病高发的现实情况，东方玉音特意带上这位特别能干的土族姑娘。

位文昭的老家在青海海东市土族互助县，和马黎明一样，她也是大学毕业被定向分配到这里来的。一年前见到东方玉音时，位文昭曾说起过自己很想家，想调回去；但这次过来，位文昭告诉东方玉音，自己已经在这成家了，不想走了。

云朵索道

1

格尕一早便把牦牛群赶到了高高的神山上部，这会儿她打算把羊群赶到了扎曲河的岸边。格尕想着要去次仁央宗那里一趟，前几天在山上捡拾牛粪时，两个人遇到了。次仁央宗说她会在这一天请洛扎曼巴来一趟。

格尕记住了日子，她身上长满了疙瘩，打算去次仁央宗那里等洛扎曼巴，讨些草药回来。格尕自己其实也懂得一些草药，但这浑身的疙瘩让她痒得难受，她等不及采草药的这个时间，决定提前过去等着。

去次仁央宗那里，有两条道，一条是直接沿着扎曲河的南岸走过去，但是中间隔着两条河流支岔，格尕怕湿了衣服。另一条道，就是格尕坐索道渡过扎曲河，大约走一个时辰，再通过一个绳索桥，就可以到达次仁央宗的帐篷。

格尕决定坐索道过河。在帐篷下沿，有一条云朵索道，七年前，住在扎曲河南岸的几户牧民凑钱建了这条索道，供牧户进出草场使用。

在之前，牧户之间骑着牦牛并不妨碍来往，但如果要去乡里采购物资就比较困难，从格云牧村牧委会出发到乡上，中间隔着几条河流支岔，需要绕过很大一片草场；如果没有通行工具，只是骑马或者骑牦牛，需要将近一天。

更求达吉曼巴带着东方玉音她们三个人，是从乡政府出发直接先到云朵索道牧区这里的。沿着扎曲河，虽然路途有些颠簸，但总算是一条比较节省路程的途径。

眼下正是午饭时候，虽然距离他们的目的地很近了，但还没有到达。

走到河边的格尕忽然有了心事，这是几十年来一直存在的准确直觉，她觉得今天会有人过河。索道南北横跨扎曲河，北面较高，南部较低。如果过河，出去比较方便，返回就必须南岸的人拖拽过来。

在扎曲河南岸，十几户牧民中，现在只有那些身体不太好的妇女和老人在家，男人和孩子们半个月才会回来一趟，他们都到沙日塘草场上放牧牛羊去了。

要是从对面过河，就需要南岸有足够的人手攀拉绳索。在留守的妇女和老人里面，格尕算是最有力气的一个了。其余的仁青卓玛和义西卓玛都患有严重的风湿病，根本走不动步子。

2

一直守候在溜索道口的格尕，远远地望见了曼巴们的摩托车队伍。这一次可不是一个人，格尕掰着指头认真点了点人数，转身跑回帐篷，然后把雨衣裤找了出来。

修建溜索之前，牧户们外出，全靠穿着这套连体雨衣裤蹚过扎曲河。这一次，看着对面那么多人要过来，格尕需要用溜索把雨衣裤递过去，让对面的人蹚水过来和她一起拉动锁链。

翻山越岭的摩托车陆续到达，集中在格尕家对岸的溜索道口。虽然隔着扎曲河，彼此没有语言交流，但大家都知道需要做什么。雨衣裤在溜索上滑了过来。乡卫生院医生桑杰丁增抢先穿起雨衣裤，在河边来回走动寻找合适的过河地点。

水流湍急，河水又太深，桑杰实验了几次都失败了。桑杰摇着头说："今年雨水太多了，河水涨高了，只有鱼儿能游得过去。"

看着曼巴们无法过河，格尕转身向帐篷跑去。桑杰说，她是喊人去了。果然，不大工夫，格尕身后又来了两个年轻妇女，仁青卓玛和老阿妈扎布。仁青卓玛弯曲着腿走过来，怀里还抱着一个娃娃。义西卓玛没有来，她的腿实在不行，已经不能动弹了。

看着河的另一岸，身材灵活的松周走到了溜索道口。他熟练地翻动着溜索的绑带，然后一个跨步骑了上去。更求达吉用力把松周身上的绑带固定住，第一个溜索开始了。东方玉音围着溜索转了一圈，以前在电视里见过溜索，但这么简陋的溜索还真是第一次见。

东方玉音好奇地问："这样能稳当吗？"

松周转头说："稳当，我经常过去呢。"

东方玉音说："你这是要咋过去？对岸的人能拉动你吗？"

松周说："她们几个都病着呢，哪有力气拉动一个魁梧的男人？每次碰到帐篷里的男人们不在家，我们都是自己攀爬着索道绳子过去。"

在溜索板上稳定后，松周双手反吊、攀援着溜索绳，在凶险奔涌的急流之上，努力攀援这绳索一点点地爬到了对岸。

接下来，在松周的帮助下，曼巴们一个个溜过了扎曲河上的简易溜索。

3

更求达吉曼巴把这片帐篷里的十个人，全部召集到门前的草皮上。更求达吉曼巴告诉他们，这是金珠玛米（解放军）派出的医疗队，从北京坐飞机过来，专门为他们看病的。

更求达吉曼巴对格尕说："用你们的对讲机通知附近的牧户，这两天身体不好的都要在帐篷里待着，或者集中在一个地方。金珠玛米这次过来，是要一个个地检查呢！每个人都不漏下，特别是对于肚子里有虫子的，还要带回到北京城去治疗呢。"

仁青卓玛担心地问："那不是要卖掉很多牦牛才能去得了。"

更求达吉曼巴说："不用你们花钱，金珠玛米把所有的费用都给包了，这是国家的政策，专门对于我们牧区群众的优惠政策！"

摆开机器，打开医药箱，东方玉音和助手们开始了她们在沙日塘草场上为牧民们的筛查和诊疗。一直抱着孩子的仁青卓玛满脸愁容："孩子经常发烧，精神有些不好。"东方玉音仔细问了情况，原来，孩子是在八个月时早产，体质一直很弱。东方玉音鼓励仁青卓玛说："你想孩子好，就最好是保持母乳喂养，这样能更好地增强孩子的体质。"

　　五十多岁的格尕两腿风湿性关节炎比较严重，一直在使用艾灸疗法。因为草原潮湿，关节炎是牧区群众的常见病，很多人都得了风湿病。小分队带了疗效不错的膏药，东方玉音留下一些给格尕，并告诉她一些缓解疼痛的方法说："一定要注意晒太阳，并用炉火温烤腿部。"

　　格尕家正好有一辆摩托车，更求达吉曼巴拉出车子说："我去召回草原上盘旋的雄鹰们。"

　　老人们普遍的问题是血压高或血糖高，个别人还存有肝硬化病状。马黎明一边给她们悉心地做着体检，一边告诉她们哪些情况必须进行下一步的治疗。东方玉音让位文昭把老人们的病情全部统计清楚，回到县城时，这些数据要交到县医院。

　　草原上的雄鹰陆续飞来，十六岁的女孩索群有点像个野孩子，不仅头发蓬松着，衣服也穿得歪歪扭扭。但问完她的情况后，东方玉音却揪心起来：八岁那年，索群的母亲因肝病去世，如今，七十四岁的父亲除了双目失明，也已肝硬化晚期。索群在家里照顾着九岁的妹妹，她的父亲则在莫云乡养老院住着。

　　索群的胳膊上全是刀伤，东方玉音以为这是和别人打架伤到了。但索群说，那些伤口比较深的一个是自己自残时割的，只有刀口浅的才是和别人打架时留下的。

听说这里有妇科医生，索群偷偷告诉位文昭说她肚子疼，还一直恶心想吐。位文昭立马问她有没有男朋友，她支吾再三说不出所以然来，但是，比较明确的是，她对自己的健康并不放心，担心父母的肝病会传染给她。

和这个女孩聊着天，东方玉音心情极为难过。当东方玉音问她需要什么帮助时，索群要了一些常用药，她说这些药要留给妹妹的。东方玉音把行李箱打开，把一包火腿和一些零食给了她，让她带给妹妹。

4

在为一位六十多岁的藏族妇女达措进行 B 超检查时，从一进门东方玉音就觉出了异样：老人佝偻着身子，但完全不像天生的残疾。开始检查后，东方玉音手里的探头感觉出了一些异样，超声波就是侦察兵，按照反应信号，东方玉音在准备对老人的小腹进行检查时，但被老人强烈拒绝。

于是，东方玉音一边继续着手中的仪器操作，一边和她进行着温馨的沟通。东方玉音告诉她，她的小腹处可能存在病情，如果不及时治疗，后期可能会比较严重。

看着东方玉音严肃的表情和恳切的眼神，老人迟疑了许久，终于同意。不出东方玉音所料，老人的小腹腹壁检查时压痛明显，通过细致的检查后，东方玉音很快为老人明确诊断，这是急性坏疽性阑尾炎，需要及时手术。

老人说，在草原上她们都是让洛扎曼巴看病，只是洛扎曼巴很忙，来得太少了，附近的几个村子的病人都要找他看病，等来一次洛扎曼巴非常困难。

这一点，东方玉音早在去年调研时就深有体会。虔诚的佛教徒们笃信身体的疼痛是修行必经过程外，而藏医藏药是他们唯一接受的治疗途径。

但是，东方玉音仍有信心开展好这片牧区上的巡诊筛查，在来藏区之前，东方玉音就被雪域高原所吸引，在莫云的巡诊与行走，正是她了解和学习藏文化的绝好机会。

在老人述说的病情中，有一项是东方玉音可以确定的，就是她有过度服用藏药导致身体机能紊乱的症状。看看手机竟有一点信号，东方玉音赶紧拿起手机，反复翻看拍下来的藏药处方图片，并传到单位专家组的微信群里分析辨别，最后确认：达措的病情就是部分藏药成分对肝脏明显损害。

东方玉音把达措老人的病况向更求达吉曼巴做了说明，更求达吉也说，很多牧民认为只要是药就可以治病，至于是否对症他们脑中完全没有这个概念。更求达吉说，希望医疗队的这次大筛查，也会让牧民们有一个很好的诊疗知识普及。

扎曲河边

1

就在医疗队为格尕和牧民们展开治疗的时候，等候在扎曲河边的次仁央宗终于迎来了洛扎曼巴。次仁央宗在前面走着，洛扎曼巴就发现她的腿比之前瘸得更厉害了，洛扎曼巴想着，肯定是次仁央宗的风湿又严重了。在草场上，风湿病是比较多见的，每年五六月份开挖虫草的季节，那些整天跪在雪泥里的牧民，风湿症状总会集中爆发。

洛扎曼巴的医术比较精湛，这在沙日塘草场上是比较出名的，在那些来来往往前往拉萨朝拜的行人中，也是比较出名的。洛扎曼巴甚至都不需要做进一步的检查，他拿起次仁央宗的右手，赶紧又看了看次仁央宗的左手，不禁惊讶起来，次仁央宗两个手掌心里都嵌进去了很多小石子。次仁央宗说，早上在家准备做煨桑的用品时，就在自己的炕铺跟前摔了一跤。

洛扎曼巴说先放血吧，就从随身携带的挎包里掏出一把锋利的刀片。刀片在次仁央宗手心位置轻轻一旋，两道血口子向帐篷前的扎曲河一样，就在布满皱纹的手掌中流淌开来。

洛扎曼巴从挎包里掏出了一些草药，对次仁央宗说，就着奶茶，每天喝下去就行了，然后就问起了她摔跤的事。次仁央宗说是直着摔下去的，脚下并没有东西绊着，但就是摔了下去。次仁央宗说，浑身疼得厉害，比以往任何时候都疼，就算被牦牛拱倒时也没有这么疼痛。

洛扎在那坐着吃次仁央宗提前准备好的食品。有风干牛肉，有刚刚煮好的羊排，有新鲜的奶茶，还有储存了很久带着酸味的奶酪。洛扎一边吃着食物，一边说："等到晚上的时候，你用糌粑捏一个小人儿，用木炭灰抹成黑色，然后把吃的剩饭和这个小人儿包在一起，放到扎曲河里去。"

次仁央宗低着头，说自己记得住这些。洛扎曼巴又和次仁央宗聊了一会家常，次仁央宗就突然想起一件事来。

次仁央宗告诉洛扎曼巴，牛羊赶往牧场的时候，扎曲河对岸经过了一队摩托车，摩托车上的人看着衣服都是曼巴，但是后座上的那些，却不是沙日塘草场上的人，他们的上臂那里带着闪亮的红字。

洛扎曼巴仿佛知道这个事情一样，他并没有感到惊讶，直到啃完手里的一根牦牛排骨才问道："他们去了哪里？"

次仁央宗指着云朵索道的方向说："他们可是去了格尕那里。"但是，次仁央宗又说，格尕原本今天要来这里等着您问诊的。

洛扎曼巴说："那怕是来不了啦。"

2

次仁央宗的手心里还在咕咕冒着血，次仁央宗的血很旺盛，就像年轻人一样。次仁央宗说，这应该是拉珍身上才有的血，怎么一个快要成为鬼魂的人还会有这么多血。说到鬼魂，次仁央宗想让洛扎曼巴到扎曲河边看看自己的两个孙子。

他们俩就往河边走。洛扎曼巴走在左边，一摇一晃；次仁央宗走在右边，一晃一摇。洛扎曼巴和次仁央宗的脂肪都有些偏多，草场上的人爱喝酥油茶，吃肉，活动量又少，囤积的脂肪就多。

河水清得晃眼，阳光跳跃着，水草也在跳跃，次仁央宗说是因为河水里有孙子的魂灵水草才这样跳跃，她想知道怎么才能看到孙子的魂灵呢，她一个人没事的时候，很想在扎曲河边和孙子们说说话。

洛扎曼巴说，魂灵的样子人类应该看不到，因为人类的修行还没到达到那个地步，至少在沙日塘草场上，只有丹增喇嘛那样的上师才能看得到。

次仁央宗说："那我也去问过丹增喇嘛这个问题，他不回答我呀。"

洛扎曼巴又说："那是神灵的秘密，怎么可能告诉你一个凡人呢。"

次仁央宗说也是，但是如果每天能和孙子们哪怕有一句对话也很好，或者只看到他们一秒钟。上一次看到孙子们，那是把他们放到河水里的时候，那时候的河水和现在一样，清澈碧绿，阳光在河里闪耀着火球，水草在水里跳舞。

洛扎曼巴说："魂灵应该是和人大小一样的阴影，它能够看到人类，而人类看不到它们。魂灵就在暗处蹲着，它不停看着你，如果你做了善事它就默默不吭声，如果做了坏事，它就会制止你惩罚你。"

次仁央宗说自己好几次确实感觉到身后有这样一阴影，但是转过身的时候，它们就没有了。洛扎曼巴说那是因为你没有做不好的事情，魂灵不愿冲撞到你，你要知道，一旦人类看到魂灵，就叫灵魂出窍，灵魂出窍的人，距离死亡就不远了。

3

孙子们活着时候的样子，次仁央宗有时候记得清楚，有时候忘得干干净净。次仁央宗经常一边捡拾牛粪一边嘀咕："他们是什么样子呢，是什么样子呢，山神啊，快点显现在我脑子里吧，我快要忘了他们。"

两个孙子被放进水里的时候，身上盖着白布，白布下是瘦弱的身子，当到水里时，瘦弱的身体似乎还在活动着，他们伸开了腿脚，和鱼儿嬉戏，和水草玩耍，扎曲河才是他们的家。

次仁央宗记得孙子们沉入扎曲河前的每一个细节。尸体先用白布包裹起来，再用黄色的哈达外层缠绕，然后被放到扎曲河边。丹增喇嘛派来的两位僧人做了一场简单的法事，这让次仁央宗的心里好受了许多。念经超度以后，孙子们的身体就可以投到扎曲河里喂鱼了，而鱼是佛祖的使者。

僧人们取下白布，将裹好的尸体慢慢放入水中。河水湍急，尸体几个翻滚之后，很快沉入水底。最后，僧人们会选择了一个位置，在河水里插上一根木杆，第一次的木杆上面是经幡，第二次的木杆上面是羊毛。

僧人们走了很久，次仁央宗还一直坐在扎曲河边，两个孙子都是在肚子里生了病。孙子们死的时候很痛苦，但次仁央宗相信他们现在已经很幸福了，丹增喇嘛派的僧人做了佛事，而他们的身体也已经通过鱼儿们的嘴供养给了佛祖。

病痛是生命轮回路上的必经之道，两个孙子只是早早完成了这个生命的轮回。也许某一世，他们一家人还会相聚，尽管遥远，但这肯定会出现。

次仁央宗说："洛扎曼巴，你一定要保佑我们的拉珍啊。"

洛扎说："先听听丹增喇嘛怎么说。"

次仁央宗说："丹增喇嘛那里也去了，也问过杂那日根山神。"

洛扎说："我会给她采摘一些有效的草药，但是你别忘了，一定要隆重地做一次煨桑。"

次仁央宗说："去年预备的松柏枝已经快要干了，神箭和玛尼石也已经开始雕刻了。"

洛扎曼巴好像心事很重，次仁央宗说了很久，他也没有认真搭话，最后他问次仁央宗知道那些骑摩托车的人是干什么的吗？次仁央宗说看他们穿着和曼巴一样的衣服。洛扎曼巴看着次仁央宗说，她们也是曼巴，是政府派来的金珠玛米曼巴，也许我这个曼巴就要把沙日塘草场让出来了，也许就会有了大变化。

次仁央宗不知道洛扎曼巴想要表达什么，她还是在那里说着煨桑的事，但洛扎明显越来越无心听这些话语了，他站起来说，我该走了。说完洛扎曼巴指了指大山的另一边。而这个时候的次仁央宗，手心里的血液已经凝固了，她似乎觉得，头上舒服了很多，也不那么晕了。

4

晚上就住在牧民的帐篷里，仁青卓玛家有两顶帐篷，专门腾了一个出来给小分队。松周说自己入睡快，呼噜响，就单独找地方睡觉去了。小分队和另外两名司机则在帐篷里铺设防潮垫，然后便钻进睡袋里。夜晚的山风很大，尽管帐篷密闭得很好，但躺在睡袋里，仍能感到寒气逼人。

上半夜时，体格弱小的位文昭已经难受到翻了好几回身，捂在睡袋里久了就感觉发闷恶心，她试着露出半截身子在外边，但帐篷窗户缝里挤进来冷风又让她赶紧缩回了脑袋。这种感觉一点也不好受。同样没有入睡的东方玉音说："这就是高原反应。"

一直在用手机玩单机游戏的马黎明也睡意全无，但相比女同志，他的高原反应算是好的，于是他们又聊起了摩托车行走在扎曲河边的刺激，觉得这样的人生体验真是非常难得。他们海阔天空地对着话，直到后半夜，才逐渐入睡。

第二天上午七点，高原上的天还没有彻底放亮，但东方玉音躺不下去了，她添加了一些厚衣服，刚刚掀开帐篷门却吓了一跳。仁青卓玛和松周就站在帐篷门口呢。

看到把东方玉音主任吓了一跳，松周解释说："她怕队员们不声不响地走了，早早地把我喊醒等在帐篷门口。"松周指指山坡上说，那边帐篷里还有一个病号，需要过去看看。

东方玉音轻声提醒位文昭："山上有病人，咱俩过去一下。"

帐篷在山坡的另一边，里面空荡荡的，只有一个十来岁的孩子一声不吭地畏缩在靠门的床铺上。带过来的人介绍，这个孩子叫秋加，已经十多岁了，但是从生下来就双腿绞在一起，无法直立行走。

东方玉音看了看他，知道这是一个典型的脑瘫患者，或许只有通过针灸治疗才能做些改善。东方玉音掀开秋加的衣服，摸了摸骨骼，秋加全身骨骼已经出现变形，也就是错过了最佳治疗时期。

东方玉音环顾了一下帐篷里面，除了一堆干牛粪和一张破旧的藏桌，别的没有什么了。仁青卓玛说，他的家人昨天都去了牧委会参加婚礼了，晚上没有回来，只把秋加留在家里。

东方玉音想问秋加一些问题，但发现根本无法交流。仁青卓玛说，秋加基本不会说话，不会表达自己的感情，至于他在想什么，只有山神知道。

东方玉音对位文昭说:"这个病人的情况比较特殊,登记上,都报到县医院,建议按照大病医疗来治疗。"仁青卓玛不停地帮着秋加说感谢的话,并给秋加准备了早饭。

5

次仁央宗背着牛粪袋子回来了。和前一天有区别,收获的干牛粪并不多。前一天夜里下了一场小雨,很多牛粪积攒了雨水,次仁央宗需要再等几个太阳,才能把牛粪捡拾回家。

次仁央宗很远就看到格尕,她站在浮桥那里等着。格尕来的时候看到次仁央宗家没有炊烟,就知道次仁央宗不在里面。格尕没有进到土房子里面去,而是站在浮桥那里。

次仁央宗翻越一座山坡,再往下走就能看到房子了,次仁央宗把牛粪袋子放下来,她要休息一下。昨天放了血,她的感觉一直很好,但偶尔的头晕还是有的,次仁央宗觉得这是走了太远的山路的原因。

站在山顶上,次仁央宗的视野开阔,站在那里的次仁央宗,就这样茫然地看着大山之间的草场。是的,这广阔的沙日塘草场,格吉部落的子民们才是它的主人,牛羊才是它的主人。沙日塘草场存在这里不知多少年了,它的辽阔,它的壮丽,它的静美,可从来没有变化过。

次仁央宗说不出话来,想说什么呢,她什么也说不出来,她没有那么多的语言,她只能看,只能听,只能呼吸,只能赶着牛羊默默地走路，只能认真地捡拾每天晾干的牛粪，别的，她什么也不能说。就像一种感觉，太阳会一直照进心里，星星就在灵魂上闪烁，但她就是不能说。

远处的草滩上传来一阵阵牧歌，那声音很微弱，那是拉珍的声音。牛群出现了，牛群的颜色非常耀眼，牛群的颜色染遍了天边，低层的云不再坚持自己的纯白，它们也变成牛毛的颜色，向着次仁央宗家的藏式土房子走来。

小孙女拉珍欧珠跨着的牦牛嘴里喷洒着热气，牦牛热烘烘的口水迎风洒满了拉珍的衣服和头顶，拉珍欢快地甩着鞭子，她低下头，将脸贴近牦牛的脊梁。

次仁央宗沿着小径，走到扎曲河边。她和格尔说着话，然后两人蹲在了岸边。次仁央宗轻轻拍了拍水，她轻轻地抚摸着两个孙子的脸蛋。

太阳明晃晃地，就像扎曲河里的水面，水草缠绕着河底的石块，光滑而冰凉的石块。水流很急，从高高的杂那日根神山上下来，它们终年如此，山顶有融化不尽的雪水。

水面明晃晃的，两个孙子扎西巴东和扎西卓文就在下面。扎曲河水流得很急，但孙子们不会离开。一团泡沫过后，那似乎清澈见底的河水又恢复了平静。在这面平镜之下，两个孙子的身体，都是他们的奶奶放进去的。

6

第二天早晨，在扎曲河的对面，蹦蹦跳跳的摩托车上，那些胳膊上带着红字记号的人，犹如一只只跳动的岩羊。

次仁央宗看到阳光晒着他们，渐渐地有点模糊不清。

摩托车停下了，为首的是更求达吉曼巴。达吉曼巴隔着扎曲河喊了几嗓子，问次仁央宗家里都有谁在。

次仁央宗对他们摇了摇手，她可没有那么大的力气让声音越过扎曲河，再传到那群胳膊带着红字的人那里。况且她的嘴巴上长满了水泡，她想着还要再见到洛扎曼巴一次，看看这是怎么回事。

次仁央宗按照洛扎曼巴说的，用糌粑捏了小人儿，也用木柴灰染了黑，次仁央宗没有剩饭，就拿了一块羊肉和小人儿包在一起。但次仁央宗记得，洛扎曼巴说一定要是剩饭才行，于是就咬了一口羊肉，然后又吐进了包裹里。

次仁央宗连续吐了三口，第一口吐掉了肉块，剩下两口都是空吐。当她把包裹放入扎曲河之后，当晚就满嘴起了水泡。嘴上的水泡让次仁央宗心事重重，晚上入睡时，她反复做梦，醒来时她意识到自己的那两口空吐冲撞了神灵。

次仁央宗想很快再见到洛扎曼巴，如果见不到，她就只能去做煨桑了。次仁央宗早早就做好了煨桑的准备，那是为了拉珍欧珠的病情。和她的两个阿哥一样，拉珍也是肚子里有了虫子。

对面的队伍犹豫了一下，他们似乎想要过河，他们在茅草浮桥那里停留了一下，然后又离开了茅草浮桥登上了摩托车。他们没有跨过扎曲河，就顺着扎曲河往东面走去了。更求达吉对东方玉音说："这里属于结绕村，等到巡诊央日俄玛牧点的时候再一起筛查吧。"

次仁央宗的藏式土房子带着一个简陋的院子，那是儿子小扎西还活着的时候修建的。次仁央宗家的东南方向是杂那日根神山，沿着山脚绕过神山，便是结绕村的央日俄玛牧点。在牧区，很多牧委会都有固定的牧点，这些固定的牧点，是政府统一修建的牧区安置房，人员相对集中。次仁央宗家也分了两间这样的房子，尽管房子的四面墙都是洁白的，尽管房子里面配备了整齐的用具。但和闲散惯了的牛羊一样，次仁央宗也不愿在那房子里睡觉。

7

从次仁央宗家到央日俄玛牧点是一条遥远的路，如果是秋冬季路面冻结还好一些，年轻人骑着摩托车，半天就可以往返一趟；一旦到了夏季遍地沼泽的时候，路途就困难多了，即便骑着牦牛，往返一趟也要两天时间。

次仁央宗就是习惯这扎曲河边的藏式土房子，这样的房子才是牛羊的家，安置房尽管好，但牛羊住不进去。次仁央宗一点也不喜欢那四面洁白的墙壁，她更喜欢被四季不灭的牛粪炉子熏着烟雾，即便夜里熄了火星，早晨只需轻轻吹吹一口气，牛粪的香味就上来了。

牛粪烧出的味道可以驱赶蚊虫，尽管沙日塘草场上的气温很低，但每到中午时分，那些讨厌的苍蝇不知道就从哪儿冒了出来。而温度一旦下降，它们就全部不见了。

尽管不是集中牧点，但次仁央宗的住处仍是固定牧点。次仁央宗的腿脚不行，走不远，但她很羡慕那些游动牧点的人们，帐篷扎到哪儿，牛羊就可以在哪儿吃草。

和次仁央宗一样，扎样家的儿子小扎样也不喜欢住安置房，但他做了错事。分完房子后，小扎样直接把房子换了一台摩托车，放牧的人都喜欢摩托车，小扎样觉得这比安置房实惠，但是乡里的干部又把小扎样换摩托车的安置房追回来了，并且狠狠骂了小扎样一顿，告诉他这样是犯了大错误，如果还敢这样，就要罚没他的牛群。

牧民们不愿意住安置房的事，让政府的人很头疼，但政府的人也表示尊重个别牧民的习惯。政府人员仔细考察了一些零零散散的牧点，为了那些实在不愿住到安置房里的牧民，就在牧点上竖起了钢架房屋，有了这样的钢架房屋，外面加一些遮风挡雨的设施，牧户们住到里面就比帐篷安全多了，至少不怕棕熊的打扰了。

但是这些年，牧民的思想还是慢慢发生着变化，越来越多的人选择搬到央日俄玛集中居住，草场空闲多了。听洛扎曼巴说，很多牧民不再放牧，按照政府统一组织，他们被飞机送到遥远的城市做各种草场上听说过的工作，还有人在政府的帮助下把高原的牛肉和奶酪卖到了外地。

次仁央宗老了，不习惯放牧以外的任何事情，她觉得孙女拉珍也应该像她一样，坚守着草场。她们都是沙日塘草场的子孙，都是格吉部落的子民，如果丢掉了本分，沙日塘草场还会剩下什么呢。

　　但牧区的干部几次对她说，应该尽早把拉珍欧珠安置到央日俄玛牧点去；还批评说次仁央宗的观念太陈旧了，就像放置了一百年的牛粪饼。次仁央宗听了没有反驳，她也说不出什么道理来，但心里就是不舍得离开这片熟悉的草场。

更吉达求

1

看着远处白雪皑皑的杂那日根神山和无边无际的沙日塘草场，更求达吉曼巴说，在这面积一千七百三十平方公里的牧区里，常年服务的只有五名乡卫生院曼巴，村子里面虽然有牧区卫生室，但由于各种医疗技术跟不上，卫生室的曼巴也很难持续下去，最后都一一离开。更求达吉把希望寄托于东方玉音她们这样的外来技术力量帮带，而这正是医疗队的任务之一。

更求达吉继续介绍着莫云乡的自然情况和医疗情况。莫云乡是距离县城最远海拔最高的牧区，地势上特别广阔，除了高山还有无边无际的沼泽，曼巴们不分冬夏在各个牧点为牧民进行健康宣讲，以提高他们的科学诊疗观念和医院的就诊率。

每逢冬季是巡诊最困难的时节，大山里的牧民会被马肚子一般高的积雪限制出行，白雪覆盖的深山里，牧民往往会缺乏各种药品，就医困难、没有电、没有信号，而卫生院冬季只能靠马给牧民送医送药送健康。

更吉达求说，一次进山的周期为五到十天，出山修整后再次进山，要分三四次才能走完一个牧村分散居住的牧民，其间，要翻越数座大山，从一户牧民家到另一户牧民家往往需要三四个小时。在巡回医疗中，要过冰河翻越大山，有时山道陡峭险峻，只能骑摩托或骑马前行，像格云村的一些牧点，还要借助溜索。在崎岖的山路中，摩托车常常翻倒。

最不好对付的要数这高原的天气，它就像娃娃的脸，一会下雪、一会下冰雹、还伴随着雷雨。但是，曼巴们为了做入户健康调查，整个乡镇的牧村下来，开车或骑马行进了一千三百多公里。更求达吉自豪地说，他已经将每一户牧民家的健康防疫情况彻底统计清楚，并造册登记录入电脑。

东方玉音听得揪心："一次健康普查都要这么费劲，那牧民们平时病了咋办呢？"

更求达吉说："有的地方没有办法，但我们这里比较好。"更求达吉嘴里的"我们这里"，就是医疗队前往的格云牧委会。

东方玉音问他："为什么说格云牧委会的就好了？"

更求达吉笑着解释道："这里有一个很有名气的洛扎曼巴，洛扎曼巴可以自己制作藏药，是附近牧民们眼里的大救星，牧民们有了病情，洛扎曼巴就会赶过去。"

因为要到很远的地方才有一座可以通行摩托车的桥，队伍在上午十点还没能走出这片高山河谷。格云牧委会和结绕牧委会虽然只是两个自然村，相隔却有几十公里，而这几十公里，比内地的两百公里还要耗时。

2

　　格云牧区坐落在杂那日根神山的北端，相比结绕村海拔更高，是牧民眼里"离天最近的地方"。

　　十一点左右，更求达吉说快要到那座桥了，他像个指导员一样给大家鼓劲："汽车就在那里等着，胜利就在眼前；但是，眼下还有很大一段路需要步行。"

　　在队伍最后，位文昭一直盯着草地上的洞窟。那些洞窟一个挨着一个，密密麻麻，乡卫生院的桑杰丁增曼巴说，这是鼠兔的窝，这几年鼠兔繁殖得比较凶猛，它们是神赐予的生命，但对草原来说是个伤害。鼠兔专门吃草的根茎，吃一株就死掉一株，还把整个草场掏得坑坑洼洼。

　　位文昭说："嗯，牛羊吃了还能长出来。"

　　桑杰丁增说："牛羊就不同了，它们的舌头轻轻卷过嫩嫩的草芽，很快还会长出来。最重要的是，鼠兔带来了鼠疫，很多牧民和牲畜都染上了疾病。"

　　还好，有令人欣慰的事——在穿过不知多远的漫长沟壑后，手机终于有了信号，这也意味着离目的地不远了。果然，大家远远地看到了一座桥和久久期盼的汽车。

　　大家几乎是瘫坐在车子里，马黎明有点头晕、恶心，位文昭也出现胸闷呼吸困难的反应。松周把车子开得非常平稳，当车子经过一处海拔超过五千米的垭口时，东方玉音已经昏昏欲睡。

一阵急促的电话铃声响了起来。更求达吉匆忙接完了电话，对东方玉音说道："莫云乡副书记打来的电话，说村卫生室来了一名刀伤病号，来不及向乡卫生院转院转送，希望咱们专家能够迅速赶到就地治疗。"

听说有医疗任务，大家的恶心、胸闷也消失了，东方玉音对松周说："车子在安全控制内，可以尽量快点。"于是，车子甩起片片泥土，向着格云牧委会驶去。

车子缓缓驶入一座砖瓦结构的院子，这就是格云牧委会的驻地，发动机还没有熄火，东方玉音就哗地拉开了车门。村干部才加正站在那里，额头都急出汗来。来不及介绍和寒暄，东方玉音一挥手："带我过去。"

就在更求达吉带着东方玉音一行人赶往格云牧委会的途中，格云牧区和邻近的苏鲁乡牧民发生了一起严重斗殴事件。二十二岁的白玛智美被送到格云牧区委会卫生室的时候，整个人已经瘫软了，那几近致命的一刀是从后上向前下斜着刺进胸腔的，刀尖直接扎进胸腔里，空气如游丝般钻进胸腔，一阵阵冰凉夹杂着巨大的压强填满了整个胸腔。

白玛智美脸庞已近乎变紫，随着呼吸短促，他开始出现严重的抽搐，他闭着眼睛，神志不清，半个身子上全是血迹。

东方玉音心一下子就揪了起来，这是个重伤员，按道理需要在专业的急救室进行输氧输血抢救。但眼下，这一切都显然不可能。时间很紧迫，周遭的空气仿佛也变得更加沉闷，她有些喘不过气来。可她知道，现在不是考虑这些的时候，每拖一秒，病人就会丧失一丝希望。

3

一切按照战地抢救的规范来吧，在单位组建野战医疗队时，东方玉音曾经是战地抢救课程的教官。凭着经验东方玉音用一指头顺着白玛智美的伤口插进肺里，"刺刺"，他的腔内很快发出声音，一股股气浪顺着手指直往外冒。

伤情比预想还要严重，东方玉音对更求达吉说："他的整个左肺已经压迫了百分之九十五以上，胸腔积液、肋膈角消失，已经形成了血气胸，在发展下去就是张力性气胸，那就麻烦了。"

更求达吉说："您想办法救救他吧，这个小伙子还这么年轻。"东方玉音说："必须立即封闭伤口，将开放式气胸变为闭合性气胸，来，你配合我。"

在五千米的海拔上，大型医疗设施带不上去，牧区自身更是谈不上什么医疗条件，这意味着只能通过胸腔穿刺抽气这种最原始的手段展开治疗，这在低海拔的内地也都算是危险动作，现在要在这里实施手术，这对东方玉音是一个挑战。

但是围观的牧民都在院子看着呢，小分队刚到牧区就碰到这样的伤病员，能否抢救成功，会在牧民心里形成先入为主的概念，东方玉音必须打好这一仗。

"马上穿刺引流，实施抢救。"认真进行分析之后，东方玉音决定在白玛智美左胸部锁骨中线第二肋间处进行穿刺抽气。

在进行局部麻醉后，东方玉音将穿刺针刺入白玛智美的胸腔，同时，更求达吉迅速将五十毫升注射器插入病人胸部开始抽气。

一针管一针管的气体被慢慢从白玛智美的体内抽出，尽管这个方式原始而粗陋，但在抽到近三千毫升气量之后，白玛智美终于出现了明显的症状缓解，开始有了呼吸。

但是，现在还不是放松的时候，看到白玛智美的情况缓解，东方玉音又迅速在他胸腔内置入闭式引流管，把呛入胸内的液体引流出来。

时间一分一秒过去，白玛智美的生命体征也开始一点一点地复苏。伴随着东方玉音的每一个手术动作，牧民们的惊叹声也越来越高，尽管他们都用藏语在交流着，但东方玉音依然能感觉到这番抢救在牧民们心里形成的震撼。

大约过了一个小时，麻醉药的效力过去了，慢慢睁开眼睛的白玛智美，惶恐地看着眼前的人群，他不相信自己竟然又活了过来。一个年轻的女孩踉跄着扑倒在他的面前，那是他的女朋友，他们抱着头相互说着哭着，不停地说着："金珠玛米，扎西德勒，扎西德勒……"

看着浑身湿透了的东方玉音，更吉达求感激地说："在以往，出现这种情况，伤者基本就丢掉性命。"

东方玉音欣慰地说："希望这能开个好头，让要老乡们能够积极参加咱们的包虫病筛查和诊治中来。"

4

洛扎曼巴又一次离开格云牧区的时候，村头路口站着几个身穿警服的藏族男人。

"高山的雄鹰洛扎曼巴，这是要飞往哪里？"莫云乡派出所所长罗松桑丁大声和他打着招呼。罗松桑丁的老婆去年得了肝病，吃了洛扎曼巴开出的藏药好得很利索，这让罗松桑丁非常感激。

"杂那日根山神在召唤我，使我不得停下来。"洛扎曼巴不愿意说出他出行的目的：扎曲河边的次仁央宗和孙女拉珍欧珠都病了，次仁央宗又托人给他带信了，希望他能再去一趟。洛扎曼巴为可怜的次仁央宗和拉珍欧珠准备了一些可能需要的藏药。

洛扎曼巴知道解放军医疗队来沙日塘草场上的事，他并不排斥他们为牧民们问诊，但他和牧民们一样，实在是无法接受那些血淋淋的外科手术。

沙日塘草场上的牧民世代生活了上千年，这是没有的事情。就像牛羊吃了草，再拉出粪便滋养草根长出新的草芽，生命就是轮回，那就让生命自己轮回去吧，为什么非要改变他们呢。

"沙日塘草场离不开你这只雄鹰，扎西德勒！"莫云乡副书记才扎西也在大声对着洛扎曼巴赞扬。于是洛扎曼巴就停下来和他们多说了几句话，了解到他们是来格云牧区办案的，刚刚抓捕了本村因酒后打砸格云牧区加油站的五个小伙子，最小的十七岁，最大的二十四岁。

洛扎曼巴说："雄鹰也有迷路的时候，他们失去了神山的护佑。"

更吉达求带着东方玉音去找洛扎曼巴的时候，他已经快走到扎曲河边了。

洛扎曼巴

1

洛扎曼巴见到拉珍欧珠的时候，她的头发蓬松着，正在看一个破旧卷边的绘本。次仁央宗对洛扎曼巴说，拉珍欧珠在央日俄玛牧点小学认识了很多字，这可是扎曲河边的大事情。

洛扎曼巴仔细询问了拉珍欧珠的病情，他摸了摸，拉珍欧珠肚子里那个硬生生的"疙瘩"比上一次长了不少。洛扎曼巴心里也没有多少底，作为莫云乡很有名气的藏医，洛扎曼巴大多是得到了丹增喇嘛的医术传授。

洛扎曼巴之所以能得到丹增喇嘛的传授，那是因为他在悬崖峭壁上找寻藏药材的天赋，就像杂那日根神山上空盘旋的雄鹰，可以精准冲下来抓住正在啃食草根的鼠兔。洛扎曼巴太懂这片草场上的每一种动物植物和矿物质了，虽然他叫不出名字，但他天生可以判断出哪些适合于研磨药材。

洛扎曼巴最初是从帮助丹增喇嘛采集药材开始的。慢慢地，丹增喇嘛决定要培养这个天资不凡的牧民。

在嘎尔萨寺，洛扎曼巴系统学习了《四部医典》，那是一部集藏医药医疗实践和理论精华于一体的藏医药学术权威工具书，是藏医药的百科全书。按照《四部医典》的说法，众生有四百零四种病：一百零一种危害不大，不吃药也自然会好；一百零一种必须用药治愈；一百零一种医药不能治，要做佛事来解除；一百零一种完全没办法治，属于定业，即使药师佛降临也回天乏术。

根据拉珍欧珠的病情来看，她的病属于定业。但洛扎曼巴不想告诉次仁央宗这个不好的消息。次仁央宗接连死了儿子和两个孙子，洛扎曼巴觉得次仁央宗太可怜了。

临走时，洛扎曼巴有句话想要说，但最后憋了回去。洛扎曼巴想要告诉次仁央宗，没准那些胳膊上戴着红袖章的曼巴们有着更加高明的医术。但他内心一闪念，随即又被自己否定了。在沙日塘草场上，他才是最好的曼巴。

和往常一样，每次从扎曲河回来，洛扎曼巴都要绕一条最远的路。看了看杂那日根山巅的太阳，洛扎曼巴算了算今晚到达央日俄玛牧点的时间，他心里已有了打算。

洛扎曼巴胯下的老马像夕阳一样慢，等他们晃到央日俄玛的时候，天已经就要黑了。一群流浪狗趴在路边，大约有上百只，它们凶狠的目光提醒着洛扎曼巴，这匹马是它们最好的晚餐。

洛扎曼巴早把一条鞭子从腰间抽出来，鞭梢已经秃了，但鞭身是用粗粗的钢丝拧成的。有一只狗的前腿立了起来，其余的也蠢蠢欲动。狗群似乎并不着急，打算智取，它们并不声张，打算跟着老马身后低调前行。

但洛扎曼巴早已看出了它们的心思，几乎就在头狗发起攻击的一瞬间，钢鞭无情地劈头甩下。这一鞭至少打烂了三只狗头，受了伤的头狗狂叫着逃离现场，其余的则落荒而逃。

洛扎曼巴继续把钢鞭甩起，在狗儿们的吠叫里打出一声声惊雷。

2

洛扎曼巴没事的时候，锻炼钢鞭是他唯一的爱好，他原本并没有这个爱好，因为他有严重的肩周炎，胳膊无法抬起来。三年前，洛扎曼巴受县上委派去了一趟省城医院学习，学习期间洛扎曼巴去了疼痛理疗科问询自己的肩周炎，在做了一些治疗之后，医生告诉他，没事多甩甩钢鞭会有一定的效果。

洛扎曼巴回来后，真的做了一条钢鞭，他在格云牧区的建筑工地上，找到施工人员要了几根粗铁丝，洛扎曼巴用自己有力的五指将几根粗铁丝拧成一股绳，平时没事他就甩甩，甩完了就缠在腰间。

狗儿们的哀号声落入了夕阳的余晖里，快速翻滚的云朵惊吓得四散逃开，洛扎曼巴不自觉地笑了笑："你们这是和巨石在比试谁更高大呢，钢鞭只会让你们头破血流！"

洛扎曼巴就是草原上自由的鹰，飞到哪儿都会有肉吃。洛扎有六个孩子，但大家喜欢拿他和央日俄玛死了男人的央吉放在一起说事。

"草原上最雄壮的鹰又要落在央吉家的牛圈里啦！"最先看到

洛扎曼巴进村的尕松大声地说道，这让很多冒着炊烟的房子里都能听得到。

"沙日塘的獒来啦！"也有人和洛扎曼巴大声开着玩笑。

"强壮的獒在格云牧区才有好肉吃呢。"洛扎曼巴也开着玩笑回应，他并不排斥别人称他为草场上的獒，对他来说，这是对一个康巴男人真正的美誉。

"沙日塘的獒也要小心，央吉的舌头厉害着呢，会叼了你这藏獒的舌头！"央日俄玛最能开玩笑的女人达娃一边用草棍儿剔着牙，一边向洛扎大声说。

"洛扎曼巴，你这次过来，明天要为我家噶丹射神箭啦！"亚书凑近了他说。亚书的儿子噶丹病了很多日子，亚书希望洛扎曼巴能为儿子举行一场祛除瘟疫的射箭仪式。

"洛扎曼巴，你在我们央日俄玛招赘上门吧，这样央吉就不用夜夜流泪啦！"

⋯⋯⋯⋯

"洛扎曼巴，你等等。"一个身影上前拦住了他胯下的那匹老马，那是牧村最会唱歌的少年才尖措。才尖措才十五岁，他拦着洛扎曼巴的马头时，神情紧张。

才尖措皱着眉头说，他晚上总是做梦遇见一个漂亮的卓玛，但他就是看不清那个卓玛的脸。才尖措很紧张地指了指自己的腰带下面，悄声对洛扎曼巴说："好几次都湿了肚皮。"

洛扎曼巴哈哈一笑："快让你阿爸赶着羊群给你换个卓玛回家吧，天天搂着卓玛你就不会再湿肚皮了。"

洛扎曼巴的话让才尖措更加迷茫了。看着洛扎曼巴远去的背影，他挠着后脑勺思考起来，真的需要一个卓玛吗，他现在认识的卓玛都不好看，他还是想那梦里的卓玛呢。

3

洛扎曼巴不停地用毡靴跟磕着马肚子，飞奔着向前赶路。他着急赶着去敲央吉的大门；或许，那大门自己就开着呢。蹲在路边的牧民们纷纷开着玩笑，洛扎曼巴心里得意，表面上却又故意不理。

马儿跑出很远，他又转头过来，对着很远的亚书喊道："你晚上把箭刻好啊，明天去找我吧。"

一声空炸的鞭子响过老马的头顶，余音向着牧村的上空飘去。老马的蹄声有节奏地敲打地面，洛扎曼巴有些得意，他的嘴巴刚一张开，歌声便飘到了天边：

> 今天的央日俄玛像沐浴节一样
>
> 我的心也像涂抹了格桑花香
>
> 姑娘的牧鞭赶不走我的老马
>
> 我要在这里睡上三个日头
>
> 但是我不能一直喝着她的酥油茶
>
> 我整夜都找不到睡眠
>
> 老马最爱草场上的嫩芽

它的四个蹄子将走遍整个草场

你最好不要再爱上别的女人

很多人都挨过我的鞭子

我整夜都找不到睡眠

只能睡在这冰冷的草场

那几只狗竟没有放弃，远远地跟着老马后面，洛扎从带给央吉的肉袋里摸出几根骨头向后方抛去。

骨头在牧狗的争夺中转瞬即逝，洛扎摸了摸潮湿的嘴唇，短粗的胡须扎在手掌上，他看见央吉已经等待在门口了。

4

高原上的黄昏，太阳依然高高挂着。杂那日根神山矗立在眼前，似乎沉入了静思。可是，她在想什么呢？那些散布在草地上的牦牛和羊，那些经年生长在山巅的雪峰和巨石，那些无法说明的，近处与远处，历史与眼前，藏族与汉族，信仰与科学，这些都是拉珍欧珠无法消化的，只能像牛羊一样，低着头，把大地的静默吃进肚子里，然后反刍。

神山无语。这是一种辽阔的宁静，一种深厚的安详。山川大地如此壮美，却又表现得如此平静，在这里，无论你朝哪个方向，无论你走多久，都是这样静美，这样安详，这样无穷无尽。

奶奶次仁央宗说不出这样的语言，但草原上读过很多书的格桑拉姆说过这样的话，这样的话在草原很新鲜，就像是刚刚生下的牛犊那样招人喜欢，次仁央宗大体上记住了。对，就是这样说的。

杂那日根神山下，拉珍欧珠远远地看到一群崭新的身影在山坡上晃动着，这群并不常见的身影穿着花绿色的服装，就像是草原上正在恋爱的蝴蝶，他们弓着腰在草丛中寻找着什么。

杂那日根神山上到处是宝，但这个季节能寻到的就太多了。虫草的丰收季节刚刚结束，但海拔高的地方还会有一些虫草花。那些经年被忽略了的虫草往往长的个头比较大，但它们显然错过了最佳的采摘期，腹内的草芽长出了叶芽，开出了虫草花。除此之外还有黄蘑菇，这是神山的恩赐，草原上的牛羊需要，草原上的人们同样需要。

那些陌生的身影是东方玉音的医疗小分队，午饭之后，莫云乡的才扎西副书记特意安排两位村警，用几辆摩托车带医疗队员到格云牧区附近的山上体验采挖虫草。

东方玉音气喘吁吁，上气不接下气，山上风又大，海拔又高，身上又冷又难受，找了半天一个虫草也没看见，没过多久她就想下山了。

村警要带她去更远一点的山上再找，东方玉音拒绝了，说自己头疼得厉害必须回去，就顺着那条便道，径直向着山下走去。

5

选择到莫云乡巡诊，是东方玉音自己提出来的。来到沙日塘草场之前，东方玉音曾和莫云有过一段缘分，那是她职业生涯里接触的第一例藏族包虫病患者，而那个小病号达娃琼沛就是莫云乡的。

二〇一六年底的一段时间，刚刚十二岁的牧区女孩达娃琼沛持续出现腹痛和低烧情况。家人最初以为她是受凉，在吃了几天藏药没有效果之后，达娃琼沛的阿爸便把她带到了县医院就诊。做完检查后，结果让父女俩大为吃惊，达娃琼沛的肚子里有一个虫子，已经超过成年人的拳头那么大。

医生在诊断书上写完一串数字后告诉扎西八九：孩子得了肝包虫病，情况非常严重。

牧区里曾经做过宣传，肝包虫病是高原牧区常见的寄生虫，靠吞噬人的肝脏存活。扎西八九拿着 B 超单子看了又看，成像图中，那颗阴影里的虫子形体已经生长得很大，如果任由这样发展下去，达娃琼沛时刻都有生命危险。

但是，牧区医院无法完成包虫病的治疗，医生的建议是，到内地的大城市去想想办法。去大城市，这让扎西八九有点犯愁，在草场上生活久了，每次走出大山，都有很多的不适，扎西八九决定先用藏医治疗一段时间看看效果再说。

达娃琼沛和阿爸阿妈在牧区放牧着一百多头牦牛，阿爸说，如果这个病情不能好转，他们就打算卖掉部分牦牛和草场为达娃琼沛治病，这样的想法让一家人沮丧了很久。

阿爸再一次去县城藏医院为达娃琼沛抓药时，一位医生告诉他："如果孩子的病情持续不能好转，那就到州上去看看吧。听说北京来的解放军医疗专家专门过来调研包虫病，如果能得到他们的治疗，孩子的病情就有希望了。"这个消息太重要了，让这位心力交瘁的牧民突然万分欣喜。

回到家里接上女儿，父女俩骑了一天的摩托车赶到县城，又在县城坐了半天汽车赶到州医院。

在州医院肝胆外科，东方玉音第一眼见到达娃琼沛时，这个十二岁的小女孩已经被包虫病折磨得虚弱不堪。她穿着厚厚的衣服，稍有风吹草动就会感冒发烧，她怀着巨大的希望，眼睛一动不动地盯着东方玉音。

东方玉音蹲下来帮她整理了一下衣服："不要害怕，阿姨就是过来治疗这个病的，相信科学，什么困难都能解决。"询问了病情症状，做完了简短交流，东方玉音决定亲自为达娃琼沛做检查。初来藏区，一举一动都牵系着牧民们的信与疑。

反复查看了包虫的大小和位置，东方玉音认为必须立即为达娃琼沛实施包虫病剥除手术："这个包虫的位置目前距离主动脉血管还有一定的缝隙，一旦继续发育，就会黏连到血管壁上，到那个时候，就无法实施包虫剥离术，而只能施行切除术。"

剥离还是切除，扎西八九不懂这样的术语。是，要动刀子这个事，还是让父女俩犹豫了。尽管扎西八九急于为女儿看病，尽管达娃琼沛的病情极为严峻，但动刀子这样的事情不是他一个人可以做主的。扎西八九决定先把达娃琼沛带回家，他需要一家人做个商量。

6

这一去就是两个多月，东方玉音没能等到达娃琼沛再到州医院来。东方玉音曾委托一个前来开会的县卫生局工作人员带话给扎西八九，但牧区太广阔，也没有有效的通信工具，这件事最后不了了之。

两个月来，大山深处的一个牧点里，扎西八九和家人一直久久纠结。做不做手术可以自己说了算，但达娃琼沛日益恶化的病情现实地摆在眼前。达娃琼沛唯一的姐姐自幼在寺庙修行，扎西八九决定去寺庙听听这位女儿的意见。

听到妹妹肚子里长了大虫子，听完阿爸对专家意见的讲述，这位在寺庙里已经修行近十年的虔诚者表示愿意尝试一切方式解除妹妹的病痛。

扎西八九听后，又回到了放牧点。他杀了一只羊，又托人捎来一些新鲜的松枝。他把点燃的藏香恭敬地摆放在佛像前的香盒里，虔诚地做了一次煨桑。

祈祷完毕后，扎西八九有了自己的决定。

看着态度坚决的阿爸，达娃琼沛也表达了自己的想法："阿爸，我实在受不了了，我想我要死了……要么，我就试试金珠玛米曼巴的治疗吧。我们的老师在课堂上也讲过，要相信科学。"

达娃琼沛前去玉树州医院做手术的时候，东方玉音已经赶赴另外一片牧区调研去了。参与达娃琼沛包虫手术的位文昭给东方玉音打了电话，告诉了达娃琼沛前来手术的消息。这让东方玉音特别高兴。

一直挂念着达娃琼沛病情的她，根据可能出现的情况，给位文昭提出了包虫切除术与剥离术两种设想和建议。

但遗憾的是，由于耽误的时间过久，包虫发育得又太快，等到达娃琼沛在州医院准备手术时，她腹腔里的包虫已经靠近动脉血管。为了安全起见，医院及时组织了包虫切除术，却没能按照剥离手术的方案操作。

包虫的切除与剥离，虽然只是一个词语的差别，但治疗效果完全不同。被剥离的手术，意味着是根治；而被切除的包虫留有残余，可能会面临复发。

达娃琼沛手术后，现在情况究竟怎么样了，东方玉音不时地在心头牵挂着。这次能够来到这片牧区，东方玉音不禁更加挂念起她来。

东方玉音漫无目标地在草场上走了半天，等回到牧委会时，大家都已经回来了。位文昭想逗东方玉音一乐，就玩笑道："咦，怎么两手空空？您现在才下山，大家都以为忙得高原反应晕倒了呢，正要去找您呢！"

大家都围着东方玉音笑起来。不只东方玉音一个人挖不到，大家基本都一无所获。一旁的才加说："你们挖不到很正常，就连我也不行，在草场上，采挖虫草效率最高的就是小孩子，他们的眼神好，趴在地上这么一瞄就能发现，所以，这里孩子们的风湿病也很普遍。"

马黎明感叹说："一根虫草，来之不易呀，牧民们在海拔五千米的高山上采挖虫草，真不是一件容易事。"

东方玉音说："所以，虫草价格贵一点也是应该的，一分汗水，一分收获嘛。"

格云牧委会

1

晚上，更求达吉和才加特地张罗着，在格云牧区举行了欢迎晚宴。从牧户家请过来的两位藏族妇女简单做了几个菜，煮了一些牛、羊肉，还有就是酥油奶酪和人参果。在莫云，这是最高的礼遇。

马黎明拿起一块风干肉，啃了两口没能咬动。才加递给他一把藏刀，马黎明拿着像削铅笔一样削了几下。才加和更求达吉看着哈哈大笑。

才加笑着提醒说："割肉的刀口要冲着自己才对。"

位文昭提起牛粪炉子上的茶壶，往自己杯里倒了一些滚烫的熬茶。熬茶是用茶叶梗子和盐巴放在一起煮的，助于消化肉类。但桌子上的那些肉，位文昭实在没有胃口，只有人参果她还可以吃一些。

只有东方玉音有条不紊，就像一个在这里生活了很久的牧民一样，她一刀刀割着干肉，又吃了两碗酸奶酪，这让才加和更求达吉都觉得惊奇，忍不住对她竖起了大拇指。

格云牧区牧委会的办公室、接待室、厨房、宿舍都在一间大房屋里，整个条件比东方玉音想象的还要差——没电视、没通信信号、没网络、手机根本成了摆设，在这里基本上是与世隔绝。

　　突然从繁杂的北京大都市来到这雪域高原的小山村，东方玉音倒是觉得难得的清静。

　　牧委会旁边有一间木式房顶的旧仓库，里面放了几张单人床，堆了一些破旧家具，这是留给东方玉音和队员们今晚在格云牧区的栖身之地。

　　晚饭早早结束，东方玉音和两名助手开始收拾自己的住处，打水倒84消毒液，洗、擦、拖、铺，更求达吉和松周也帮忙搬东西，清理物资。出来时，她们准备的物资还算充足：一次性床单，电褥子，自带的床单，睡袋，自带的床罩，枕头，煮面的锅，烧水的壶……东方玉音觉得在家准备东西时所有多余的东西全用上了。

　　条件着实艰苦，洗漱没有热水，更别说洗澡，洗脸都冷得够呛，只能勉强擦擦。这里用的都是地下井水，碰到都是彻骨的冰凉，洗个手都不敢彻底。

　　"如果你们想洗澡，就只能等明天师傅的车咯。"打扫完卫生的格桑拉姆，用不屑的语气告诉东方玉音，"你们内地人来了肯定不习惯，我们这边不会每天都洗澡的。"

　　被安排接待东方玉音和小分队的格桑拉姆，是一名刚从省城牧校毕业的学生，今年才十八岁。格桑拉姆被乡政府临时安排进了东方玉音的医疗小组，担任小分队在沙日塘草原巡诊时的翻译与向导。

尽管牧校只是一所中专学校，但在沙日塘草场上，格桑拉姆是这里的第一个"大学生"，现在乡里的办公室工作。

格桑拉姆算是莫云乡很有出息的孩子，人也很可爱；但是自见到东方玉音和医疗队员们非但没有当地牧民的那种热情，反而变得有点冷漠。尤其是触及洗漱习惯问题，看得出来，格桑拉姆成见很大。

打扫完卫生的格桑拉姆坐在一旁的角落里，尽管没有接收信号，她还是两手不离手机。那是一款较为陈旧的智能机，但格桑拉姆玩得很起劲，她在玩着一款单机游戏。她专心致志地盯着屏幕，手指忙而不乱地触动着屏幕，嘴角时不时露出一丝微笑。

摸不透情况，感到"敌意"的东方玉音也不能多说什么，但为了以后的工作方便，东方玉音便坐到格桑拉姆跟前，试着和她拉起了家常。

看到东方玉音主动过来聊天，格桑拉姆也放下了手机。她们聊了一会格桑拉姆读书的学校，又聊了牧民们的生活习惯，渐渐地，东方玉音也知道了她为什么对医疗小组们带有"成见"，就是因为洗澡的事。

2

格桑拉姆说："很多人认为我们藏区人不喜欢洗澡，我在网上就看到这样的说法，说我们藏人一辈子不怎么洗澡，我很气愤，难道你们也这样认为的吗？"

看到格桑拉姆的情绪激动，东方玉音知道这是个心思缜密的女孩，东方玉音说："谁告诉你我们是这样认为的呢？你自己想多了吧？"

听东方玉音这样一说，格桑拉姆有点不好意思起来，她换了个口气说道："在高原洗浴会消耗大量体力，对刚到藏区高海拔地区的内地人来说，洗澡是一件危险的事。"

这个说法有一定科学依据。去年调研时，很多藏区朋友就告诉过东方玉音，到了藏区气候寒冷，千万不能频繁洗澡，一旦感冒引起肺水肿脑水肿，那就非常麻烦。

格桑拉姆继续说："我们藏族有一年一次的沐浴节——洛扎日吉，就在扎曲河畔进行。但这并不证明现在藏区的人一年才洗一次澡，更不会一生才洗一次澡。"

二〇一六年底来牧区调研包虫病时，州医院的藏族医生曾经带着东方玉音去过一处户外温泉。当时下着大雪，但附近的牧民们仍有很多都在路边的野温泉里扎堆泡澡。在牧区，这样的野温泉很多，牧民们一边泡着澡，一边惬意地喝着刚热好的奶酒，这样的生活状态令东方玉音很是羡慕。

即便没有那些朋友的告诫，从医学的角度来说，东方玉音能够明白这个道理。在高海拔地区，过于频繁的洗浴，会导致体表油脂流失与角质缺损，产生瘙痒，在紫外线强烈的高海拔区域，这是一种明确警告。所以那些需要常年在户外劳作的藏族人，会刻意保持皮肤上的油脂，这是高寒地区的一种生存方法。

因为气候原因，北方人比江南人洗澡更少——到今天仍然是这样。但毫无疑问，湿度更大、温度更高的南方，一个人两天不洗澡，如果还从事体力劳动，就是灾难性的——那些身体产生的污垢可能会造成很多疾病，包括传染病。

但是，在海拔高一些的地区，比如玉树，哪怕是干体力活的人也无妨，因为这里非常干燥。一方面，汗液等对人体造成的生理不适感是可以忽略不计的；另一方面，干燥少菌（风干牦牛肉的机理），引发各种疾患的可能性很小。也就是说，相对于湿热的江南，在这里没有频繁洗澡的必要性。

站在格桑拉姆的角度，东方玉音阐述了这些分析和看法。东方玉音的知识面如此宽广，让格桑拉姆不禁佩服起来。于是彼此的话题轻松了一些。位文昭还开起了玩笑，说自己已经没有了洗澡的欲望，准备裹一层污垢来"增强免疫力"。

洛扎曼巴

1

洛扎曼巴从央吉温暖的藏式土房子里出来时，太阳已高高升起。他是被咚咚的敲门声震醒的，敲门的是亚书。央吉没有起来开门，央吉知道，这样的敲门声一定是来找洛扎的。

打开房门，揉着惺忪的睡眼，洛扎曼巴对着亚书说："都准备好了？"

眉毛上结着一层霜的亚书说："都准备好了，箭是之前就做了准备，昨晚又新做了一些，牦牛板骨也准备好了。"

洛扎回头看看床上的央吉，然后又转过来对着亚书说："不要着急嘛，太阳快到杂那日根神山顶上的时辰最好。"

亚书知道，洛扎这一回头，央吉又使了眼色。亚书就故意放声喊："洛扎曼巴你快些啊，我们平时经常帮着央吉放牛呢。"

洛扎关了房门，重新回到央吉的床上。央吉故意嘟囔着嘴，洛扎知道女人的心思，他凑近央吉的耳朵说："人家不是还帮着你放牛嘛，我得按照神给予的时间，去给亚书的儿子射箭了，山神可是看着呢。"

洛扎出了央吉家的大门，骑在马背上往扎曲河的方向赶。大约一个时辰的工夫，就到了亚书所在的牧民集聚点。这个集聚点距离牧村村委相对远一些，倒是距离次仁央宗家比较近。

　　亚书家就住在一个十字路口。在他家的土房子前，一片空地上，早已支好了一个土台子，土台子上面斜立着一块风干了的牛板骨。

　　阳光穿过牛板骨时，从背面看上去，有一层暗红的晕色。一群年轻人早已手挽弓箭跃跃欲试，只等洛扎曼巴开了仪式，便展开手脚。这是年轻人都喜欢的活动。

　　在沙日塘草场上，射箭驱魔时击穿了骨板，就意味着帮助主人家的孩子祛除了病魔，就等于击碎了魔鬼的心脏，那射手就是草场上的英雄。不仅会被主人赠予一头牦牛作为感谢，而且还会赢得村子里最漂亮女孩的欢心。她们正站在土台子的外围，看着这群比拼力气的康巴少年。

　　射箭的仪式并不复杂，可以户主来做，也可以请喇嘛或者曼巴来做。亚书觉得自己没有镇除魔鬼的能力，他知道洛扎曼巴每隔不久就要来央日俄玛一趟。前几天他帮央吉放牛时，就得到了消息：央吉家的肉干快要吃光了。亚书知道，央吉家的肉干吃光了的时候，洛扎曼巴就该出现了。

　　洛扎为供奉牦牛骨板的土台子洒了一圈青稞酒，然后点燃了一个火盆，在烟雾缭绕中，洛扎投入祭祀品，重复着恳求神灵启示：山神啊，我们对你一无所知，所以魔鬼缠上了我们，但我们会接受神的启示，遵从您的话语。献给您的海螺，会在吉祥的颂词中嘹亮，向魔鬼出没的方向显现您的模样。不要再让草原上的雄鹰折断翅膀，箭雨会射穿魔鬼的心脏……

2

祈祷完毕，洛扎说："神灵已经听到了召唤。"然后自己首先拿起弯弓，鼓起力气一箭射去。第一支箭头击打在骨板的边缘，但连个痕迹也没有留下。

尕松哈哈大笑着说："洛扎曼巴，不顺心的箭，今天不是你的幸运日，可能是被央吉掏光了力气呦。"

洛扎曼巴也不搭话，但心里甜蜜着。他摇摇手，说："年轻人，看你们的了，草场上的卓玛们可是远远看着你们呢。"

洛扎曼巴话音刚落，一群十五六岁的年轻人就摩拳擦掌地轮流上来。他们一轮轮比试着，都希望自己能是那个击穿牦牛骨板的人。

洛扎曼巴嘴角咬着一根草棒，得意地靠在墙垛子上，看着这些年轻人拼试力量。突然，人群一阵欢呼，达开家的小儿子桑珠一箭射穿了牦牛骨板。

亚书把早早准备好的小牦牛牵到桑珠跟前，感激地说："谢谢你，祛除了我儿子身上的魔鬼，山神也会知道，草场上的央日俄玛又多了一只可以飞到天上的雄鹰。"

几个射手把桑珠抬起来往女孩们那里走，桑珠喜欢村里的小学老师索朗央金，但是之前索朗央金对桑珠并不特别在意。桑珠觉得今天会得到索朗央金的特别对待，他从他们手里挣脱后，把小牦牛的绳子向索朗央金手里递过去。

"魔鬼虽然死了，但这样秋加仍然不会得救，格云村来了解放军的曼巴，很快就要到我们央日俄玛了。"索朗央金不接桑珠手里的牦牛绳子，她只顾对着亚书大喊。

洛扎瞪大了眼珠子横在索朗央金跟前："神是站在我们草场一边的，你的心怎么已经向着外人？"

索朗央金说："噶丹的病已经很重了，这样射箭是解决不了问题的。"

洛扎有些恼怒起来："在你爷爷出生前，沙日塘草场就已经靠射箭驱魔了，这是山神的指示。"

索朗央金仍坚持说："魔鬼正在路上，魔鬼比我们走得更快，大山以外的医生，他们有科学的办法驱赶魔鬼，我们只相信射箭，这样赶不走秋加身上的魔鬼。"

洛扎已经怒不可遏，嘴不饶人地对着索朗央金说出一串难听的话来，但更受伤害的显然是他自己。

"捧着的人多了，藏狗也会觉得自己胜过狮子！"索朗央金说完，头也不回地走开了。

洛扎气得脸色苍白，浑身有些发抖。桑珠傻傻地牵着小牛站在那里，他想不通索朗央金为什么要反对洛扎曼巴，他有点不知所措。

"一粒药片也无法改变一切，草场和神山能看到一切，看得清清楚楚。吃下了，就是背叛神灵。"洛扎曼巴冲着索朗央金的背影大声地喊道。直到索朗央金的身影消失在很远的草坡上，洛扎曼巴的声音才渐渐消失掉。

格云牧委会

1

格云牧委会厕所旁边是一个破旧工房，确切地说是一个垃圾场。工房是流浪狗的聚集地，平时，流浪狗们大多在房间里歇息，东方玉音很少看见它们；但听着那些狗叫，东方玉音仍然心惊肉跳。

东方玉音这两天有些闹肚子，临近傍晚时，去厕所开始频繁起来，她也不好总喊着位文昭和她一起，只能自己硬着头皮在流浪狗的吠叫中走来走去。

东方玉音原本以为这些流浪狗只是叫几声，并不攻击人类，然而，这一次不同了。东方玉音刚刚走过工房时，一群流浪狗不知从哪儿冒出来了，团团把东方玉音围堵了。

先是前面出现四只，冲她嗷嗷叫，她就想慢慢退步回头走，后面的工房里的狗听到前面狗叫也冲出来了，也有三四只，还有一只超级大狗叫得最厉害。狗儿们步步紧逼，在试探靠近。

东方玉音感到肌肉僵硬几乎迈不动步子，但她也确实无路可逃。

流浪狗们似乎像吃了兴奋剂一样，双眼冒着幽绿色的贪婪之光，喉咙中不停地发出吼吼的声音，嘴角牙齿雪亮，四条腿前低后高，似乎下一秒就要扑过来。

东方玉音的嗓子似乎被石头堵住了，连喘气开始变得困难。她屏住呼吸，仔细判断着狗儿们移动的线路。从小到大学到的防卫知识一遍又一遍在东方玉音脑海里回放。这些常识告诉她，遇到恶犬应该保持距离，尽量远离，千万不要激怒它们。

东方玉音不敢与任何一只狗儿对视，在它们的攻击范围内，东方玉音必须让它们放松警惕，减少敌意。

可是此时此刻东方玉音根本没法离开它们的视野，更何况她遇到不只是"恶犬"，它们绝大部分还是"饿犬"。在这些"饿犬"面前，东方玉音可能是一块鲜美的肥肉。

东方玉音颤抖地摸出手机，她很清楚，即使电话接通了，格桑拉姆和位文昭她们来了，她也早已是狗儿们嘴里的美餐了。但除此之外，她想不到任何其他的办法。

抖动的双手让东方玉音隐约已经看不清手机上的按键，只能用一只手死死地握住拨号的那一只胳膊，可是越用力越颤抖。

"咣"，手机从她手里滑下，砸在地面的铁板上，随后铁板发出"铛铛"的回响，东方玉音下意识弯下腰去捡手机，此时她眼睛的余光看见这些捕食者开始有些惧怕，脚步慢慢后退。

"有时候，你对这个世界微笑，它不一定会报以你微笑；你像一头凶狗一样生存，也许它会温顺得像头绵羊。"不知什么时候脑子里冒出这么一句话，她感觉肢体开始有了感觉，第一反应就是立刻蹲下。

东方玉音的行为很快奏效，它们察觉东方玉音的意图，开始慢慢后退，东方玉音继续做了几次深蹲起立，身后的三只狗缩起脑袋转身逃走。对她而言这就是一线生机，至少有了后路。

东方玉音又假装寻找石头稍微地往前走了走，又有两只灰色流浪狗夹着脑袋慢慢地走远。唯独一只貌似年迈的黑色狼狗，高昂着头，微微眯着眼睛，脸上透出一丝蔑视，甚至对她扔过去的石头都无动于衷。

"喂？喂！"电话里传出东方玉音的声音，"位文昭，我被流浪狗堵在工房门口了，快来救我……"

东方玉音的话还没说完。"汪！"的一声吠叫打断她的思路，东方玉音眼睁睁地看着那只狼狗冲她飞奔过来。

"完了！"

2

"汪！汪！"

突然，伴随着两声响亮的吠叫，一道身影从狼狗后面掠过，那是一条毛色纯正的黑狗。

黑狗表现得毫无畏惧，它出其不意扑过去咬狼狗的后腿，狼狗对这突如其来的出击瞬间一震，但是还是做出了敏捷的躲闪。

如果没有这一躲闪，黑狗能够死死咬住它的腿骨，此时狼狗回头关注后腿的被袭，恰好给黑狗完美露出颈部的破绽，于是刹那间，黑狗铆足了劲勇敢地扑了上去，它个头矮小，不能与狼狗正面抗衡，直接跳到狼狗的颈部。

东方玉音甚至能听到牙齿切入肌肉的声音，也可能是咬断骨头的声响，因为狼狗几乎瘦得皮包骨头。

黑狗拼尽了全部力量把牙齿深深地切入狼狗结实的皮肤，被咬疼的狼狗发了疯一般地跳跃，扭动着脖颈想把黑狗甩下来。但黑狗把牙齿咬得死死的，任凭身子在空中大回环一样旋转。黑狗的表现让狼狗惊惧不已，它迅速跃起，只听到"嗞啦"一声，身上被扯下一块连血带肉的皮。

狼狗的侧颈上血肉模糊，黑狗的身上也裹着血，暗红的血点点滴滴洒满了地面。这近在咫尺的打斗，让东方玉音紧张的手心里全是汗。电话里传来位文昭急促的呼喊，东方玉音却站在原地一动不动。

由远及近的嘈杂呼喊很快围了过来。黑狗龇咧着牙死死地盯着大狼狗，毫不示弱。可能是累了，也可能是怕了，狼狗看了看远处的人，又将目光从东方玉音的脸上移到黑狗的身上，虚晃了一下步子，夹着尾巴转身向厂房远处逃离而去。

回到住地，东方玉音还没有从刚才的惊吓中恢复过来，她裹着被子坐在床头瑟瑟发抖。位文昭给她端来一杯开水喝下，暖了暖身子后，她才慢慢恢复过来。

看了看旁边还在舔舐身体上伤口的黑狗，惊恐、激动、庆幸、感激，五味杂陈，她竟然一时说不出话来。停了好大一会，东方玉音才像想起什么似的，她对着位文昭说："以后，就让它待在房间吧！"

3

位文昭工作的玉树州医院海拔三千八百米左右，突然到了四千八百米的海拔，竟然比东方玉音反应得还厉害。虽然她很坚强，但是血氧过低，东方玉音担心她无法适应高原生活，晚上怕她出现意外，不敢让单独睡。于是，两个女医生，再加上格桑拉姆，把三张床拼在了一起，形成一个通铺。

高原昼夜温差大，晚上温度极低，为了能早点入睡，她们还是做了很多功课。东方玉音用热水烫脚，盖两个棉被外加一个军大衣，饭前还活动了一个多小时的身体，让自己疲倦。

格桑拉姆早早入睡了，已经有了鼾声。位文昭还是翻来覆去睡不着，为了缓解身体压力，东方玉音和她唠家常。最后实在熬不住了，看着位文昭也有了一些睡意，东方玉音轻声对她说："我给你擦把脸吧，或许能好点。"

东方玉音起身找出一条新毛巾打湿，她担心位文昭怕凉，特意在手里暖了暖。看着东方玉音主任认真帮自己擦脸的样子，位文昭感动地说："主任，我本来是过来协助你的……"

人的潜力真的是无穷大，东方玉音做梦都没有想过会在这样的海拔高度工作。但她很乐观，因为自进藏到现在，她拒绝了所有人的好意，坚持未吸一口氧气。她觉得自己有毅力，一定能战胜高反。

飞机，火车，汽车，铁路，国道，乡道，辗转各地，跋山涉水来到这里，能为藏族同胞做一点点有意义的事情，说大了也算为牧区的群众脱贫做一点点贡献，东方玉音觉得很开心，也很自豪。无论遇到什么困难，无论多么艰苦，她都觉得自己能行。

半梦半醒的一夜终于结束了，早晨五点，东方玉音就醒了，坐起来后她感到头晕沉沉的，全身发软，头顶盖子好似要爆炸一样疼痛。前天测了血氧仍然八十左右，心率由平时的六十次左右增加到九十次左右。

透过窗户缝隙，黎明时的破晓格外美丽，地平线上的紫日喷薄而出，染得苍穹之上的朝霞犹如一匹撕裂的锦缎，层层的彩云幻化成泼墨的流光，嵌入发白的半边天际，缝隙间漏下一缕缕金色的光柱，像是给苍白的高原点了火，滚滚潮水般的鎏金红霞便沿着大地那纵横的沟壑蔓延开来。

尽管天已大亮，但寒冷的草场仍未醒来。东方玉音只能继续躺着。她不断地翻身，又躺下继续睡，翻过来，再翻过去，还是睡不着。没办法，她披着军大衣坐起来，做深呼吸，用手掌拍头顶盖，一下、两下、十下、一百下、一千下，终于好一点了；又躺下继续睡，翻过来，再翻过去。

迷迷糊糊到了早晨八点半。队员们刚一推门，嗬！雨夹雪满天飞舞。远处的山、近处的草、整个格云牧区白茫茫的一片，五月下旬了，这里还下雪，而且是天空挂着太阳，雪域高原真是名不虚传。

东方玉音就喜欢下大雨下大雪，新鲜刺激。在北京，冬天都很少下雪。因为太冷，东方玉音没敢跑远，就在大门口的草地上小便了一下，赶紧裹着军大衣回到床上，盖上两个棉被，再盖上自己带的军大衣，还冻得发抖。

"比北京的冬天还冷！"东方玉音打量了一下房间，说道。这个房顶是木头和土做的，窗户年久失修，玻璃破的破，碎的碎，用编织袋和广告纸粘上，高原风大，气温低，再一刮风，不冷才怪呢！

马黎明在卫生室的医护床上，此刻还没有起来，仍旧缩在被窝里浑身发抖，几乎失眠了整个晚上，而现在他却有了睡意。

沙日塘草场

1

大雪过后，洛扎曼巴又要出发了。

云朵索道那边的人带了话，让他再到次仁央宗那里去一趟。带话的人说，次仁央宗这次希望洛扎曼巴能为拉珍带一些排虫子的草药。

雪后的雪沙日塘草场显得格外清爽，洛扎曼巴在老马的背上摇晃着身子，但他的心情有些不够平缓。他还想着索朗央金对他的挑战。

对，他认为那就是挑战。在沙日塘草场，没有谁反对过他洛扎曼巴的医术，但是现在一个小小的索朗央金，居然敢冒出来第一个蔑视他。这个草场上的孩子太不知天高地厚了。

但是，谁给她的这个胆子呢？洛扎曼巴想到了解放军的医疗队。对，就是他们。洛扎曼巴前两天就听说了，他们把格云村用仪器查个遍之后，又通知了央日俄玛的小学准备迎接检查。

洛扎曼巴出发前，精心为拉珍配了药，这些药会让拉珍的肚子没有疼痛，也会让肚子里的虫子死掉。说实话，洛扎曼巴对治疗肚子里的虫病，也开始有些怀疑自己了——尽管那些肚子里长了虫子的人，吃下他的草药后会逐渐消痛，但这些草药并没有留下他们的生命。

洛扎曼巴曾经去问过知识渊博的丹增喇嘛，丹增喇嘛说草药会让虫子钙化，但同时也让肝脏失去功能。洛扎曼巴不能理解丹增喇嘛说的"钙化"，但他的草药仍旧在沙日塘草场上受着欢迎。

东方玉音的小分队在格云村待了一个周，零星的牧户全部筛查完毕，大家的高原反应也调整得差不多了。格桑拉姆说，央日俄玛的人员已经召集得差不多了，于是大家决定第二天赶到央日俄玛。

央日俄玛牧点所在的结绕村，是距离县城最远、海拔最高、人口密度最稀、牧民看病最难的牧村；结绕村地处青藏高原唐古拉山北麓，与西藏自治区那曲地区接壤，平均海拔四千八百多米。

因为路况极差，结绕村的牧民们进城往返一趟最少需要两天。遇到雨雪天气，根本无法出行。更为麻烦的是，结绕村牧民居住分散，村卫生室工作人员要把牧户全部走一遍，常需要好几天。碰到迷路的时候，夜里只能睡在车上。

听说解放军的医疗专家组要来结绕村巡诊，村卫生室提前三天就开始通知牧户。由于牧户分散，村干部配合医护人员分头通知，能开车的就开车，能骑马去的就骑马，实在不行的就用对讲机呼叫，他们要抓住这个难得的机会，把全乡村患有病痛的牧民全部叫过来检查。

2

因为刚下过雨和雪，去央日俄玛的路况极差，路面不平，而坑里全部填满了混浊的水。成群的牦牛和形状罕见的美丽花朵总是接连不断，牦牛总喜欢站在路中央，松周不得不停下来，等它们离开了再启动车子；而云朵就像魔术师，它们不停变幻着各种动物或人物的形状。

车子盘旋着翻越一座座山坡，车窗外的风呼呼地响，周围也不知道到底是云还是雾，只能感觉到有一种又湿又冷的微粒，从身边飘过。坐在前面的东方玉音极力远眺，穿过云雾，隐约可见远处杂那日根神山上圣洁的皑皑白雪。

路上休息时，东方玉音她们遇到一家三口磕长头去拉萨的。冒着这样的风雪，他们却没有丝毫退缩。那对夫妻看着有四十来岁，皮肤黧黑，不知在路上走了多长时间，也不知他们何时才能一步一磕地到达布达拉宫。

那个孩子只有十岁左右，眼睛清澈得像一潭碧泉，东方玉音冲她笑了笑，她也笑笑，然后就专心致志在路上匍匐身子，像她的阿爸阿妈一样动作标准。

东方玉音想给他们送点食物和水果，但他们浑身上下实在没有地方可以放置这些东西。

更求达吉说："他们有专门负责路上或是保障的，或者在前面某个地方停下来了，或者还在后面收拾东西。如果我们在前面碰到他们，可以给他们放在保障那里。"

虽然来到沙日塘不久，但藏传佛教的影响力如此之大，还是让东方玉音体会很深。每当看到他们虔诚默念或者转经的时候，每当在路上看到那些朝圣者独自行走，他们一走一匍匐，尽管他们衣衫褴褛饥肠辘辘，但这让人心生感动。他们目标明确，信仰坚定，一个人能坚持着自己的内心，东方玉音认为这是一种最深沉的幸福。

车子经过朝圣者时，松周刻意降低了速度。坐在车厢一侧，东方玉音的目光越过车窗，直视远方，那庄严的雪山顶上藏着这片草场上与生俱来的信仰。这些匍匐于地上磕着长头的人，是这个世界上不会被打垮的人。

"我就想，这样日复一日，如果换成自己，真的很难做到。"东方玉音对更求达吉说道。

更求达吉说："这就是修行。自它从印度传入藏区的一千五百多年来，藏传佛教教给人们的，就是让你自己去修行。"

马黎明一旁问道："那是不是在印度全民都这样呢？"

更求达吉笑着摇了摇头："佛教传自印度，但并不出自印度。在印度，佛教信众很少，中国是最多的。"

更求达吉解说道："很早以前，一支信奉婆罗门教的雅利安人迁移到了印度。雅利安族与当地人通婚后，传以宗教和文化，佛教中的轮回转生这个概念正是来自婆罗门教，轮回多少，决定于善恶，前生决定今生，今生决定来生。当然，这个理念的传播得益于释迦牟尼。"

东方玉音知道释迦牟尼成佛的故事，他本是印度彭加尔地区的一位名叫乔达摩的王子，少年出家，三十五岁得道大悟，然后开始周游四方，化导群众，于是佛教在全世界传播开来。

藏传佛教让人们注重自我修行，东方玉音在这里的所见所闻证实了这一点。那些常年磕着等身头进发拉萨的信徒，那些日复一日围绕着转经筒行走的人，那些一边放牧一边默念六字箴言的人，即便他们所知的佛学知识很少，但他们依然靠着强大的信念让自己达到幸福的境地。

东方玉音说："从这一点来看，佛教的意义是积极的。"更求达吉说："很多内地人依然把藏传佛教看作迷信。"

东方玉音说："确实有很多人对佛教认识不够，但随着人们对它的不断了解，认识上也会不断改变，用一句时髦的话说，至少它在藏区促进着社会的和谐及稳定。"

大家都哈哈笑了起来，东方玉音举起水杯："来，我们为和谐稳定，为军民团结、藏汉团结干一杯。"又休息了五六分钟后，更求达吉看看天气说："我们该继续赶路了。"

3

一个小时后，汽车开始行驶在蜿蜒的山路上，山路很窄，也很险。松周的开车技术一流，车速飞快，车外水花四溅，队员们在车内处于上下起伏、跳跃状态，像长了翅膀，一起一落，一张一弛。

由于下过雨，山上时不时地会有小石块掉落。突然间，松周将车停了下来，让大家下车休息会，拍拍风景照。

远处皑皑雪山，云朵环绕，时而云蒸雾涌，时而山顶云封，似入仙境，近处金灿灿的草坪，偶尔会有小溪河流像玉带飘落其中，一群群牦牛悠闲地散步，人好似置身于仙境中。大家忙着拍照，想要留住眼前美丽的景色。

格桑拉姆调大了车上的音响，旋律优美的藏族歌曲在云端唱响，大家不自觉地放下手机，手拉着手围着车，一起又唱又跳起来。人随车在跳跃，车在山尖蹦迪。人与美景、人与音乐、人与这大自然一切美好的事物融合在一起，时间好像停滞了一般，虽然跳动着，但每个人心是安静的。

"轰——"大家都被异响吸引了目光，就在车前不过百米，数块石头从山上砸向地面。大家都有些诧异，后知后觉地才反应过来，这小的山体滑坡虽然不足让车涉险，但为了不让大家受到惊吓，松周便将车先停了下来。松周走过去，探了探前方的路，便吆喝着大家上车，继续往目的地行驶。

车子绕着山体越爬越高，所有的阴霾逐渐散开，天空像被大锭纯银碾成的薄片铺设过，夹杂着一丝丝蔚蓝。从车内向外望去，空旷的大地上，屹立着一座座铁红色的、黄色的、绿色的山。这些山都是由藏区含有丰富的矿物质的石头组成的，这些色彩鲜艳的石头是制作唐卡的必备颜料。

满是沙石和贝壳的土堆暴露了青藏高原的前身。亿万年前，这里本是一片汪洋大海，经过地壳运动，板块碰撞成为高原，海底的族类如今已在这里风干数亿年，但这些生命依然以另外一种存在形式律动着，风吹起来，它们也跟着漫天飞舞。

远远望去，群山脚下有一片湛蓝的湖水。在高原上，这样的湖泊很多，而且每一个都很美丽，都有一个属于自己的传说。阳光下，蓝绿色的高原湖静静地躺在黄绿相间的群山中间，云彩在群山和湖面上留下斑驳的影子。阵阵凉风拂过，湖面荡开水波，东方觉得映在湖面上群山的影子，像是小时候没有信号的电视画面，变得有些扭曲。

格桑拉姆说："这里是纯粹原生态，没有人过来打扰过，游客到不了这里，偷猎者也到不了这里，只有牦牛和我们的汽车来到过。"

央日俄玛

1

结绕村央日俄玛牧点有一个藏式大门，说是大门，其实没有门。在道路的两侧竖起两个石头垒起来的柱子，上面缠绕着哈达和经幡，大门的中间站着欢迎的人群。

松周把车停得远一些，留出一个走过去的距离，格桑拉姆说这是方便村里干部献哈达呢。

一个干瘦高大的中年男子，那是村长土登杰措。村长穿着崭新的藏袍，头上绑着英雄结，手里托着一条哈达，旁边的小伙子双手托着更多的哈达。格桑拉姆走上前用藏语介绍了一遍，又用汉语做了介绍，东方玉音和土登杰措村长打了招呼，洁白的哈达便一条一条搭到了他们的脖子上。

村长的哈达，村民的哈达，男人的哈达，女人的哈达，大家都献出自己的真诚祝福，不大会儿，医疗组每个人的脖子上都挂了十几条。

结绕牧委会的院子是一座干净整齐的现代化砖瓦房，院子里有一片水泥地，这是草场上比较罕见的，水泥地上是一群难以分辨出谁是谁的小孩，东方玉音觉得他们大致长得一个模样，穿得也都一个模样，只是有的衣服长，有的衣服短。

东方玉音饶有兴趣地停下来看着这几个孩子，村长说："这八个孩子是一家的，孩子的父亲死了，只有母亲带着他们，孩子们穿的衣服都是政府捐的。"

因为是同一批捐助的，所以衣服式样和颜色大小都一样。东方玉音问："他们家牦牛很多？"

土登杰措村长说："不多。"

东方玉音又问："那他们吃什么？怎么生活？"

土登杰措村长说："国家对他们家庭有特困补贴，都养着他们，他们的母亲在村里帮忙，打扫院子。说着土登杰措村长指了指整洁的水泥地面："打扫完了就是他们孩子玩的地方了。"

正说着话，一个中年妇女走了过来，她一直看着东方玉音笑。东方玉音问她会说汉语吗，那个妇女摇摇头，表示听不懂，走到了孩子们的中间。

水泥地周围有几个花盆，应该是牧委会为了应景摆放的。花朵经受不住恶劣的气候，已经有些萎缩。东方玉音指了指花盆说："这个我去年就有经验了，放点格桑花就行了，高原上的花就和高原上的人一样，顽强着呢。"

2

土登杰措村长把小分队领进了一间接待室。接待室虽然不大，但里面摆了好几张小藏桌，藏桌上整齐地放着风干肉、酸奶、煮肉和一些干果。屋中间有一个比较大的牛粪炉子，炉子周围的几个牧民忙成一团，他们是牧委会的成员。

一个年轻的女孩进了房间，土登杰措村长向她说了一句什么，那女孩紧接着又出去了。格桑拉姆说："村长安排给咱们做饭呢，说要最高的招待。"

村干部们布置完了，从牛粪炉子上取下酥油茶铝壶，酥油茶冒着浓浓的热气儿，茶叶梗子像一艘艘小船在碗里盘旋。村干部们一碗一碗举到东方玉音面前，就那么端着，那份热情，那份执着，那一刻，尽管是在包虫病的高发地，但东方玉音觉得自己如果拒绝便是在犯罪，便是在亵渎。

格桑拉姆知道东方玉音她们喝不惯这个。赶忙打圆场，她像朗诵一样，用开着玩笑的口吻模仿着电视节目里的一段广告词："在世界屋脊上，无论你是饥肠辘辘还是精疲力竭，只要喝上一碗酥油茶，就会浑身增添力量。当您身体欠佳，卧床不起时，喝上一碗浓茶，便能解毒疗疾，消病祛邪。从海拔低的地方登上高原，常常被那利刃般的寒风刮得肌肤绽开，脸皮皲裂，时不时还会被严重的缺氧折磨得头晕、气急、心慌和呕吐，每逢此景，藏族同胞会劝你喝上几杯酥油茶，顷刻间变得精力充沛、干劲倍增，尤其在那狂风怒吼，滴水成冰的大冬天，喝上几杯酥油茶，便觉得全身温暖无比，再冷的日子也能熬过。"

大家哈哈大笑，气氛缓和了很多。格桑拉姆的记忆力这么好，能把一段广告词背诵得如此流畅，也让大家很佩服。这也是东方玉音一直认为的，她的确天资聪明。

虽然高原上的太阳紫外线很强，但没了太阳的直射，草场上还是有些凉。喝完一杯冒着热气的酥油茶，让东方玉音轻松了不少，身体也热乎了许多。

看到坐在身边的位文昭和马黎明连杯子都没有拿起来，东方玉音皱了皱眉头。她猜到了他俩心中的顾虑，便婉转地说了一句："喝一杯，暖暖胃是好的。"东方玉音这样一说，位文昭也就端起杯子喝了两口。

马黎明或许身体还有些不适，他摆了摆手说："我是真喝不下去。"东方玉音马上提高了嗓门："喝，必须喝两口。牛奶是煮开的，细菌早已丢掉了小命。"

格桑拉姆连忙附和着说："您就放心喝，这煮了的牛奶经过高温消毒，是没有问题的。"

看到大家都把手里的酥油茶喝了，格桑拉姆转过头笑嘻嘻地问："感觉咋样？在我们草场上，酥油茶就是一个标志，虽然家家都有酥油茶，但酥油茶的制作可不简单。"

上一次来藏区时，东方玉音曾经专门参观过制作酥油茶的过程。牧民们需要先把砖茶放进凉水里，熬到色泽红黄时，再加上盐和酥油反复打制。本来水乳难以交融，但酥油茶却让它们有机结合在一起。而且酥油是当地产物，茶叶却来自遥远的内地，二者的结合被认为是因缘际会，会产生更吉祥的事物。

3

藏区的传统食物很单调，只有酥油茶、糌粑和青稞酒等，说实话，如果不是长期生活在藏区，这些东西根本咽不下去。

"吞食并且觉得这些东西甜美的重要前提，是已经把生命和思想融入藏区，融入这个充满神秘而又神圣的地方。"东方玉音想，其实，又何止这一碗酥油茶呢，去往布达拉宫、大昭寺的路上随处可见磕长头的信徒，他们手戴护具，膝着护膝，额头上结着厚厚的老茧，口中念念有词心无旁骛地五体投地，三步一磕。不远千里一路磕来，虔诚之至，令人感叹。

东方玉音看着手中的酥油茶，这又岂止是简单的一碗酥油茶呢，在与牧民的交往中，在这片草场上，这大概就是人与人之间心灵的碰撞，情感的交融。

诊疗地点在一间挺大的会议室里，这个会议室看着崭新的，只是卫生条件差了些。村里的干部们都来了，他们显得很激动，说从来没见过金珠玛米的曼巴们。在聊天中，村支书索昂尼玛说："几年前，央日俄玛大大小小的会议都在一片露天草滩上进行，在这多变的高原气候下，无论是组织会议的村委领导，还是参会的牧民群众，都要随时做好迎接风雪暴雨的准备。"

另外一个村干部嘎卓阿嘎说："在草滩上开会，最难的是冬天，高原寒冬来得早，去得晚，每次开会即便不是下雪天，村民们的手脚也冻得冰凉，要是再来点风雪，再厚的皮袄也挡不住那刺骨的寒风袭来。"

就在去年底，在政府的专项资金扶持下，央日俄玛牧点建设了新的会议室。"在会议室里开会，像是冬天赶完牛，回到自己炊烟袅袅的小家一般，"索昂尼玛激动地说道，"这里让我们牧民们联系得更加紧密，这让我们党支部的堡垒作用发挥得更加有效。还有其他不少村党委听说我们有这样一个设备齐全的现代化会议室，嚷着要借用我们的会议室开会呢！"

听着索昂尼玛书记"调门"较高而又蹩脚的普通话，东方玉音不禁笑了出来。

大家一边聊着一边做准备工作，门外到处是流浪狗，吓得东方玉音她们也都不敢出去，只能示意让牧民们排队进来。

一直跟着的格桑拉姆说，这里的藏狗其实不咬人，人和它们互不干涉就行，草原上自从有人，藏狗们就是这样生存的。但东方玉音无法放松下来，自从在格云牧委会目睹黑狗和那只大狼狗的恶战，东方玉音心里就留下了阴影。

4

草原上的牧民很多不分家，家庭成员也很多，队员们是按户筛查，有的一张表除了户主外，还能看到好长一串名字。按藏区的风俗，兄弟姐妹多时，大多数家庭里就会有一个云游僧尼，她们按照僧人的装束，头发很短，穿着紫红色的曳地长袍，有的在寺庙里，有的一直在家里生活。这样的云游僧尼不能结婚，一生不停地念佛和劳作。

东方玉音已经为很多个这样的云游僧尼检查过身体。她心疼她们，检查得格外细心。云游僧尼中有年老的，也有很年轻的，看起来她们都很快乐也很幸福。信仰的力量就是这么神奇。东方玉音虽然不明白，但也深深地被她们的情绪感染。

格桑拉姆带来的尼同今年七十九岁了，无儿无女，是一个五保户老人。听说有金珠玛米专家过来巡诊，早早就在邻居的帮助下到了乡卫生院等待。格桑拉姆把她扶了进来。

尼同患有高血压，是卫生院的常客。卫生院的医务人员跟东方玉音介绍说，无论什么时候老人过来，都是免费检查治疗。看到行走不便的尼同过来了，前来问诊的牧民们都主动给尼同让出位置，让她第一个检查。

马黎明细心为尼同老人进行了腹部彩超检查，发现她的心脏不太好。在东方玉音对她进一步心脏听诊后，确定了老人患有冠心病、帕金森综合征。巡诊队员们一边检查一边对她叮嘱生活注意事项，并为她发放了药品。

三十四岁的毛求是一位单亲妈妈，在丈夫意外去世后，一个人扛起了抚养八个孩子的重任。以前，没有牲畜、没有任何经济收入的她，即便是再努力去干活也无法填饱八个孩子的肚子，家里实在揭不开锅的时候她也只能分批带着孩子去牧村邻居家乞讨食物。一到冬天，在没有取暖的房屋里，孩子们的小脚冻得通红，毛求总是让孩子一个挨着一个地相依着艰难熬过。生活的压力让毛求喘不过气来，这个还没过四十的中年妇女显得非常苍老，密密麻麻的皱纹记录着她的窘境。

但是现在，毛求家的生活条件好了很多，政府不但给她和孩子们配备了崭新的帐篷，还给她购买了十几头牛羊，她有四个孩子被送到小学里免费读书；其余四个小的，政府还捐助了奶粉钱。以前只顾得糊口活命的毛求从未想过给自己看病，但是听说金珠玛米曼巴们来了，她今天早早地来等候。

毛求通过格桑拉姆翻译，告诉金珠玛米医疗队的医生们说，自己的下腹反复疼痛很久了。旁边的卫生员也说，她也来过乡卫生院就诊，没有查出明确病因。在吃了几年藏药以及进行消炎、理疗等多种方式治疗后，均无明显效果。

位文昭发挥了妇科医生的特长，经过检查，她断定毛求的宫内节育器已经下移，这是她腹部疼痛的元凶。毛求害羞地说，这是她生下第八个孩子之后，乡里的计生专干给她戴上的，但没过多久，她的丈夫却因为肝癌去世了。

5

一上午，医疗队把所有聚集的牧民都做了检查。结束后，位文昭和马黎明忙着归拢数据。东方玉音和一个名叫索南的牧民聊天。索南曾经在县城做过工人，懂一些简单的汉语，也很健谈，和东方玉音聊起杂那日根神山时，他用生硬的汉语交流起来竟滔滔不绝。

索南对东方玉音说，杂那日根山神的胯下是一匹龙驹，自由翱翔，马蹄永不落地。在沙日塘，整个格吉部落的子民都是靠着杂那日根山神的护佑生息下来，祖祖辈辈一代接一代，跟着神山的光芒。

索南还说，杂那的意思就是宝矿，杂那日根山神除了有数不尽的马群牛群和羊群，还应该有无穷无尽的矿藏，只是为了保护环境，政府不让开采。

等着索南停下来，东方玉音问他："既然祖祖辈辈一直随着山神的光芒过来，整个沙日塘草原有多少人口呢？"

索南说："整个沙日塘草场我不知道，但在央日俄玛，就有三百多人。"

"这过来的人没有三百多啊。"东方玉音笑了。显然，索南认为三百多人已经是个天文数字了。

索南环视了一下院子里，很认真地回答道："这肯定不是全部的人员，还有很多没来的。"

东方玉音说："为什么呀，这么好的机会，免费做体检。"索南说："这样说你们就明白了，你们今天看不到病号，国家还有钱给你们吗？"东方玉音说："有啊。"

索南说："草原上的人不一样，草原的人不这么认为，牧民们每一天都要放牧，我们今天放不到羊，就没有吃的。"

东方玉音说："这种想法是错误的，我们虽然今天看不到病号，但我们每一天都在为看病做准备，不断地学习，掌握更好的技术。我们看不到病号，说明病人少了，说明大家都健康，这是我所希望的，如果真的能这样，我宁可失业没有饭吃，也不愿看到很多人患了病而得不到治疗。现在免费医疗来到这里，而你们不能配合，就是你们的山神也不乐意的，它会怪罪你们。"说完，东方玉音故意指指杂那日根的山顶。

索南不好意思地笑笑，他不知道怎么回答了，站起来说："我要回去放牛去了，扎西德勒。"东方玉音呵呵笑着，对索南说："放牛的时候也别忘了我说的话，告诉草原上的人们，如果不去看病，而把疾病留在草原上，山神也会不高兴的。"

索南走后，东方玉音继续向前溜达。一段红土高墙吸引了她，这段高墙大约五米多高，一百多米长。土墙比较完好的部分，有一处大门，只剩下两侧的墙垛，但是墙垛的柱子居然是水泥浇筑。这个水泥柱子明显不是现在才有的，旁边一面墙上久经风雨而模糊不清的一句标语说明了它的年龄——最高指示：要把医疗卫生工作的重点放到农村中去。

扎西宗旺

1

天已放晴，蓝天白云，空气纯净。距离吃饭还有一点时间，东方玉音就喊了位文昭向着牧委会外面走去。在浓烈的紫外线下，观赏着高原特有的牛粪墙，两个沙日塘草场之外的客人，伴着稀薄的含氧量极低的冷风，走了很远。

路边有几棵似草又像树的植物，这样的植物在高原可不多见，位文昭觉得稀奇，非拉着东方玉音到跟前合影拍照。

东方玉音说："要是有信号就好了，可以用百度搜一下是什么植物，但是不用百度搜也知道，能在这里开出这么娇艳的花，价值肯定也得好几十万呢。"

位文昭跟东方玉音逗趣："咱俩任务结束后不如留下来种树呢，就种这种几十万的。"

东方玉音说："要是种树咱可不敢种这样的，仙人掌可以，沙蒿也可以，命贱好活。"

位文昭一不小心折断了一根树枝，心疼得直跺脚："咱们还是别在这祸害人家了，还是回去好好看门诊干老本行吧。"

两个人漫无目的走出很远，就快要看不到牧委会了，格桑拉姆的高嗓门却响了起来，她在招呼东方玉音和位文昭到饭堂吃饭。

牧委会食堂地方很大，做饭的师傅是个汉族人，汉语也非常地道。东方玉音诧异："怎么是个汉族人在这做饭呢？"

央日俄玛虽条件艰苦，但工作人员很热情，村里的小学老师索朗央金是个朴实能干的女孩。小分队刚到牧点大院时，这个和格桑拉姆年龄相仿的女孩就一直忙个不停，忙着帮医疗人员搬行李、抱氧气瓶，没有一丝娇柔之情。

由于长期在海拔五千米左右的高原生活，氧气稀薄，日晒强烈，皮肤粗糙的索朗央金还跟医疗队员们开玩笑自嘲："我可是'80后'，你们可别以貌取人，说我像'70后'。"大家一听，都忍俊不禁。

索朗央金也笑着，招呼大家一同进屋吃饭。这是土登杰措村长给她的工作——临时担任医疗小分队在结绕牧区巡诊期间的联络事务。

桌子上摆满了各种美食。看到汉族厨师做的一桌子川菜，爱吃辣的东方玉音不由得咽了咽唾液，一下子很有食欲。

东方玉音正想和那个汉族老乡唠叨几句，这时大门口一下子涌进来十几个人。在旁边人的小声介绍后，一个带头的汉族模样的中年男子径直走向东方玉音，直接自我介绍说："东方曼巴，我叫扎西宗旺。"可明明看起来是汉族人相貌啊。东方玉音暗自惊讶。

注意到东方玉音恍惚的眼神，中年男子笑了："我叫郭宗旺，可能我名字的后面两个字比较像藏族人的名字，时间久了，这里的牧民都叫我扎西宗旺。"原来，他们是附近的种树职工，白天出去忙活，吃饭时候才回来。

2

午饭后毫无困意，又在这里碰到了很多汉人，东方玉音就和老郭聊了起来。老郭这帮人是一个"造林冲锋队"，刚从林地干活回来，他们去年六月份种的锦鸡儿树苗，已经茁壮成长了。

老郭说，莫云地处唐古拉山山脊，平均海拔四千八百米以上，最低气温零下三四十摄氏度，气候干燥，高寒缺氧，冬季的时候更是寒风肆虐。但这样的环境照样留得住人，他们中年龄大些的，竟然有着三十多年的高原种树经验。

和医疗小分队一样，老郭的团队当初来到这里时也是频频出现恶心、头痛、呕吐、腹泻、失眠、血压升高等严重的高原反应症状。

"那时候医疗条件哪有你们这么好。"老郭说，"那时物资匮乏，人员紧缺，但是施工任务刻不容缓，施工质量更不允许有半点马虎。我和团队每天都要顶着狂风在大山里开展测绘，为了赶时间，经常中午不休息，就着咸菜馒头就是一顿午餐。你看看，这就是留下的风景……"

老郭一边说一边指着东方玉音和位文昭饭前看到的那几棵似

草又像树的植物。这让东方玉音觉得有点抱歉:"实在不好意思,古话讲前人种树后人乘凉,在这里种一棵树如此艰辛,我们倒好,不仅乘了凉,还扯掉了的树叶。"

老郭笑着说:"没事没事,我们的树一旦成活了,便没有那么娇贵,要不然怎么天天面对这恶劣的环境。"

绕过院子,一处破烂的厂房里躺着不少汉人,东方玉音一看:"这不是在饭堂里吃饭的那些人吗?"

老郭赶忙解释说:"这就是我的团队,他们临时在这里休息,原来都是在那个牧委会休息,你们医疗队来了,我们赶紧腾出来接待你们,你们做的事重要。"

一边走一边聊着,老郭讲起了他和树的渊源:"这里的人都喜欢树,不仅仅因为在藏区树很珍贵,而它代表一种精神,非同一般。"确实,在藏区的路边但凡看到的树木,定是极为茂盛相当健壮的,即便脚下是沙砾,枝干上覆盖着冰雪,树儿们也都充满着活力。

"真正雄壮的树,恰是因为经历了风霜雨雪的,恰是在最难成活的环境里活了下来。"东方玉音感慨地说。

3

走出一处高高的山坡放眼望去,四周显示出褐色的山峦,在一片与褐色的沙砾地的交会处,突然出现的山洼,一股清泉般的绿色从山中涌来,那便是树,那便是这些躺在地上的汉族人留下的骄傲与心血。

　　和内地相比，这片绿色可能成不了林，可能就是一片灌木，但只要有树，就有炊烟，就有生命，一直行走在光溜溜的高原山顶，这种突如其来的绿色和温暖感，还是让东方玉音心里比较欣慰。

　　老郭继续说："所以我们要种树，无论是居而种树还是逐树而居，我们都要种树。央日俄玛为什么能成为聚居点，和这里有很多树有关系。你们这是医疗扶贫，我们这是绿化扶贫；你们是给牧民扶贫，我们是给大山和草场扶贫。咱们虽然从事的工作不一样，但都是响应党的号召，把一种新的观念传到这里，并且让它生根发芽。"

　　东方玉音说："我们巡诊固然辛苦，但能够见到的人毕竟有限，即便这牧区里的每一个人我们都筛查了，也难免我们走后又出现病人。巡诊只是我们的一种手段，在这个相对闭塞的草场上，我们就是要让牧民们知道，除了藏医，还有西医，还有他们没有听说过的先进的诊疗思想和手段，要不了多久，这片草场就会更加健康。"

　　老郭同意东方玉音的看法："央日俄玛这里，人和地都是一样，淳朴自然，闭塞落后。医疗我不懂，就说种树吧，央日俄玛最开始是一片荒地，四周全是光秃秃的山，暴风雨不来时也寒冷难耐，当年种树，要先挖上又大又深的坑，将下面的冻土融化，然后在坑里垫上薄膜，再垫上厚厚的草，以免冰雪浸入造成烂根。"

东方玉音感慨地说:"我们面临的困难一点也不比种树少,因为闭塞,很多牧民对现代医疗的认识,同样是一座光秃秃的山。"

老郭竖着拇指说:"贵在坚持,贵在坚持,只要我们的耐心到了,效果自然就有了。"

东方玉音佩服老郭的乐观精神:"你这心态真好,但你也是幸运的,在这五千米海拔上种活了树,换成我,可能种不活就走了。"

老郭说:"我也不是到这里就把树种活了,你看,这里的每棵树,一旦冬天到了,就得给树干上捆上厚厚的草,再套上塑料薄膜,下面的根部培上多多的土,然后去祈求,除此之外也别无他法。"

东方玉音看着路边幼小的树苗说:"冬天很快到来,一旦这些幼苗活过了冬天,春天抽绿了,这个冬季就算是熬过去了。"

老郭说:"但太多是熬不过去的,或者是熬过两个冬天,到第三个冬天又过不去了。但是全队的决心依然不减,正因为这里没有出现过树,所以他们更要坚持,他们会一直种下去,与树木相依为命,直到有一天,这里绿树成荫,而且是需要仰视才能看到的树。所以,我们留下来了,这一留,就是二十年。"

4

入藏至今,无论遇到的藏族同胞还是像在藏区工作的老郭,他们的脸上都充满了幸福感，他们热情洒脱，他们虔诚开朗，在生活压力陡增的内地，这样的感情流露很难看到。

东方玉音常常在想，如果自己不是医生，或许永远不会接触到这些淳朴的面孔，而是作为一个游客，仅仅也就体验一下藏餐美食，拍拍照片罢了。现在，这片神奇的土地带给她的震撼实在太大了。

东方玉音希望老郭这样的人越来越多，这样才会把藏区建设得更加美更加进步，而那个时候的沙日塘草场，将是生活品质更高的高原天堂。

傍晚，一天的工作结束了，大家在短短的时间也结下了深厚的友谊，东方玉音、格桑拉姆、索朗央金和她们的狗，夕阳里四个朦胧的影子缓慢前行。轻风吹来，抚弄着地上的小树苗，时而把它们吹弯，时而把它们扬起，仿佛大地有节奏的呼吸。

再三确认检查完央日俄玛牧点的最后一位村民时，已经快到晚饭时间了，牧委会院子的人也少了很多，整个空间冷清了下来。收拾完仪器，位文昭对东方玉音说："今天倒是比较清静哈，不用再面对那些太过热情的老乡了。"东方玉音说："是的，咱们就做点小事，老乡们太热情了，我们都难为情。"

把仪器和物资装到车上后，大家松了一口气，看看没有人送行，大家又觉得奇怪。但是，刚刚走出大门，东方玉音就惊呆了：牧民们都在大门外排成整齐的队列等候着呢。

土登杰措和全体村干部站在最前面，他们做着挽留的手势，万分诚恳地对东方玉音说："你们为牧民们服务，太辛苦了，一定请留宿一晚，让我们表达一下感谢。"

东方玉音婉言谢绝土登杰措村长的盛情挽留，告诉他医疗小分队的任务还有很多，还有其他的牧委会需要巡诊筛查。

就在这时候，索朗央金喘着气跑过来："东方医生，可不可以先不要走？"

"天太晚了，我们就不打扰央金了。"东方玉音以为是索朗央金想挽留她们吃个饭什么的，赶紧委婉地拒绝。

"还有一个，还有一个没检查。"索朗央金气喘吁吁地说。

"谁呀？男的女的？"东方玉音问道。

"一个女孩！"索朗央金把手指向一个地方。

东方玉音突然停住拿东西的手，愣了一会儿立马转向位文昭和马黎明："拿仪器，咱们马上赶过去。"

"不！不是。"索朗央金赶紧拉住东方玉音的手，"她不在村子里。"

"怎么了？不是你们村子的？"东方玉音问。

"是我们结绕牧委会的，她叫拉珍欧珠，住在沙日塘草场最远的地方，她肚子里有包虫，听说有医生来学校检查，她的奶奶今天没让她来上学，在草场上的牧点躲着呢。"索朗央金气喘吁吁地解释着。

5

东方玉音看了看格桑拉姆，格桑拉姆说："那个地方你们之前去过，扎曲河上，距离云朵索道不远的那户人家。"

东方玉音一下子记起来了，更求达吉曼巴专门告诉过她，说巡诊央日俄玛时别忘了这户人家。真是的，怎么就忘记了呢。

但是，格桑拉姆说今天肯定赶不过去了，时间不够了。

索朗央金结结巴巴地说："你们，能不能在这里住下？"

东方玉音明白索朗央金的担心，她扶着索朗央金的肩膀说："我们没有在央日俄玛住下的计划，央日俄玛距离格云牧区并不远，大家还是希望回到自己的固定住所。你放心，明天哪都不去，就去找拉珍！"

牧民们又围了过来，热情的老乡们一拨又一拨挽留队员们住宿，尤其是一位年纪很大的阿妈，她不断地邀请位文昭去她家住下。可能是怕位文昭有所顾虑，那位阿妈还认真地介绍她有两个女儿，分别是二十岁和二十三岁，东方玉音和大家只能再三拒绝。

终于冲出了这高原上热情的"包围圈"，直到队员们的车远远离去，东方玉音还能从后视镜看到老乡们不舍的目光。汽车从路边驶过，路过的行人也招手微笑。牧民们久久凝望着这支跋山涉水来为牧民看病的小分队，直到车身渐渐消失在央日俄玛。

车子走到高处时，雨水落了下来。东方玉音打开窗子，冰凉的风吹打在脸上，她打了一个冷战。天色渐渐暗淡下来，身后的央日俄玛早已消失在大家的视野里。

位文昭已经打起了呼噜，马黎明和格桑拉姆在低声说着什么。东方玉音轻轻地靠着座椅后背，困意像一张大网袭来，紧紧地将她包围……

6

晚上十点多，细雨变成了暴雨。车速缓缓慢了下来，再走一段距离，直接停下了。松周说："走不成了，暴雨冲垮了道路。"

怎么办？东方玉音看了看车灯照耀处的断路，在这样的高原这样的时间，今晚是别指望修好了。一切只能松周说了算，松周说："只能返回央日俄玛。"

天灰蒙蒙的，车子继续在崎岖的山路盘旋，再次向着央日俄玛驶去。路上的能见度很低，路的一侧是草场，另一侧便是光秃秃的石山。被风化后的石山，危峰兀立，怪石嶙峋，犹如久经风雨侵蚀的千年堡垒。

坐在副驾驶的东方玉音"啊"一声，松周紧张地问："怎么啦？"坐在后排的位文昭替东方玉音回答说："前面是个急转弯，车子似乎要冲向悬崖。"松周笑笑："你们多虑了，这条路上，每一颗石子都是我的朋友。"

但是大话很容易过头，话刚落音没一会，松周就"哟哟哟"地叫出声。伴随着哐哐一阵急促的操作，东方玉音探头一看，平日里来来回回的雪路竟然开始融化，导致路面湿滑轮胎打滑。

东方玉音说："要不让队员们下去推车吧？"松周摇摇头示意不用，他让队员们系好安全带，然后把车子换成四驱，于是轰鸣声开始变得急促，车身抖动着缓缓前进。

越往里走，路况就越差。空中还飘着零星的小雨，车上的雨刮器左右来回，发出吱啦吱啦的声音。

驶在泥泞的路上，松周不敢有一丝大意，车上的队员们透过窗也在观察周边的山，山上不时有石子落下。驶过一段泥泞后，松周发现车子出现了异常的响动，他在车内提醒了一句："大家把安全带检查一下，一定要系紧了，握住车里的扶手。"说完，他将车锁又检查了一遍，以防出现紧急情况，队员们误将车门拉开。

一次颠簸，队员们随着车上下起伏，屁股都离开了座位。车子越来越抖，"哐当"车子似乎被什么顶了一下，再使不上向上的力。松周使劲打着方向盘，但它就是不听使唤，像雨挂器一样左右摆动，车子也在向山下滑走。

随着摆幅越大，车子开始原地打滑转圈。车里的人都感到一阵头晕目眩，松周双手死死握住方向盘，拉住车刹想要极力稳住。

位文昭有些害怕不敢睁眼，一只手紧紧地抱着东方玉音，另一只手死死拽住车门把手，尽量控制住自己不随车晃动。

车身转了大概两三圈，向后滑动了十来米，终于停了下来。松周连忙操纵车辆，不让车子继续向下滑，可路却偏偏给他们出难题，车子仍在向下。松周看看后视镜，又将车窗摇下来，不顾山上砸下来的石块探出头去看路。

不幸中的万幸，凭借丰富的驾驶经验，松周使车尾正好卡在两块滚落的大山石中间。

黑沉沉的夜，仿佛无边无际的浓墨重重地涂抹在天边，虽然暴雨渐停，但乌云还未散去，除了驾驶室顶篷的一束光亮，外面连一丝星星的光都找不到。好在山顶上是白茫茫的雪，在夜空的映衬下更加深邃幽蓝，孤独和凄凉快速席卷而来，这个雪夜注定漆黑而漫长。

车上所有人的干粮已经吃完了，饥饿和困乏开始慢慢泛起，山上的空气更稀薄，位文昭开始头晕起来。马黎明给她让了一点位置，位文昭在座位上斜躺下来。但怎么都不舒服，她还是不断地翻动着身体，趴着、侧着或者缩成一团，试图能找到一个舒服点的姿势，但都是徒劳，许久没有的高原反应终于来了。

7

央日俄玛停电了。索朗央金在牧委会等着，她说草场上的电没有并入国家电网，停电是家常便饭，经常是前一秒有电，后一秒停电，现在是多雨天气，停电就更不用说了。

大家草草躺在牧委会临时准备的房间里，那是一间闲置的储物间，空空荡荡，一点取暖设施没有。东方玉音每次出门都做足了准备工作，带着电热毯，电暖气，热宝，为了双重保险，还拿着灌热水的热水袋，但是现在停电，跟电有关系的一切取暖设施通通作废，就连开水也提供不了。

索朗央金怕大家会冷，便邀请都去她家里住宿："我家有牛粪炉子比较暖和，也有大炕，可以躺下十个人。"位文昭和东方玉音拒绝了索朗央金的好意，在外颠簸工作一天，确实累了，一动也不想动弹。

东方玉音这几天睡眠不好，她躺下后又爬了起来找安眠药。东方玉音在包里摸到了许久没用的记事本，她停顿了一下，拿出笔，像是突然有了诗人一样的感觉，便借着手机的光芒在本上写道：纯黑的夜色有太多的茫然，而带着一点灯光的夜色，更能使人安然入睡。

门外的流浪狗在狂吠，也不知发生了什么事，屋内老鼠在肆无忌惮地散步，大家就像轮流值班一样，此起彼伏地不时喊一嗓子吓唬一下，但停止几分钟后又开始窸窸、窣窣满地都是碎步声了……

安眠药起作用了，东方玉音迷迷糊糊地睡了过去。为了保暖，东方玉音在睡袋外面盖了大衣，但睡袋实在太滑，几次掉在地上，后来她就索性不管了。大约四点，东方玉音冻醒过来，睡袋里上端是热乎的，但脚部还是凉的。使劲把腿缩到睡袋中间的位置，人也就醒了。

东方玉音迷迷糊糊把大衣又拽到了睡袋上面，却迷糊听到大衣里有窸窸窣窣的声音，她猛地一抖，嗖的一下，从大衣里跑出去一个东西，是一只老鼠！东方玉音再无睡意，她睁着眼，苦苦等待天亮。

滴滴答答下了半夜的雨，早晨出来见到的却是满世界的雪，皑皑白雪将远处的山体覆盖，银装素裹的美景近在咫尺。东边的天已经开始泛白，从云层间布满整个天空的阳光像一张无边无际的渔网，将整个山体笼罩起来。刚过七点，太阳如此焦急地出来了。

牦牛漫步

1

一夜的暴雪遮蔽了整座杂那日根神山，它高高地耸立在云层中，像一座巨大无比的白银柱子。暴雪是早晨断续停止的，东方玉音喊了几声起床了，但大家都不愿意起来。

格桑拉姆睡梦里嘟囔着："这样的天气，可没法去拉珍家，只有雄鹰才能飞过去。"格桑拉姆昨晚在睡袋里玩手机到很晚，把时间睡颠倒了。

牧委会里的人都很勤快。院子已经被打扫干净了，厚厚的大雪被翻开在两边，清理出了一条路径。东方玉音顺着小路往外走，正碰到土登杰措村长带着几个人牵牦牛过来，索朗央金也跟着。土登杰措对东方玉音说："索朗央金会陪着你们去拉珍家，你看，牦牛已经吃了霜草，力气大得很呐。"

东方玉音没有明白村长说的霜草是什么意思，但大体知道应该是个好事，就冲着村长竖了个大拇指。索朗央金笑着解释说："霜草就是有劲的草，下了雪，打扫出来，长了一夜的嫩芽水分充足，营养很高，让牦牛吃这样冰冻过的草，就会有力气，因为要赶很远的路。"

看东方玉音有点疑惑的表情，索朗央金接着向东方玉音说："去拉珍家，根本无法开车，村里又怕耽误巡诊工作，就早早就准备了几头健硕的牦牛，早晨五点多雪停之后就赶到一处打扫好的草场上吃霜草。"

索朗央金很有力气，她跟着牛群回来的时候，还带来了一些木柴，她说这是从小学厨房里拿来的，路上烧牛粪的时候，容易燃火。

东方玉音说："那我得赶紧再喊她们起来。"

索朗央金说："先让她们睡一会吧，早饭还没有准备好。"草场上的早饭总是接近中午，东方玉音想着不吃早饭直接出发。索朗央金说："那可不行，不吃东西就上路，根本无法御寒。"

早饭时，东方玉音说村里准备了牦牛，要骑着牦牛去拉珍家。格桑拉姆直说这不可能，这不可能。东方玉音坚持说："我们军人都是坚强的人，央日俄玛的牧人也是坚强的人，你如果不愿去，可以在央日俄玛住着等我们。"东方玉音这么一说，格桑拉姆也不好多说了，吃完了饭，大家都去收拾自己的物品。

村干部帮着大家把物资打包，除了每人骑着一头牦牛，还有两只专门驮运物品。出门时，索朗央金抬头看看天色，又有一些黑暗了，格桑拉姆再次提出疑问时，索朗央金也过来说："神在我们这一边，杂那日根神山也会帮我们的。"

2

在藏区的这些日子，东方玉音骑过几次牦牛，但都是短时间的，这次估计要骑一天，东方玉音觉得有些挑战，但她还是非常愿意有这样的体验，也是为了及时地见到这个小病人。

村长骑着牦牛送出了村子，他手里摇着转经筒，刚过了村子路口，他就"呀嗦嗦"地喊了一嗓子："神灵啊，保佑他们……"

索朗央金说，村长是个很有力量的人，牧民们都很尊敬他，草场上的牛羊也尊重他，当他喊叫的时候，动物们都要弯腰，这会一直护佑我们的平安。

牦牛在齐腰深的积雪中行走着。领头的是一头纯黑皮毛的公牛，体格健壮，仰着头，走得很卖力，嘴里喷着白光，就像馒头快要出锅时的蒸汽。骑在黑牦牛背上的松周嘴里不停地发出"嗦嗦"的响声催促着。

"嗦嗦"的声音转着弯儿从松周喉咙里直到很高很远的山顶，声音撞击到很高很远的山顶，就有了一群声音，一群嗓子在发出"嗦嗦"的声音。

牦牛们需要表现一下，它们使劲地甩开四蹄奔走几步，把尾巴摇得啪啪作响，等松周的声音的在一拨一拨的回旋中消失了，牦牛又恢复了原来的步伐。

格桑拉姆喊着让大家都戴上眼镜，雪地反光太严重，否则会流泪的。东方玉音说："格桑拉姆提醒得对，雪盲症甚至会导致失明。"

但是格桑拉姆没有戴她的眼镜，她回头探着身子从牦牛尾巴上扯了几根长毛编织了一个网状物，然后戴在头上，她说这样一样可以防护眼睛，在没有眼镜之前，草场上的人们都这样在雪天防护眼睛的。

牦牛稳健的步伐让坐在上面的东方玉音有了些恍惚，跟在松周后面的东方玉音被雪光映得睁不开眼，她把眼镜戴上，帽子也捂紧些，风儿越来越大了，卷起的雪不停撞击着牛的胸口，而光线则撞击着她的视野。

牦牛的四条腿交错落下，规则得像上了发条的玩具，积雪被踩出的吱吱声很有韵律，拖着不长不短的尾音，让草场上的云雀都困倦起来。

云雀在雪地上蹦蹦跳跳，或者就索性不走了，松周喉咙里发出"嗦嗦"声音的时候，它们也不害怕，它们是杂那日根神山上的雀儿，是杂那日根山神的使者，在这沙日塘草场上，雀儿什么没见过呢，它们毫不害怕，它们偶尔也挥动翅膀，等牦牛远离它们的时候，它们就支起翅膀，只需要忽扇一下，紧接着便像一个打出去的旋片儿，贴着雪地晶莹的表层，腾跃着落在牦牛的前方。

大雪遮蔽了草场，杂那日根山神的使者们暂时失去了食物来源，索朗央金从牦牛背上的袋子里掏出一把青稞面"哗"地撒在了雪面上，雀儿"呼呼"扑着羽翅落下来，这是它们预料中的美餐。

3

东方玉音刚到牧区来的时候，还要大口大口地喘气。从玉树州医院出发到杂多县的汽车上，她一直沿途呕吐。尽管出发前吸足了氧气，但是汽车行驶在海拔四千七百五十米高度的山区时，头疼让她再度无法忍受。咬紧牙关坐到了杂多县城时，她扑倒在宾馆床铺上再无法起身。

接下来三天，东方玉音几乎滴水未进。还能不能待下去？是否要先行撤回？无论是医疗队长还是医疗队里的其他成员，在当时那个情况下，大家都拿不准意见。

杂多县医院的领导们也充分关注，认为还是赶紧下到西宁去。走还是留，对于工作来说，并不是一件特别重要的事，但作为医疗队的团体一员，大家谁也不愿意中途有人退场。为了解决这个问题，医疗队借助携带的机器设备对东方玉音身体的各项指标进行监控，两天以后，才有好转。

但眼下，在这五千米的高海拔上，行走在这茫茫的雪原中，东方玉音反而觉得很自豪。对于一个内地人来说，生命中有这样一次经历，很有意义。骑在牦牛背上，享受着牦牛的散步。

当然，在神秘感的刺激下，短期的藏区工作并不让人感到辛苦，辛苦的是那些常年在此工作的汉族人。除了这里种树的老郭，东方玉音又想起医疗队进藏后，那个负责接待她们的，省卫健委办公室的马大姐。

马大姐出生在藏区，成长在藏区，她的父辈是援藏过来的，所以她自称是个"藏二代"。马大姐身材不高，但特别爱笑，而且每次一笑眼睛都会弯成月亮。

马大姐患高血压和心脏病多年，肺动脉高压六十多，内地的专家都说她不应该再在藏区工作，但她离不开："虽然我不是藏族同胞，但我可是生在这里的，这就是我的家，我不是藏族，但我是藏人，我不在藏区，能去哪里？"

医疗队刚刚到来时，马大姐非常关切地询问队伍能在这里多久。在马大姐的理想里，解放军的医疗队技术过硬，最好能待的时间长一些才好。当时，东方玉音没有明确回答这个问题。因为，按照计划是每年四个月。但自从医疗队到来之后，好多天都在与高原反应进行拉锯战，耽误了不少时间，以至于谈论这个话题的时候每个人还带着深深的自责，觉得对不起马大姐。

但马大姐很懂大家的心情，她反过来安慰东方玉音说："你们能来就已经很好了！还带了设备和药品。回想我们当初下乡，一人只背着一个医疗箱，但医术有限，能做的事情很少。"

是的，今天的医疗队，带着最先进的机器设备来到藏区，这是更多的希望所在。东方玉音看了看最右面的那两头牦牛，那装着进口 B 超机的银色金属拉杆箱在阳光下一闪一闪。也许这支医疗队并不能解决太多的问题，但留下的科学诊疗理念、培养的牧区医护人员，将永远改变这片高原。

4

在莫云乡的这些天，尽管一直没有停歇，但东方玉音的高原反应减缓了很多。相比之下，位文昭和马黎明的状态还是不行。往返坐在车上还好，一旦到达牧点在牧户帐篷之间行走，他们还是很不适应，总要大口喘气。

尽管吃足了霜草，但长时间行走在比较深的积雪里还是很费力气，牦牛的步子逐渐慢了下来。翻过一个坎子，大家停下来吃干粮。

趁着休息的间隙，两个小姑娘赶紧扒开一片雪地，牦牛们伸着脑袋也啃食起霜草来。位文昭和马黎明坐在背囊上，看着牦牛们吃得那么投入，自己也吃得投入。东方玉音想到索朗央金是个小学老师，便和她聊起了牧区的学校。

索朗央金说，比起以前自己上学的时候，现在的教学设施先进了不少。当然，除了硬件设施，还有全国各地来支教的老师，这些老师们不仅带来了知识，还带来了很多崭新的观念。索朗央金谈起了曾在这里支教过一个学期的音乐老师。那个老师来自一个遥远的地方——苏州，老师笑起来很甜，嗓音清澈明亮，跟本地人唱歌不大一样。说着，索朗央金还哼唱起了老师教唱过的《我和我的祖国》。格桑拉姆没等索朗央金唱完，便抢着把最后几句高音给唱出来了，然后两个人一阵哈哈大笑，又疯在了一起。

东方玉音很好奇，在二十年前，这样人迹罕至的地方，教育是什么样的呢？等两个小姑娘疯玩了，东方玉音就让她们讲讲上学时的趣事。

格桑拉姆说自己学习不好，还跟人打了几次架，没啥趣事。看来她对这个话题不感兴趣，走到一边陪牦牛去了。但东方玉音还是觉得，格桑拉姆不轻易对人打开心扉。

索朗央金说她上学有些晚，比身边的同学要高出一个头，这让她刚入学的时候几乎没有同伴。偶然一次看见，一个同学踮着脚费劲地擦着黑板，她走过去接过黑板擦将高处擦净后，默默地回到了座位上。第二节课下课后，那个同学便邀请她一起去学校门口的小商店。

索朗央金说："因为个子一度让我没有朋友，也因为个子让我交到了第一个朋友。"

东方玉音笑了笑说道："因为你的善良，所以才会有更多的同学愿意和你交朋友。"

看着马黎明和位文昭有些发紫的嘴唇，又看了看东方玉音红润的面容，索朗央金说这是神灵的帮助，但不远处的格桑拉姆听到了："这是因为东方玉音体质好。在北京吃得好穿得好住得好，来到高原身体也好。"

格桑拉姆的话虽然没有什么逻辑，但东方玉音觉得，这个孩子在很多事情的认知上更倾向于理性的科学，尽管她说不明白，也不太懂，但她能表达到。只是，格桑拉姆是个高傲的女孩，敏感多疑，如果她没有在外上学的经历，或许不会这样，但这绝对不是一个错误，而是进步，敏感多疑是意识到了差距才会有的反应。尽管这个女孩性格倔强，东方玉音一样很喜欢她。

藏区的教育相对滞后，但近几年已经开始发生变化。随着国家不断加大扶贫力度和教育资源倾斜，教育工作逐步进入正轨，儿童入学率有了极大的提升。但是，牧区的教育发展还需要一个过程，但东方玉音相信过不了很多年，会有更多像格桑拉姆和索朗央金这样的孩子因为教育、生活更加有保障而变得智慧和阳光，会有更多的孩子走出大山，看到不一样的世界。

队伍再次出发。即使休息了一会，马黎明表情仍然很凝重，他总是担心自己高反。松周说得对，高原反应有一大半的原因是心理作用，想得多了自然有反应，这虽然不是科学上的逻辑，但划归于心理暗示是可以的。

位文昭精神好了一些，她拿着手机不停拍照。一路上，格桑拉姆和索朗央金一会儿说汉语一会儿说藏语，她们斗着嘴，嬉笑着，格桑拉姆甚至爬下牦牛背，团起雪蛋子和索朗央金对打。位文昭回头看了看远方的雪地，原本跟在身边吃食的雀儿并没有跟上来。

5

格桑拉姆和索朗央金打闹累了，格桑拉姆就坐在牦牛背上闭眼养神。索朗央金精力充足，就把牦牛骑到了东方玉音并排的地方。牦牛本来顺着头牛走出的雪路走，突然被拉出队伍很不愿意，但索朗央金明显是个高超的骑手，她一阵吆喝又踢又蹬的，那匹黑得发亮的牦牛就老老实实走到一旁去了。

索朗央金要和东方玉音说话，她问大海是什么样子的，大树是什么样子的，她说自己真想出去看看，但是长了这么大，自己还没有走出过这片草场。

东方玉音说，没见过大海可以想象，但是你怎么会没见过大树，那你的知识是在哪里学的呢？索朗央金说是在县上。东方玉音一想，确实，在整个县城也没有什么大树。

在杂多县的境内，树木的高度能超过十米的只有昂赛大峡谷里面。但是，索朗央金说这个大峡谷她也没有去过。索朗央金说，大峡谷如今被开发成旅游景区，来了很多外面的人。

索朗央金是一个谦虚好学的孩子，这让东方玉音非常感动，索朗央金是政府资助的牧区孩子，这批牧区孩子被资助到县里的师范学校培训，她们按照培训计划再返回草场，担任起牧区小学教师的职责。东方玉音觉得这是对的，所有的一切都要从教育抓起。

在去年的调研期间，东方玉音曾见到过很多脸色异常憔悴但精神饱满带病坚持上课的老师。他们用自己全身心的爱，如同慈爱的父母一般给孩子们耐心认真讲课。在海拔四千七百五十米的昂赖村小学里，有一个曲麻莱县籍的老师，因为紫外线异常强烈，年纪轻轻患上了白内障；而另一位囊谦籍女教师，父亲病重几个月，因为高山上信号不通，她对家事竟然一直毫不知情，直至在父亲去世后十多天才得知家中的变故。

东方玉音也遇到过很多女老师已经是三十四五岁的年龄了，

但由于一心只顾着给孩子们上课，仍然没有解决自己的终身大事；还有好几个乡镇的寄宿学校及瓦里滩孤儿学校，有好几个孩子年龄太小，经常把大小便拉在内裤里，但那些女老师们一直坚持给孩子们清洗。

县城里同样如此，东方玉音见到过教育局的秘书和信息员们通宵达旦地加班。东方玉音认识的一个马秘书，年龄不大却患有严重的胃病，他常常一边吃方便面一边吃药地加班。

6

索朗央金说，支教的老师里民族很多，这也让草场上的孩子们领略到其他民族的特点。那些不远万里前来支教的老师里，有汉族老师，有蒙古族老师，有回族老师；他们有本省的，也有一线大城市的。

是的，这是让东方玉音感到欣慰的事情。在这片人迹罕至的高原上，正是这些来自五湖四海的老师们用这样的人间大爱温暖着每一块藏区的草场，而藏区的孩子们也都时刻感受着这份大爱，感受到这份大爱包含的温暖。也许在一些人的眼里，老师并不是最有色彩的人，但他们绝对是这个世界上最有温度的人。

东方玉音和索朗央金交流着她们对藏区教育的看法和观点，也交流坚守在草场上老师们的艰辛与不易。东方玉音表达了对索朗央金的钦佩，她和那些老师们用生命和青春坚守着这样的草场和诸多的孩子们，这是一种绽放在高原上的光辉，是雪域上的一份温暖。

索朗央金

1

　　但是，也有一些情况让索朗央金觉得失落，当东方玉音问到央日俄玛牧点的教育情况时，索朗央金说，大部分的家庭都是好的，但草场上也有很多对神不敬的家庭。

　　索朗央金说，有的学生放学回家时，看到的是酗酒的父亲殴打母亲，或者是整日家庭争吵接连不断；有的学生回到家里见到是聚众赌博的场景，更不能接受的是，一些父母在"三缺一"的情形下，让孩子参与赌博；还有一些家长以巨额赊账的形式购买赛马后，因为孩子体重轻赛马容易赢，就让孩子学会骑马，然后去赛马赌马。

　　东方玉音安慰她说："这种情况在内地的一些家庭里也都存在，虽然有一些这样的家庭，但我们的主体是好的，这就是我们工作的意义，这就是我们的希望。而那些不好的，我们要想办法去帮他们做出改变。"

　　索朗央金接着说："还有一些父母，因为自己与别人的隔阂和矛盾，就在孩子的心里播种仇恨，跟孩子说：谁谁是我们家的仇人，你在学校见到这些人的孩子一定要压住他，不能被人欺负。甚至是因为牧委会换届选举产生矛盾纠纷，双方家庭联结亲友圈形成矛盾不断的派系。"

东方玉音叹了口气："在这种环境里成长，孩子也是受害者，大人说什么他就会做什么，但好在这种情况只是个别家庭。对这样的家庭，我们要区别对待，作为老师，你一定要担负起责任来，去找他们的家长谈，通过牧委会和他们谈，只有这样，才能给孩子们以最好的未来和希望。"

当谈到学校的硬件设施时，她们聊到了外来援助。索朗央金说："这些年，外来的援助很多，各种机构都涌进了进来，整个沙日塘就像沸腾了一样。"但是，索朗央金又说，有很多援助更像是浪费。她举例说，有的援助机构一次性给全校学生每人都购买了装订精美的哲学史、思想史、高科技类书籍，索朗央金说她也看不懂，钱没少花，但没援助到点子上。

去年调研包虫病情况时，东方玉音也曾见识过这样的援助。在一个牧委会里，东方玉音看到过一个超大的牧民图书馆，规模堪比省里的图书馆。图书馆是内地一家大企业捐助的，按照国家标准，每个人四十本图书的比例配备。那个牧委会图书馆共计有几十万册图书。但那些都是什么书呢，一些枯燥的学术理论书籍，一摆就是几万本，没人看，也看不懂，和牧民们有关的养殖类书本没见多少。也不知从哪来的这些书，采购渠道是什么？为什么给孩子们买这些书？东方玉音看着索朗央金带着感恩又无可奈何的复杂表情，心里也是五味杂陈。

2

对于草场上的孩子们来说，经济方面的需要并不是最紧要的；这些孩子从来没有走出过大山，单靠文字，他们有时候理解不了外面的世界。索朗央金诚恳地说，自己曾经在县城新华书店里看到过一些小学生绘本，她认为这样的阅读资料比较好，更利于牧区的孩子理解外面的事物。

索朗央金的话，让东方玉音心里有了一种微妙的释怀与兴奋感。"条件有限，但孩子们学到了知识，未来就有无限的可能。一定要克服困难，把孩子们的学习习惯和学习能力培养起来。"东方玉音对这位心底无私的央日俄玛牧点小学老师鼓励说。

说到这里，索朗央金停了下来，她老老实实地问了一句："什么算是学习的能力呢？这个我不明白。"

东方玉音说："学习的能力就是找到更好的学习方法，比如你提到的那些绘本，也是提高学习能力的一种手段。"她还告诉索朗央金，在这里，孩子们应该有比绘本更好的学习方法，比如让学生们到那些自然奇观的大峡谷进行漂流和植物的考察，让他们知道哪些是珍贵物种，哪些是国家保护的。

索朗央金眼里闪着光芒，她激动地说："这个思路好，以后可以尝试这样带孩子们。"

东方玉音接着说："这个过程也是培养孩子思考问题能力的过程，让他们知道哪些是国家保护的，就要知道为什么要保护它，这就引申出它是如何遭到破坏的，也能培养出他们的环保观念。"

索朗央金自豪地说："藏区的环保习惯整体比较好，这几年也有法律规定，很多地方禁止随便挖藏药材，比如洛扎曼巴，以后可能就要无法采摘了。"

"藏医藏药是宝，要爱护它。"东方玉音认真说道，"不仅仅是藏药材保护，我们要保护每一个珍稀物种，保持雪山草原上生物的丰富性，青藏高原是世界上的植物保护金库，我们每一个人都要为保护这座金库做出努力。"

索朗央金赞同地说："一些靠近县城的牧场，雪莲花到处被游客们连根采掘，绿绒蒿也被挖光。再不禁止，就连我们这样偏远的地方也要危险了。"

东方玉音感叹地说道："洛扎曼巴采摘藏药材是为牧民看病的，有益处的采摘，他本来可以一直这样做下去，但是被游客这样滥采滥摘，反而把好人也连累了。"

3

看到索朗央金对沙日塘草场上的事情知道如此之多，东方玉音问道："你在央日俄玛工作多久了呀？"

"我是中专毕业后才到央日俄玛的。"索朗央金说。

"哦？"东方玉音看着索朗央金，"你不是这片草场里的人？"

牦牛的步子不紧不慢，索朗央金就开始讲她的身世："我是地道的本地人，我小的时候就在莫云乡长大，那时候我的姥爷是莫云乡食堂里的厨师，爷爷是乡政府的会计。但小学时我是跟着阿妈在县城里长大的。"

索朗央金接着讲起了她的阿妈，索朗央金说，她的阿妈是沙日塘草场上最美的花，她在十九岁那年嫁给了她的阿爸。在她大约十五岁的时候，就和阿爸订婚了。

但结婚后不久，阿爸和阿妈就产生了矛盾，索朗央金五年级时，阿爸阿妈的矛盾开始升级，他们的话题里出现了离婚。阿妈是个刚烈性子，从不屈服阿爸，没过多久，狠心的阿爸就断绝她们的生活费，而且极少回家。

阿爸打算抛弃阿妈那天夜里，家里的大门被打开了，或许是阿爸又喝酒了寻事，索朗央金和阿妈装作睡熟不敢吭声。卧室也被打开了，黑暗中进来一个人，摇摇晃晃地走向她们的床。这绝对不是自己的阿爸，索朗央金惊醒后，警觉的阿妈也打开了灯，一个她们熟悉而陌生的男人站在床前，已经醉得不成样子。阿爸在外面有了女人，这个男人就是阿爸姘妇的男人，他被阿爸灌醉后送进了阿妈的房间。

索朗央金和阿妈把这个可怜的男人送出家门，阿爸正站在门外，冷冷地说："你们干了这样的坏事，这日子没法过了，必须离婚。"阿妈当然不同意离婚，哭着说是这个男人走错了门，已经被自己和女儿轰出去了。

一番纠缠之后，阿爸换了另外一种方法，他表情沉重地对阿妈说："现在，那个女人要状告我，我们俩还是先离婚吧，等我和这个女人彻底清了，我们再复婚，不看我的情面，也得看两个孩子的前程分上吧，一旦我被告掉了工作，孩子们就全完了。"

阿妈最终同意了阿爸的离婚请求，按照规定，妹妹由阿爸抚养，索朗央金跟着阿妈。阿爸还预先给索朗央金留下六百元，是她从十二岁到十八岁六年的生活费，既然是假离婚为什么还要把她的生活费都支付清了，阿妈当时并没有多想，坚信这个男人还会回来找她。

离婚不久的一天，阿爸说要带妹妹出去玩一会，然后三天都没回来。阿妈找到阿爸单位，说这个人已经调到省里了，但不知道在哪个单位。阿妈知道，离婚这个事成真了，她急火攻心，舌头一夜之间全黑了，逢人便说："我的孩子没有了，我的孩子没有了。"

4

通过阿爸的一个亲戚，索朗央金阿妈知道索朗央金的阿爸调到省税务局了，而那个女人也被调动到省里某银行，从临时工成了一名正式国家工作人员。那位亲戚还说，阿爸把索朗央金的姑姑接了过去专门照顾索朗央金的妹妹，这给了她们一点线索，于是通过亲戚，她们联系上了在阿爸家的姑姑。

一个周六的上午，索朗央金和阿妈住在西宁的光明旅馆等着姑姑和妹妹，快到中午的时候，姑姑果然带着妹妹来了。妹妹虽然穿得崭新，但满脸愁容，她和阿妈抱在一起痛哭，说自己回去肯定会遭到毒打。

大家都安慰她说阿爸不知道没事的，妹妹却坚持说阿爸一定会跟踪过来的，大家都觉得妹妹是疑心太重了。姑姑告诉阿妈，说索朗央金的阿爸和那个女人只是在一起生活，并没有结婚，这让阿妈有些安慰，想着以后还有复婚的可能。

到了晚上，姑姑把妹妹带回去，约定第二天上午再带过来。但是等到周末上午，只有姑姑自己过来了，还抱着她才只十个月大的孩子。姑姑气愤地说："他昨天真的跟踪我们过来了，昨晚回去就把孩子暴打了一顿，我和他大吵，告诉他这个事我必须伸张正义，为什么孩子不能见阿妈，他像疯了一样，说就是不能见。"

兄妹俩彻底翻脸后，姑姑抱着十个月大的孩子从她哥哥家离开，再也不愿待下去了。姑姑说完，索朗央金隐隐约约想起，昨天下午在房间时，不停地有人甩着石子砸她们的窗户，想必那就是阿爸了。

索朗央金和阿妈回去后，一直住在食品厂的房子里，食品厂的领导说她们很苦，也不收房租了，就这么住着吧。这时，院子里的那个阿尼帮了大忙，他对索朗央金说："县体校柔道队招人呢，你个头可以，过去吧，总会有口饭吃。"

索朗央金到了县体校不久，阿妈也跟着过来了。那年，三十一岁的阿妈被姥爷介绍给了县体校隔壁拖拉机厂的一个工人，这个工人家里有两个孩子，老婆跟着别人跑了，命运上算是和索朗央金阿妈一样吧。因为是老婆跑了，并没有离婚，因此这个男人并不能和索朗央金的阿妈结婚，他们就这么过着，索朗央金偶尔也去他们家里吃顿饭，日子虽然不是特别好，但也渐渐有些生机起来。

索朗央金从小学习就好，在体工队中断学业之后让她压力巨大，一年之后，她准备离开体工队回去继续上学。阿妈犹豫着，不知如何安顿索朗央金，就在这时，那个男人的老婆回来了，那个男人说自己的孩子不能没有妈妈。就把索朗央金阿妈赶出来了。因为县食品厂的房子已经退掉了，索朗央金和阿妈回到了姥爷家，索朗央金越过初二的课程，直接进入初三下学期。阿妈则在家里帮着姥姥操持家务。

尽管阿妈背负着沉重的思想压力，但有着姥姥的关爱，她还是可以很好地活下来，直到一件事情的发生，彻底压垮了阿妈。有一天，一个年轻人去姥爷家偷东西被现场抓了。这个小偷的阿妈是个很厉害的角色，她过来领她的儿子时非但不诚恳道歉，反而直接冲着索朗央金的阿妈一顿大骂："你这个没人要的破烂货，你这个被人甩的婆娘，活该，活该！"

5

这顿无缘无故的叫骂让索朗央金阿妈一下病倒了，在医院，医生说阿妈是肝气郁结气滞血瘀症，医生说，除了吃一些中药调理，最主要是要保持好心情。阿妈病倒，让索朗央金几乎要崩溃了，大脑一片迷茫。阿妈病倒了，让姥爷更加焦急，姥爷说，女儿不能死在娘家，那样的话无法下葬，必须再去找个婆家。姥爷听说格云牧村有一个男人死了老婆，撇下了两个儿子，这样的家庭急需一个家庭主妇，姥爷便亲自上门说媒。阿妈的第三次婚事看起来进展顺利，出嫁前，姥爷对索朗央金说，你再也不能跟着去了。于是，索朗央金暂时留在了姥爷家。

阿妈的病情越来越严重，匆忙进入生命里的第三次婚事也没能给她"冲灾"。在那个脏乱不堪的家庭里，阿妈每天噩梦连连，身体越来越差。那个男人多次带阿妈看了医生，但病情毫无好转。几个月后，那个男人把阿妈的嫁妆收拾了一下，对阿妈说：家里太忙，你先到娘家养病去吧，等忙完了再去接你。

阿妈被送到姥爷工作的餐馆里，姥爷又把女儿送回家里。细心的姥姥把包裹拿到里屋里仔细翻看了一遍，包裹里的杯子是拆开的，按照当地风俗，这是退婚的意思。

阿妈的病情每况愈下，开始安排后事。有一天，阿妈把索朗央金叫到身边，握着她的手说："如果你的阿爸来看我一眼，我就会好的……听说你阿爸现在混得很好，你阿爸再坏也是你阿爸，去找他吧，他只要能给你一个工作养活自己，我死了也就放心了。"

姥爷托人把索朗央金带到西宁送到阿爸所在的税务局门口。三个小时后，阿爸下来了，把索朗央金领到了一个办公室里。索朗央金对阿爸说："我阿妈病了，好不了了，让我来找你。"

下班后，索朗央金坐着阿爸的小轿车到了一个大房子里。索朗央金坐在沙发上大气不敢喘，一个年轻漂亮的女人在和阿爸交谈着怎么安顿她的事。讨论了一会，阿爸出去了一趟，这时，那个漂亮的女人对索朗央金说：你阿爸从来没告诉我还有你这么个人，我以为只有你妹妹一个呢。然后那个女人又说："你阿妈要死了，我们就接收你吧。索朗央金才明白，这就是阿爸的女人，而且他们已经结婚了。"

商量的结果是，索朗央金只能先回到莫云老家上完高中。临走时，那个女人拿了一些旧衣服给索朗央金说："现在无法转学，这些衣服算是给你的礼物吧。"

回到家里后，索朗央金告诉阿妈说，阿爸又找了一个年轻漂亮的女人结婚了，他们的房子很好，那个女人漂亮年轻很洋气，做的馄饨可好吃了。

阿妈听完之后，流下了一串眼泪，然后再不说话了。索朗央金说，现在想来，自己的这些话，伤害阿妈太大了，但那个时候年龄小，实在不懂得话的轻重。

6

在乡里，索朗央金仍旧继续去学校，阿妈仍旧一声不吭地躺着，大约是个周三，大表姐突然到学校找索朗央金说："你阿妈要死了，赶紧回去见一面。"等索朗央金赶到家里，阿妈已经不行了，她的眼睛上长着两个大火泡，急火攻心失明了。她能听到索朗央金的声音，索朗央金坐在跟前，她们握着手，一句话也没有，但她们的心相通着。

舅妈们掏钱给阿妈做寿衣，阿妈一直无法咽气，舅舅们又请了喇嘛们念经给她引导路，到了傍晚，阿妈彻底离开了。爷爷那边的家人来了，说没有男人没有儿子不能进阿爸那边的祖坟，也不能火化，只能在空地里用木柴烧。烧出的骨殖被阿央们放到一个红木盒子里，然后埋到了一个阿卡的坟墓边，那个阿卡是阿妈的叔叔，早年出家后来因病去世，把阿妈埋在这位叔叔的身旁，也算有个亲人在跟前了。

高考结束后，三姨妈给了索朗央金一卷钱："这是你阿妈委托给我的，在最困难的时候也没动这六百元，她说留着有一天给你找工作用。"索朗央金在哭，姨娘也在哭。姨娘说，这六百块钱，你阿妈从这个衣服逢到那个衣服上，这么多年了，又要转回给那个狠心的男人手上。

住在阿爸家短暂的时光里，索朗央金每天小心翼翼，努力地讨好着他们，努力地把地板缝隙的每一寸空间都打扫干净。索朗央金每天努力地工作终于换来了好的结果，没过多久，阿爸为索朗央金争取到一个上学名额。按照政府资助计划，索朗央金在县师范学校培训结束后，将回到莫云牧区教学。

路过一个高高的隘口，索朗央金突然停下讲述，"呀嘿嘿"大叫了几声。索朗央金喊山的时候，就像央日俄玛村长一样，她说这样可以吓跑豹子与棕熊，而且可以得到神灵的护佑。

索朗央金说，这么多年来，她不知道如何给曾经的过去下一个鲜明的结论，对阿爸是爱是恨？她茫然无助。而伴随阿妈改嫁的那几年，是她一生无法修复的伤口，她甚至不敢回想，而阿妈那一句"如果他能来看我，我就会好起来"，更是索朗央金无法承受的，她不敢忘记那句话，那是阿妈生命最后的期盼。善良的阿妈，被如此绝情地抛弃遭受命运的折磨，居然还想着那个男人来看她一眼就能好起来。幼稚而可笑的阿妈，可悲而伟大的阿妈。

阿妈去世这么久，阿爸从不曾到过阿妈的坟前，每当想到这个事，索朗央金就无法控制自己，究竟是什么样的狠心可以让一个男人这样，一个临死都期望着看一眼他的结发妻子，难道不能到坟前看上一眼，了却她九泉之下的心愿吗？善良的阿妈无法瞑目，狠心的阿爸不会前往。

索朗央金说，她曾经反复做一个梦，在老家，在姥爷的院子里，她的阿妈正在劈着木柴准备做饭。看到索朗央金走过来，阿妈依旧苍白的脸笑了笑："你要好好学习知识，不要像阿妈一样。"

东方玉音说："你爸爸是一个心里住了魔鬼的人，总会有一天他发现自己的过错。"

索朗央金说："阿妈之所以有如此悲惨的命运，是因为她没有文化，不能正确认识眼前看到的一切。"

东方玉音说："你爸爸会有一天认识到自己的过错，用你们藏区佛教的观点来说，佛会让他忏悔的。"

索朗央金继续把自己的故事讲下去。师范毕业后，索朗央金原本可以留在乡里小学，但她要求来了最偏远的央日俄玛。索朗央金说她忘不了阿妈在梦里的话，那是对她的期望，也是对沙日塘草场上孩子们的期望。相比乡里的孩子们，索朗央金认为这些偏远牧村的孩子们更急需得到知识，只有掌握了知识的人，才会主宰自己的命运，再也不会出现阿妈那样的悲惨遭遇。

7

一直躺在牦牛背上养神的格桑拉姆决定活动一下身子，她迷迷糊糊中听到索朗央金和东方玉音在说些什么，但也没有听得十分明白。格桑拉姆不喜欢考虑那么多事情，那样人会太累。牦牛的摇晃让她想睡觉，但她也不想错过所有的热闹，便故意大声说："草场上的动物们都很友好，我大学学的畜牧，我比你熟悉它们。"

两个小姑娘又要互不相让了，她们调皮地斗着嘴，而牦牛则全然不顾，只是默默地向前进发，央日俄玛牧点被撇在了远远的身后，但杂那日根神山依然还在天上。

日头晃晃的，把人的脸晒得发烫，但身上依然很冷，阳光和空旷的草场无边无际，走得久了就会产生幻觉。仿佛不知过了多久，沉默的草场开始了它的歌声。

格桑拉姆说怕是又要来暴风雪了，索朗央金也说是的，要来暴风雪了，得紧着点走，再过大约半个时辰就能走到一处煨桑台，大家需要在那里躲避风雪，顺便还要补充午餐。说是午餐，时辰已经是下午三点多了。

杂那日根山神终于让草场上的生灵们再一次对它投以敬畏的

目光，格桑拉姆，这个脾气火爆的女孩儿居然也不见了那些骄傲的气魄，她尽心地赶着身下的牦牛，而弥漫于风雪将起的草场上，牦牛似乎更懂得这样的气候，它们也像知觉了暴风雪的来临，一边疾走，一边抬头凝望煨桑台的方向。格桑拉姆如瀑的长发从脖子里流淌出来，在缕缕的风中开始飘扬。

滚地而来的风吹着它的口哨，而草场才不管它，草场静卧不动，只有急剧的牦牛蹄和铃声响彻四方。杂那日根神山上起伏的云海不断掀开草场上积雪的波浪。那些被冰冷了的冰雪疙瘩，时而轻盈腾空，时而重重砸向地面，它们肆意地在草场上冲撞着，顺着东方玉音的耳朵呼啸而过。

弥漫的风雪中远远地看到了煨桑台，几根歪歪斜斜的神箭扎在煨桑台顶，神箭上系着的经文布幔已被风雪撕咬成碎片，但它们依然威风凛凛，扫视着草场上的飞雪与牛羊。

在草场上，这样的煨桑台特别多，只要有牧户的地方就会有煨桑台。但煨桑的起源并不在藏区，东方玉音精读那些佛教著作时注意过，最初是苯教巫师在祭祀时用的，巫师通过焚烧松枝柏叶，使烟雾弥漫，认为这样就可以使天、地连接起来，得到天神的护佑。后来，煨桑仪式被佛教所吸收，在藏区十分普遍。

"再不走了，就在这里避避风雪！"姑娘们从牛背上一跃而下，她们动作麻利，就像蹦跳着的羚羊，她们喝令牦牛停下的声音传出很远，一直消散在混沌不清的山顶。

格桑拉姆和索朗央金把牦牛赶到煨桑台背风的一面，然后卸掉行李，格桑拉姆从包里拿出一条哈达，她冒着风雪将哈达系在歪倒的神箭上，一边不停说着："草场上的风神山神和土地神，我接受你的指示，永不会忘记，快点把天气放晴吧，快点把天气放晴吧。"

8

但是，大雪并没有听取格桑拉姆的祈祷，雪花越来越大，就连从牦牛背上卸下的物资都快要被风雪吹跑。

地钉终于被打入坚硬的冻土，固定了牦牛，也固定了帐篷。小帐篷能容纳下六七个人，再加上木柴和小炉子，塞得满满当当。

风雪在草原上四处狂奔，分秒不停地敲打着帐篷，一个声音从外面钻了进来，那是寒风集合的号子，号音把群山的寒意和草原的冰冷都带进帐篷，索朗央金盘腿坐下来，她打开一个随身携带的折叠木板，木板里夹着的几页经文，索朗央金说在草场上碰到风雪天气，需要祈祷山神。

格桑拉姆从一个袋子里取出干牛粪和火炉，她支起一个火盆，将一个大雪疙瘩放在盆中，然后把牛粪点燃。她不停用藏语说着什么，好像狠狠斥责着自己。然后她的表情变化开来，变为敬颂与赞美的虔诚，她的嘴角翻飞着话语，脸上的苍白慢慢变得红晕起来。

格桑拉姆用舌尖舔了舔干裂的嘴唇，牛粪火冒着热气，风雪过后，天空正在点亮酥油灯一样亮的星星。格桑拉姆说，这是离天最近的地方，太阳没走的时候，月亮和星星就会过来和草场做伴。

雪花丝毫不觉得疲劳，还用那样的力气撞击帐篷。一张毛茸茸的脸伸进了帐篷，东方玉音的心里涌起温泉一样的热流，她抱着那头牦牛的脸，牦牛显得格外安静，东方玉音把脸贴了上去，牦牛热乎乎的气息瞬间传遍了她的脖颈和全身。

暴雪聚集了更多伙伴，格桑拉姆和索朗央金开始唱歌。她们俩在狭小的帐篷里跳着锅庄，拥挤着看热闹的雪花也不禁沉醉，伏地倒了一片。木柴发出声响，铝皮锅里的酥油茶迈着咚咚的步子，香气映红了大家兴奋的眼睛，火光交织中的精灵在铝锅散发的热浪中消逝。

格桑拉姆和索朗央金还在展示着幻化的身姿，她们年轻，她们在自己的王国里，就像天上盘旋的使者，草地让她们挥洒着骄傲与炫耀。

酥油茶熬制好了，舞步慢慢落下去，姑娘们的热情感动了山神，暴雪也小了很多，流云慢慢引退到天边，就像战争中的士兵接到了休战的金锣。

东方玉音走出帐篷，杂那日根神山仿佛刚刚从云层中钻出，它披上了更厚的毯子。云层在山顶静止不动，看久了让人有点目眩。有一道光逐渐翻越山冈，越过杂那日根神山后化成一道炫目的彩虹。彩虹灵动地流淌着自己的身躯，将五彩的光泽罩在煨桑台的顶端。

拉珍欧珠

1

第二天上午十点，大家都还在帐篷里昏睡不醒，可能是昨天晚上又唱又跳实在太累了，几乎每个人都在打着重重的鼾声。只有东方玉音睡不着，她站在煨桑台边看了看，远远的山坡上散落着一片牛羊，于是走了过去。

山坡上站着一个十多岁的小女孩，她弯着腰正在用草棍拨弄一个鼠兔的窝。小女孩刚一抬头，看到一个绿花花的身影向着自己移动过来。草场上的人从来没有见过穿这样衣服的，央日俄玛没有，沙日塘的草场上也没有。那个像云彩映在扎曲河里一样花的身影向她走来。

小女孩眯着眼盯着那个人看，却不防自己脚下一滑，重重摔倒在草滩上，仰面倒地时，小女孩手里的一个荷包甩了出去，她翻过身来的时候，一只大手捏着那个荷包，那个花衣服的人到了她的跟前。

东方玉音坐在小女孩的身边，看着这个小姑娘一声不吭，估计是因为见了陌生人有些紧张。东方玉音摸了摸她的小手，问道:"你懂汉语吗?"

小女孩点了点头说:"学校里开了国语课。"这是草原孩子们对汉语的称呼,他们认为整个国家都在说着汉语,那就是国语。

小女孩的牛群在山坡上踱着步子,东方玉音就和她聊了起来。尽管小女孩的汉语比较生疏,但她们足以明白彼此的意思。

这荷包里是糖吗?东方玉音问完,就从口袋里掏了几块巧克力出来,她剥了一颗塞到小女孩嘴里,然后把剩下的塞到她的手里。小女孩试着嚼了一下塞在嘴里的巧克力,或许她没明白这是个什么样的糖,但甜甜的感觉还是让她非常开心。

"这个叫巧克力,吃了就有力气。"东方玉音冲小女孩笑了笑,"你的荷包里是什么啊?"

小女孩没有回答,她把荷包满满打开了一个小口,伸到了东方玉音的面前。

荷包是用纯白色的羊毛编制的,外面染着一朵花的痕印。东方玉音小心地打开荷包,里面是两个碎了的虫草。她捏出一块虫草的尾部,两根黑色的草梗像燕翅一样交叉着。

东方玉音从更求达吉那里稍微知道一些虫草的基本常识,这样带着很大草梗的虫草也叫开花的虫草,这样的虫草过了采摘期,药用价值很低。

2

东方玉音坐在草地上,她示意小女孩也坐下来,东方玉音问她："你为什么要带着这两根虫草？"

小女孩有点羞涩地说："我想买一套绘本，那套绘本很漂亮，我的同学们都有，他们说那很贵，这两根虫草是去年我放牛时自己在大山里挖到的，我一直装在身上，放牛的时候，我就会拿出来看看它们，你会买它们吗？"

小女孩的话让东方玉音有些眼睛潮湿，她盯着小女孩看了好一会儿，心里的滋味非常难受。小女孩还带着期望的表情希望东方玉音能买下这两棵虫草，东方问她那个绘本需要多少钱，小女孩说需要五十块钱。东方玉音从口袋里掏出二百块钱塞到她的荷包里："你是个爱学习的孩子，这虫草我买下，这是给你的虫草钱。"小女孩双手捧着荷包看了一下，然后把它塞到藏袍里面，她带着满脸的幸福，这幸福却让东方玉音更加难过。

东方玉音问她是哪个村子的，小女孩指了指遥远的杂那日根神山那边说："央日俄玛。"

东方玉音指了指远处的房子问她："那里也住着人吗？"小女孩笑了笑说："那是我的奶奶住在里面。"东方玉音问："你叫什么名字？"当拉珍欧珠羞涩地说出自己的名字时，东方玉音高兴地一下抱住了她："我们就是来找你的呢！"

看到拉珍欧珠有些吃惊，东方玉音赶忙向她解释，是索朗央金老师带着她们到这里来的。东方玉音告诉拉珍说，索朗央金正在煨桑台睡觉呢，但是现在还是不要打扰她比较好。东方玉音告诉拉珍欧珠，说想去她家里看望奶奶，于是，两人就顺着山坡向着扎曲河边的土房子走去。

3

扎曲河里绿色的河水奔流着，每一天都是那么清澈。扎曲河的河水来自杂那日根神山顶端的冰雪融化，来自这高原上每一片雪花的融化。

高原的太阳炙烤着大地，但大地依然是冰凉的，只有人的脖子和脸才会在阳光下变化，成为特殊的高原红。作为医生，东方玉音当然知道，所谓的高原红，只不过是高寒的天气下，腮部的毛细血管冻破了，这种美，太过残酷。

阳光把河水晒得舒舒服服的，一堆一堆的卵石就像是扎曲河的孩子，他们安静地躺在河水的怀抱里，翻卷的细浪就像是他们的玩具。

杂那日根神山群峰交错的天边，一只苍鹰孤独地停在空中。那可不就是停在空中吗，它的翅膀一动也不动，但它的身子在游骋着，仿佛巡视着属于它的大地，而它就是这里的国王。云彩启程了，它们走过牛羊和帐篷的头顶，走过次仁央宗的藏式土房子，走过扎曲河里的那两柱经幡。

拉珍家的房子先用泥土建砌成壁，然后用木板间隔成几个小房间；住、睡、炊饭用一间，堆集草料、牛粪用一间。还有一个大间几乎漏着天，那是冬天雪季来临时给羊群准备的。

东方玉音走进房间时，次仁央宗正半躺在床上刻着一块石头，那些文字东方玉音并不认识，但那些涂抹的颜色十分鲜艳。

看到那身军装，次仁央宗就猜出了客人的身份。拉珍临时充当了奶奶和东方玉音的翻译，在说明了来意之后，次仁央宗很热情地招呼东方玉音坐下，并让拉珍给东方玉音倒上酥油茶。

次仁央宗拍拍东方玉音胳膊上的红色袖标，连连说着说："扎西德勒，扎西德勒。"就在前两天，云朵索道的格尕又过来了，格尕刚刚去过牧委会，她向次仁央宗说了很多医疗队的事情。

格尕说得很传神。格尕说了脑袋里涌血的尕要被金珠玛米救活了，格尕还说了亲眼看到的场景，就像把钉子钉在木桩上，尕要的脑袋里的血就顺着小孔一滴滴流出来，那血是污浊的，黏稠的，像杀羊时皮下的脂肪，但随后就能赶着牛羊上山了。

4

格尕对次仁央宗的描述，让次仁央宗对未曾谋面的医疗小分队有着很好的印象。格尕还告诉她说，金珠玛米的曼巴最近又去了日查日丁家。次仁央宗觉得很开心。

日查日丁是个多么好的人啊，他是牧区的老党员，经常为了牧村的群众办一些好事情。现在他的年龄已经很大了，听力下降，眼睛出现白点，高血压也很严重，就像沙日塘草场上最老的牦牛，已经失去了年轻的气力，就像渐渐老去的雄鹰，再也无法飞翔。

日查日丁的孩子们年龄都比较小，这与他早年逃避自己的使命有关，但佛祖最终原谅了他，并赐福给他。

格尕还说，日查日丁家的牧点上已经修建了板房。和他一起在牧点上居住的牧户们都分到了同样的板房，那些板房很牢固，住在里面的人再也不用担心棕熊在夜里拍打窗户。

格尕说的这些变化，次仁央宗没有看到，但她相信这些都是真的。这些天，次仁央宗见过云朵索道的好几个人了，她们都在说着金珠玛米的好处。但是，正如格尕说的那样，金珠玛米总会动刀子，这让次仁央宗心里不踏实，如果要动刀子，总是要问丹增喇嘛的，至少要得到洛扎曼巴的同意才行。

看到东方玉音对这些玛尼石很好奇，次仁央宗说，这些石头要放到玛尼石堆里才有好运气。次仁央宗说她很想到巴阳牧委会的麦古曲池森多玛尼石堆去一趟，除了石堆，那里还有不知站立了多少年的扎那白塔。

5

次仁央宗说，每当拉珍不在身边的时候，她就会拿着刀子坐在炕铺上刻石头。次仁央宗并不认识字，但草场上的子民都知道六字箴言的写法。次仁央宗已经刻完了十几个小石头，她想着去一趟麦古曲池森多玛尼石堆把它们摆放那里，如果时间允许，她还想着在扎那白塔边走上一天。

次仁央宗甚至还想，如果时间多得像草场上的牛羊一样数不完，她就磕着长头过去。三天，最多五天，她就能到达。次仁央宗曾经给洛扎曼巴说过这个问题，但洛扎曼巴说次仁央宗的身体不行，脑袋晕得不行的人是不可以长时间弯腰的，血液会冲破血管、冲出脑袋，然后就会死掉。

次仁央宗才不怕死掉，如果是在朝圣的路上死掉，那才是她一辈子最向往的，但是，还有拉珍呢，她不能撇下拉珍。邻近乡里的寺庙住着尼姑们，但是次仁央宗还没有想好把拉珍送到尼姑那里去。

次仁央宗一边刻着石头，一边自语："杂那日根山神啊，设法拯救拉珍吧，难道你忘了草场子民们时时刻刻对你的信任？难道你忘了那每一头牛羊对你的供养？"

次仁央宗正在雕刻一块像拳头大小的石块，次仁央宗用的刀子很小，写下的字也很小，但次仁央宗的眼睛已经花了，她没有眼镜，全凭着感觉在那里刻字，东方心疼地问她："这样一块石头要到什么时候能刻好？"

次仁央宗头也不抬，说这是献给神的，也要由神来决定，石头自己知道什么时候能雕好。

看着次仁央宗刻完了两块玛尼石，时间已经到了午后，次仁央宗刚为东方玉音准备了一点吃的，格桑拉姆她们就赶到了。一进到屋子里，格桑拉姆的嗓门就响了起来："东方主任，你可以把我们扔下自己过来吃肉啦！"

索朗央金则竖起大拇指对东方玉音说："老师您真厉害，自己就找了过来。"东方玉音说："我被你们的呼噜震醒啦，只好先出发了。"

6

在次仁央宗家里安顿好以后，东方玉音说："这次过来，咱们要好好转转，我上次有印象，这里到云朵索道并不远，前几天巡诊时，有一些牧户不在漏诊了，我们去一趟，把补漏做完。"于是，一行人休息好了之后，便骑上牦牛向着云朵索道出发。

在云朵索道的南岸，东方玉音回访了达措和仁青卓玛。看到医疗队短短的时间里又来看望，大家都流露着喜悦之情，她们一边把家里最好的食物端出来一边用藏语说着"嘎登切，嘎登切（谢谢）"。

格桑拉姆翻译说，达措愿意接受医疗队的后续治疗，因为停药的这两天，她全身乏力等症状明显减轻了很多。马黎明带来了达措的检验单，正如预测，根据肝功检测，初步诊断达措为药物性肝损伤。达措说："谢谢活佛的护佑，谢谢金珠玛米的治疗。"

一些前几天不在的牧民也都得到了补充体检，秋加的阿爸阿妈和哥哥姐姐们也都回来了，东方玉音把漏诊的人员情况一一登记在册后才放下心来。这些偏远的牧户，终于不会再让自己留下心病了。

再次回到拉珍家的时候天色已经比较晚了。拉珍不在房间，次仁央宗一个人躺在炕铺上，她的神情看起来很不舒服。次仁央宗表示，她的高血压病严重了。东方玉音问她吃什么药，她伸出双手，手心里全是被刀片划伤的口子。

位文昭为次仁央宗找出了一些降压药，告诉次仁央宗这个病必须吃药，只是在手心里放血是无法治疗的。一旁的格桑拉姆有点不同意位文昭的说法："放血怎么不行呢？在我们草场上，这种方法都用了上千年了。"

位文昭说："放血只能解决表面问题，因为血压高的人血液流动很厉害，放了血当时会觉得舒服，但是只能那一会儿工夫管用，解决问题必须靠吃药。"

格桑拉姆说："吃藏药不行吗？"

东方玉音说："目前最有效的是西药，而且效果好的还要从国外进口。"

格桑拉姆说："吃西药降血压就是背叛草场，次仁央宗不会吃药的。"格桑拉姆的话让东方玉音和位文昭满脸愕然。

次仁央宗说她经常在下午时走不动路，即便躺在炕上，也有一种要飞起来的感觉，她觉得天旋地转，就像暴风雪里的牛羊，一时找不到回家的山坡。在东方玉音和位文昭的劝说下，次仁央宗勉强同意吃了一颗降压药粒。

7

还是不见拉珍出来，索朗央金有点着急了："奶奶，拉珍呢？"

"你们回去吧，拉珍不在了。"奶奶躺在那里咳嗽着，不是太想说话。

"奶奶，我知道你很担心，曼巴们只是做一些正常的检查，学校的孩子们都查过了，就剩下拉珍自己了，你放心吧，没什么大问题的……"索朗央金比较了解次仁央宗心里怎么想的。

格桑拉姆也不说话，她忙着生起了牛粪炉子。晒干了的牛粪遇火便燃，火炉里的火苗凶猛地跳跃着，小锅里的牛奶不断翻腾，呼呼地嘶叫。

看着次仁央宗不说话，索朗央金就四下寻找，甚至连那个破旧藏桌的柜门都打开了寻找，但巴掌大地儿找了半天连半个人影也没看到。次仁央宗一边咳嗽一边捂着嘴说："我说了，拉珍不在。"

"奶奶，拉珍一直是个特别听话的孩子，这么晚了她不在，能去哪儿呢，她藏哪里了您就告诉我们吧！"索朗央金坐在次仁央宗跟前，使劲摇着她的肩膀。次仁央宗不再答话，默默抓起了转经筒。

好大一会儿，屋子里一片静默，只有次仁央宗粗糙的喘气声。但沉寂中很快有了动静，传来一阵窸窸窣窣的声音。索朗央金转身跑出去，在那间半开的房子墙角的干草垛里，揪出了一个小孩，正是拉珍。

显然，藏起来是奶奶的主意。索朗央金拉着拉珍走到火炉跟前，奶奶看到拉珍不再说话，反而咳嗽得更厉害了。位文昭放下药箱赶紧走上前去，坐在奶奶身边，不停拍打着她的后背。格桑拉姆环顾了一下四周，找到水壶，倒了一杯热水递给了奶奶。

看到大家都在沉默，拉珍也安静地坐到了火炉旁，一声不吭地添着牛粪。炉膛里的火熊熊燃烧着，把拉珍的整个小脸膛全部映红了。这段时间拉珍瘦得厉害，只是肚子鼓出了一个大包。

东方玉音让格桑拉姆向奶奶做翻译，说："这是政府的安排，需要给你和拉珍每人都做一个检查，只是检查，不把你们带走。"

次仁央宗平躺在炕床上，她干瘪的嘴巴里一起一合，不停默念着经文。位文昭拿出筛查人员登记本问她年龄的时候，次仁央宗轻轻地摇了下头。

位文昭问格桑拉姆："你怎么会不知道自己的年龄呢？"

格桑拉姆翻译之后，次仁央宗声音微弱地说："草场上的日子都是相同的，很少有人提醒过，我们记不清有过多少个日头和年头，记不清了，牛羊有些老得走不动路了，雄鹰有的已经无法扇动翅膀。"

格桑拉姆

1

大家把检查仪摆放好之后，东方玉音说："那就先看病吧，不知道也没有事，回到县上时，可以从公安局的户籍科里查找到。"

次仁央宗的肝脏显示没有问题，只是血压高得厉害，风湿也很严重，位文昭为次仁央宗配备了够吃三个月的药品，叮嘱她一定要按时吃药才能将血压有效控制住。

在为拉珍做检查时，她的衣服刚刚掀开，大家就为她揪紧了心，马黎明手里的 B 超探头刚一触碰到肝脏部位，一个明显的大包虫立即显现出来。

马黎明将探头固定住后看了一眼东方玉音主任，东方玉音反复查看之后摇了摇头："这个包虫发育得太大了，这个可能需要带回内地去手术。"

一听到要给拉珍做手术，次仁央宗的情绪立即紧张起来。她用藏语和索朗央金不停地说着什么，格桑拉姆也过来插话："手术再不能做了，神山和草场在这里几千年了，没见过谁的肚子被划开过，神山看着的。"

屋子里沉寂了很久，格桑拉姆的话带来的沉闷气氛久久不能散开。索朗央金也不说话，但她显然并不完全认同格桑拉姆说的那些。外面的冰雪走不成路，大家只能待在房子里。

牛粪炉子的火逐渐旺了，东方玉音就和格桑拉姆交谈了起来。既然格桑拉姆用佛教徒的观点看待现代的医疗，东方玉音也决定从藏传佛教的知识层面上教训一下这个太过自负的女孩。

2

格桑拉姆说她懂得次仁央宗的心。东方玉音说："你怎么可能懂得别人的心呢，按照你们藏传佛教的观点，你连自己的心都无法懂得，你不懂自己的心，就像不借助镜子就看不到自己的脸一样，当你认为什么都看得见的时候，偏偏看不到它。"

听到东方玉音是懂得藏传佛教很多理论知识的，格桑拉姆的傲气显得收敛了一些，但她坚持说："草场的人都是祈佛的，祈佛人是不怕死的，因为佛给了他光明，死亡也是光明的。"

东方玉音说："真正的修行人应该知道，我们与世间万事万物都密不可分。我们的任何一个念头都会产生别的影响，就像你对着大山喊一声会有回音一样，当你否定了拉珍的科学治疗时，你对她是有伤害的。"

格桑拉姆说："谨遵佛法的人得到的好处更多，因为他的身体和心是完整的，如果动了刀子，这些就不行了，死亡之后就会非常痛苦，尸体会发出恶臭，无法投生，进入不了六道轮回。"

东方玉音说："念佛是好事，但我们念佛不能以牺牲身体为代价，那是愚昧，在我们保持尊崇佛的时候，应该尊重科学，因为，佛教与科学并不排斥。"

格桑拉姆并不直接回应东方玉音的话，她只在强调自己的观点："对于我们草场上的人来说，治疗是一种诱惑，会让生病的人死了后进入恶道里面去，就像迷人的声音，其实是恶魔的声音。如果要想保持正确的来生，就要按照佛的旨意。"

东方玉音说："科学产生之前也属于神秘的未知，从这个意义上来说，佛学也是一门科学，它们并不冲突。"

格桑拉姆又说："一个人的寿命长短决定于他的业，这只有祈佛才可以，你们是治不好的。"

3

格桑拉姆说的"业"，在人们的生活中确实偶然碰到，在过去的一些时光里，对于那些疯疯癫癫精神分裂的，当人们无法明确找出他的病因时，总会归结为"业"。最常见的是小孩子"丢魂"，昏昏沉沉总打不起精神，从科学的角度来说，这是小孩子受到惊吓引起的。

这样的问题还有待于科学探索，东方玉音也不能一概否定格桑拉姆的说法。但关于寿命长短的定因，东方玉音有着自己的理解："六世轮回里，人身最难得，因为他承载着修道成佛的事情。我们要完成修道成佛的事，就要保持好我们的身体，保持好我们的身体，一靠自我修身，二靠医疗维护。在佛的四供养当中，其中就有医药供养。如果你确信自己真正向佛，那你怎么可以排斥医学？"

格桑拉姆避开问题反驳说："那样的身体和心是完整的，而如果动了刀子，这些就不行了，死亡之后就会非常痛苦，尸体会发出恶臭，就无法投生，进入不了六道轮回。"

东方玉音说："你们佛教里的莲花生大士认为，人的死亡有两种，过早的死亡和自然寿命的死亡。过早的死亡，是由于各种疾病带来的，你们可以通过念佛或放生祈请加以改变，我们通过医术同样可以加以改变，你又为什么肯定你们的而否定我们的呢？"

东方玉音引经据典的说辞让格桑拉姆答不上话来。东方玉音接着又说："你们藏传佛教的密宗认为身体包含脉和气，这与汉地的中医学和针灸和脉和气是一样的，你怎么能全部否定内地的医学科学呢？这不等于否定了藏传佛教密宗里对于身体的解释吗？你们拒绝我们的治疗，只愿意念佛转经。但是，你要明白，医术再好的医生，也救不了所有的病人。"

格桑拉姆不再说话了，她粗略记着的概念无法撑起自己偏执的观念，又过了一会儿，索朗央金也加入了谈话。索朗央金说得很中肯，就是要请教丹增喇嘛，也要积极接受科学的治疗。

她们的谈话断断续续持续到后半夜，炉火渐渐微弱，她们便把睡袋打开围着火炉躺下。白天的争吵一翻而过，明天还要赶路呢。次仁央宗在索朗央金的劝说下，同意医疗队为拉珍采集了血液，一切还要等到结果出来再定治疗方案。

达娃琼沛

1

东方玉音睡不着，索朗央金也睡不着，大家翻来覆去，于是又聊起了天。想到拉珍这个情况，东方玉音再一次想到达娃琼沛。来到牧区这么久了，还没有时间去找一下她呢。

东方玉音就问索朗央金对牧区的人能认识多少？

索朗央金说，我们虽然地广人稀，但是彼此大都知道，几乎整个牧区的几千人大家也都互相知道，只是有些叫得出名字，有些叫不出名字。

东方玉音就随口问道，达娃琼沛这个名字你熟不熟悉？索朗央金说听着熟悉，但没啥特别的印象。索朗央金问东方玉音为啥问到这个人，东方玉音就一五一十地给索朗央金讲起了来龙去脉。索朗央金说，那得明天问一下，但是放心，只要是我们草场上的牧人，都是可以打听得到的。

第二天一早，大家在准备归程的时候，索朗央金拿出随身备用的对讲机和什么人对话。东方玉音虽然听不懂索朗央金和对讲机里的人用藏语说的是什么，但索朗央金一边说着一边冲自己挤眉弄眼，并且露出了笑容，东方玉音觉得很奇怪。

结束通话，索朗央金兴奋地抓着东方玉音胳膊说："我给你找到了，那个达娃琼沛，就在央日俄玛。"

傍晚时分，一行人又赶回了央日俄玛。但是，当东方玉音提出要去见达娃琼沛时，土登杰措村长摇了摇头说："她和家人放牧着一百多头牦牛，不停地变换牧点，早不知道走到哪里去了。"

土登杰措村长说得有一定道理，在六千多平方公里的牧区范围内寻找一个没有任何通信工具的牧人，这个难度确实太大了。就连马黎明也说："她是做过包虫手术的，这样的可以放心。"马黎明高反严重，就想着快点结束赶紧离开央日俄玛。

东方玉音当即提出了反对："我们来一次不容易，牧民们做一次检查也不容易，必须不漏一人，这也是中央的政策，谁也不能打折扣，既然达娃琼沛就在这个牧村，既然我们还没见到她，说明筛查还有漏项，而且，回访病人也是医生的必要工作。"东方玉音告知土登杰措必须找到达娃琼沛，这是任务。

看到东方玉音的决心如此坚决，土登杰措只得照办，为了减少走弯路，他让牧委会的干部们分头打听，查询达娃琼沛一家人目前的大体位置。

晚饭过后就有了消息，一位驻村治安人员通过对讲机了解到，达娃琼沛一家正在卡米赛陇通一带的牧点。

土登杰措面露难色："卡米赛陇通牧点实在太远了，不仅要翻过几座海拔五千五百米以上的大山，而且都是特别差的草场路。"

"那也要去。马黎明高原反应严重就不要去了,桌桑留下照看一下。位文昭、索朗央金,你俩做好准备,明天一早带仪器跟我出发!"东方玉音主任话不多,但语气坚决,土登杰措只得让牧委会准备了一天的干粮提前放到车里。

2

第二天早饭过后,松周开着越野车出发了。索朗央金是小分队的向导,因为要督促每一个适龄儿童入学,索朗央金经常行走于这片草场,她对于央日俄玛的地形烂熟于心。

蓝天白云、砂岩赤壁,从央日俄玛出发一个多小时后,车子驶进了被当地人称为"挂壁路"的砂石道,越往里走,路况越差。迎面是一座大山,沿峡谷边缘的道路,仅一车之宽。

越过第一座大山后,是一片空旷的沼泽,莫云乡牧场是澜沧江的南源,尽管行走在海拔五千米之上,沼泽滩却遍布各处,清澈的水流绕山而过。索朗央金说,她们当地人把这里叫作措查龙,意思就是很大很大的沼泽地。

翻过第二座大山之后,满眼都是花花绿绿的山峰。索朗央金向东方玉音解释道,这些颜色不同的岩石,含着不同的矿物质元素,是藏药制作中离不开的原材料之一。

路况太差,行走起来太过艰难!走过最高的地方,大约五千七百米,故障发生了,越野车的右前轱辘爆胎了,好在车速比较慢，平缓地停在了路边。松周说，除了路况差，也和这么高海拔的压强有关。

四个人里，除了松周，只有东方玉音会开车懂些车辆常识，索朗央金面露难色地问要不要她跑回村子里喊帮手。东方玉音哭笑不得："那不得跑死你啊！"于是松周和东方玉音两个人轮番上阵，现场表演更换车轮子的科目。

十五分钟，居然顺利完成，大家都长长舒了一口气。索朗央金羡慕地说："东方老师你不仅能给牧民看病，也能给汽车看病，太厉害了！"位文昭说："我还在想呢，要是车子坏在这么高的地方修不好，那可咋办啊。"

更换完轮胎，已经是近九点了，于是大家决定进早餐。牧委会准备的干粮非常充分，饮料，矿泉水，烧饼，午餐肉，水果，黄瓜，洋葱……样样俱全。大家就坐在沙土路上，似乎每个人的胃口也比平时好了许多，一顿风卷残云，准备的食品吃掉了四分之一。

索朗央金告诉大家，这么高的地方，尽量不要多说话，也不要多走动。位文昭试着做了，索朗央金说的很有效果，除了耳朵嗡嗡直响以外，只要不怎么活动，呼吸还算平稳。五千七百米，每个人都感触到了，这是绝对的生命禁区，一片荒凉，寸草不生。

又休息了十来分钟，大家继续前行，下到山底，海拔在五千米左右，大家心理上觉得舒服多了。眼看着走到跟前，一条河流横在眼前，通过清晰的断痕可以判定，河上的这座土桥应该是在一天前才垮塌的。

怎么办？松周看着东方玉音。

索朗央金说："这个季节雪山雪水融化，冲垮了道路和桥，不知要多久才会有人来修。"

　　东方玉音走到河边，河水虽然很宽，但看着并不特别深，最重要的是水流并不湍急。东方玉音捡起几块石子扔到河里，水声证实了她的猜测，她脱下鞋袜，径直下到了河里。

　　在大家的惊诧中，东方玉音慢慢走过了河床的中线，她回头冲松周摆摆手："开过来吧，我都能过来，车还能过不了？"松周只得把越野车开到了河里。河水刚好漫过半个轮胎，车子安然无恙地过了岸。

3

　　从河岸出发，又是一个山坡，平缓的草场开始逐渐浓郁，几顶帐篷前开始升起炊烟，已经是午饭时间了。

　　一个蓝色的民政救灾帐篷门口，三个七八岁的孩子正在奔跑玩耍，其中一个正在光脚踢球。索朗央金走下车和孩子们打招呼，一个中年男子走了出来。索朗央金向帐篷主人介绍了医疗队上山的目的后，主人黑红的脸上溢出笑容，指了指自己的身体，意思他们也需要诊疗。

　　东方玉音让松周把 B 超机拉杆箱拿过来，一行人便进了帐篷里。女主人很羞涩，正在用大勺搅拌一锅奶汤。帐篷主人名叫德勒，这让东方玉音想到"扎西德勒"，帐篷主人这个名字真是吉祥，希望不会有病。

还未开始检查，躺在床上的德勒便用蹩脚的汉语对东方玉音说："谢谢。"帐篷略密闭的空间，太阳的直射，都在消耗着大家的体力，东方玉音为德勒一家做完 B 超检查，已是满头大汗，大口喘气。好在除了德勒本人有轻度的脂肪肝，家里没有患肝包虫病的病人，队员们也都舒了一口气。

德勒家这个牧点只有他一户牧民，索朗央金问了卡米赛陇通的牧点，德勒指了指右前方，说大概拾满一筐牛粪的工夫就能到达。

索朗央金一路指挥着方向，东方玉音夸奖她比导航仪好用多了。大约十二点的时候，车子缓缓停在了达娃琼沛家的帐篷门口。

车子一停稳，索朗央金就先跑进帐篷里去了。当东方玉音和位文昭一踏进达娃琼沛的帐篷家门时，达娃琼沛和阿爸阿妈就惊喜不已地迎了上来。

虽然东方玉音并不能听懂他们的话，但那股纯真热烈的情感却扑面而来。小达娃琼沛显得有些羞涩，但她显然能够记起这位穿着军装的阿姨。达娃琼沛的阿爸阿妈端上来风干肉和新鲜的奶酪，一个劲地催促大家多吃些。

趁着大家都在聊天说话，索朗央金像个百灵鸟一样，把解放军专家过来巡诊的消息带到了这处牧点的所有帐篷里。不大会儿，达娃琼沛家的帐篷外面便围满了手捧哈达的牧民们。

4

身材高大的松周把检查仪拿到了帐篷里，东方玉音吃完了一碗奶酪，便开始为大家体检。

才仁吉是一名二十岁的姑娘，曾经上过四年学，会说几句简单的汉语。听说来了金珠玛米曼巴，她搀着一直身体不好的阿妈央秀赶了过来。尽管没有完备的医疗检查设备，依靠多年的临床经验，东方玉音还是一一为牧民们回答了疑问。

"脚先往上，往下推我的手……"在索朗央金的翻译下，东方玉音对央秀老人的病情进行了初步诊断——骨性关节炎、膝关节退行性改变。东方玉音建议她去县人民医院拍 CT 进一步确诊病情，询医拿药，更好地缓解身体疼痛。才仁吉告诉东方玉音，母亲怕花钱不去医院，只想领些药回去。

路途远、怕花钱，是远离县乡居住的藏民不去医院的原因，东方玉音说："现在政策好了，像你们这样的牧户，即便是住院，报销的比例也很大，自己几乎不用掏钱。药物我这里可以给你们一些，但药物只能缓解不能根治，还是去医院做进一步检查，我看不到影像资料，没办法最终给您确诊。"

和才仁吉一起进来的老人叫永措，今年六十五岁，东方玉音为他做完检查后感觉还好，只是有一些高原常见问题。东方玉音让索朗央金对他翻译说："您这病痛都是高原常见病，除了吃药，您自己一定要改变一些生活和饮食习惯。"

听完东方玉音的话，永措老人仍是不作声，过了好大一会，他从衣夹里拿出一张影像单说："我这还有点事情。"

那是一张已经皴了的诊断意见书，诊断书上的病人名字叫查毛，诊断书的末尾地方清晰写着诊断结果：肝包虫。

索朗央金和永措交流后告诉东方玉音:"这是永措老人的夫人查毛的诊断报告单。继续询问得知,这是查毛老人肝虫病复发的确诊报告单,她本人已经不想再接受第二次手术了。因此永措老人想向东方玉音要一些治疗肝包虫的药。"

看完报告单,东方玉音对位文昭说:"肝包虫病复发概率很高,从影像资料看,查毛现在的情况,吃药已经不管用了,一定要接受第二次手术。"东方玉音留下了永措老人的联系方式和详细资料,准备一回到县城就找卫生局领导解决这个问题。

快要返回的时候,才轮得上为达娃琼沛一家人检查。她的阿爸阿妈都还好,很健康。但是,当最后为达娃琼沛做复查时,东方玉音最担心的事发生了:同样的包虫病复发,而且是包块多发!

回县城的路上,东方玉音心情沉重。车窗外,五彩的经幡在山坡上随风摆动,索朗央金说这会把好运带给大家,东方玉音说:"还是带给这些偏远牧点的牧民们吧,他们比我们更需要好运。"是的,这里太过偏远,除了定期的巡诊能够到来,其余的时间,惟愿好运眷顾他们的淳朴吧。

等他们从牧点返回央日俄玛牧委会时,月亮已经爬上了杂那日根神山的山顶。但东方玉音觉得这一天的劳累实在太值得了,而且很有必要。东方玉音也在思索:因为达娃琼沛,她们知道还有卡米赛陇通,到了卡米赛陇通牧点,居然发现两例包虫病复发患者。但是在这广袤的牧区里,还有多少这样的偏远牧点呢?

日查日丁

1

从拉珍家回到格云牧委会的时候，已经是第二天傍晚。索朗央金在格云牧委会又住了一晚上后，便趁着明媚的清晨赶着牦牛回央日俄玛了。

血液送到县城去检查，等到结果出来差不多要一周之后。这一段时间正好赶上藏族沐浴节，牧民们都在忙着过节，没有心思配合体检，东方玉音看了看工作进展，决定让大家好好休整一周。

早饭后，东方玉音躺在床上又想起卡米赛陇通的两个包虫病复发患者，她草拟了一个思路之后对位文昭说："写出一份偏远牧点包虫病高发的报告，建议医疗队派更多人员设备到各个牧点巡诊，严格确保不漏一人。"

格云牧委会的工作人员也在忙着沐浴节的活动，他们一整天都乐呵呵地忙个不停。位文昭很是纳闷地说："就是洗个澡呗，这也太隆重了吧。"

东方玉音被逗笑了，她对位文昭说："来到藏区你真得了解一些藏族的文化，特别是这些重大节日，它们甚至比汉族的春节都隆重，高原上的民族生活不易，他们对节日的欢庆非常热烈。"

位文昭说："但愿沐浴节真能把他们的病洗掉，这样我也能早点回家去了。"

她们正聊着，格桑拉姆不知从哪儿回来了，她满头大汗地对东方玉音说："老师，达英村今天晚上就有沐浴节篝火晚会，一定不要错过。"

东方玉音和格桑拉姆的关系又恢复了，毕竟是在工作中有那么一点分歧，但并不重要，各民族都是一家人，有点不同意见是正常的，更何况，在这五千米的高原上，大家都需要彼此帮助才能工作下去。

听说有篝火晚会，位文昭说想去看看。达英村虽然在格云村隔壁，但路途比较远，如果去，当晚必须住在那里。东方玉音推说自己累了，坚持留下来值班了。

东方玉音也不愿就这么干躺着，她一个人更觉得无聊了。院子里的机器轰轰响了起来，住在这里的施工队又要出发了，她想着出去看看。

2

东方玉音刚走出大门，正碰到从北京派过来的村第一书记老周和村干部才让。东方玉音问他们要去哪儿，老周说要去日查日丁老人家，日查日丁老人在杂那日根神山脚下的新板房正在施工。

东方玉音前段时间才给日查日丁老人体检过，老周的话让她有些纳闷："日查日丁老人不是住在村子里吗？"

老周说："村子里是他的家，但牧点也有他家的房子，日查日丁老人在村子里住不习惯，他坚持在牧点和牛群一起生活，我们就把板房给他建起来。"

老周在格云牧村挂职已经两年多了。东方玉音第一次见到他时，还以为这是在藏区工作几十年的老职工呢。听到东方玉音要和施工队一起去日查日丁老人家，老周很高兴，专门拿了一个枕头给东方玉音垫在屁股下面："水泥搅拌车颠簸得厉害，根本坐不住。"

他们从格云牧区牧委会出发，大约一个半小时，就到了杂那日根神山的脚下。这段时间的巡诊路上，东方玉音很多次路过杂那日根，但从没有到过山的近前。杂那日根神山是由几座大礁石组成的一组形状奇特的山峰，由于海拔高，有五千八百多米，山顶常年积雪，云雾缭绕。

车子在泥泞中前进，溅起的水波四散开来，道路蜿蜒，仿佛茫茫草原上的一条游蛇。秃鹫盘旋着，时而飘忽天外，时而像利剑一样直插大地。这个早晨，这些天堂的使者也许刚在某个地方饱食了一顿，正在承载着某个灵魂升入天堂。

没有信仰就没有生命，这不仅对于这片神秘的高原来说，也对于任何一条生命和任何一个地狱。中国有众多民族，每个民族都有它自己的文化繁衍和信仰寄托。

东方玉音觉得，有些时候，自己只是过于繁忙，忘了自己还有信仰。而老周，一个北京人，在大都市几十年的生活经验，一旦有了合适的气候，他就会在心灵里重新生出嫩芽。

机械车到了半山腰停下来，山坡上开着五颜六色的野花，有紫色的、黄色的、红色的，中间有清澈见底的山泉水哗哗地流淌，那是山顶的积雪融化，千百年来流淌的地方。真是奇山异石，小溪潺潺，花香扑鼻，清静幽雅，令人心旷神怡。

"这些帐篷和房子几乎没人，都去过沐浴节了，每年都这样，只要节日一到，不管牦牛也不管羊群，全部都到河边去洗澡去了。"老周一边说一边笑着，嘴里的一口白牙特别明显。

是的，这是个热闹的节日，每一个人都那么尽心尽力地打扮自己。天空碧晴，声音也透出很远，空旷的草原荡着扎曲河边歌舞的声音，那银子一样的铃声不断充盈，不断溢出了沙日塘草场，每一片花瓣和草叶都热闹起来，它们不停摇动，不停点头。

3

豹皮绲边的藏袍在阳光下闪耀，一条哈达走进东方玉音主任的怀里。就在他们出发时，才让悄悄用对讲机和日查日丁老人通了话。尽管行动有些困难，但听说为他体检的金珠玛米要来牧点，日查日丁老人还是早早就在山坡上做好迎接。

山坡上一共有六户牧民，他们住的都是钢架房屋。原先的帐篷经常被棕熊推倒，老周把这个情况向组织汇报后，把为他们准备的城市楼房改成了牧区板房。牧民们都说这个主意好，因为牛羊也不愿到楼上去睡觉。

施工队在为日查日丁老人的板房外围四周做混凝土固定，他们围着房子转了一圈，就到了房子里面。上一次巡诊时，日查日丁有一点血压不好，东方玉音就问他服药之后感觉怎么样了。日查日丁老人把一双节日时候才穿的靴子从箱子里拿出来，他把袍子的长袖搭在肩上，他从靴子里面抽出一双羊绒鞋垫，又换上同样一双崭新的羊绒鞋垫，然后才顾得上回答："身体好着呢，好着呢。"

日查日丁老人说，上一次见面时，还没有特殊的因缘，但这一次因缘就成熟了。看着东方玉音身上的军装，日查日丁老人用手比画了一个动作，意思他曾经也是个军人。东方玉音问他是哪个部队的，他指了指脚下。才加翻译说："就是当地的部队，军分区。"

日查日丁老人打断了才加的翻译，他说自己会说汉话，而上次巡诊时，东方玉音却没有注意到这个细节。紧接着日查日丁老人滔滔不绝地讲起了他的身世……

日查日丁老人曾经是草原上百户家的子女，百户就是汉族里地主的意思。日查日丁六岁的时候，被选为一位活佛的转世灵童。但是他的母亲并不同意儿子去寺庙，当前来寻找灵童的使者到达日查日丁家时，父母把他藏在了房顶。

日查日丁说他那时候比较调皮，在房顶上觉得无聊，他就从厨房的位置抠出了一道缝。妈妈在厨房里为使者们炒鸡蛋，菜油和鸡蛋的香味让日查日丁无法忍受，厨房顶的窟窿越抠越大，一不小心他竟然落在了灶台上。

也许是佛祖保佑吧，日查日丁竟然丝毫没有受伤，紧接着被妈妈藏到了牛圈里。既然不去寺庙，日查日丁就好好学习，最后考上了民族学院。但是那一年部队在牧区征兵，接兵的连长看到日查日丁有文化，软磨硬泡地做工作，日查日丁就到了部队，两年以后又成为一名军官。

日查日丁老人说，藏传佛教有很多神秘存在，只是人们无法解答。在日查日丁当营长的时候，他的孩子也是六岁，和日查日丁被选为转世灵童的年龄相同。那时候他们住在部队的三层公寓楼里，有一天，毫无征兆，那个六岁的儿子就从阳台上掉下去摔死了。日查日丁说这是因为自己当初逃避了成为活佛的使命，所以他要付出代价。

儿子的死让日查日丁倍受打击，接下来更有很多不顺，更让他心灰意冷。营长之后，日查日丁就选择复员回家了。回到木村的日查日丁性格变得孤僻起来，他不愿和别人住在热闹的处所，他喜欢在杂那日根神山这片草皮茂密的牧点上。

日查日丁老人的身世和睿智让大家非常感慨，也更为佩服。唯有在沙日塘这样纯粹的草场上才可以保持如此纯粹的心灵。东方玉音想，格桑拉姆这样的年轻人真应该过来听听，好好感受一下。

在杂那日根神山上待了两个小时，就下了五六场小雨。高原的天气就是这样，说下雨就下雨，一点也不客气。现在是夏天，大家却都穿着圆领衫、秋裤或者棉衣。夏季的沙日塘真是个好地方，东方玉音临走的时候说。

格云牧区

1

晚上，一个人住在这草原的大房子里，空荡荡地放着几张硬板床，这让东方玉音有点荒凉的感觉。尽管房子漏风的地方已经用塑料纸挡着，但地面上还是积聚了几摊水。

一夜睡得迷迷糊糊，夜里总是醒，早晨起来晚了点。东方玉音正准备到厨房煮方便面吃，四川施工队做饭的大姐给她送来了三个热气腾腾的猪肉包子："我们老板让我给您送来的，说你们过来为藏区牧民看病，辛苦了！"

东方玉音说："这是我的工作，应该做的，谢谢你们！"东方玉音接过来问道："这是什么馅的呀？"那位大姐说："猪肉大葱，还有昨天在野外采摘的野生黄蘑菇。"东方玉音说："这可是好东西，纯绿色食品。"说着话，忍不住咬了一口。

下午三点钟，东方玉音又随老周坐上施工队的水泥搅拌车去了一趟工地，这个工地比较近，属于格云牧区五社，那里正好有手机信号，东方玉音就顺便给内地的家人打了一个电话，告诉他们一切平安。

在工地上，东方玉音碰到了几个会说汉语的藏族人，他们都是出门打过工的，和汉族人交流没有困难。看到东方玉音穿着白大褂，他们大声问道："你是干什么的呀？"东方玉音说是来援藏的。他们又问："你们来援藏主要干啥呀？"水泥搅拌车罐里啪啦地晃动着，他的语调随着坑洼的路面起起落落。

"治疗包虫病！"东方玉音不知道他们听没听过这个词语，使劲提高嗓门一字一句地说出来。

"就是那个长在人的身体里下崽的虫子？我知道，保持卫生、不接近家畜，不养狗什么的就会好点。"一个头发扎着辫子的中年男子回答道。

东方玉音被他的话语逗笑了，虫子下崽还是第一次听说，不过看来当地的政策宣传还是蛮好的，最基础的卫生防病知识他们都掌握了。

"你们检查的人多不多？"那个扎辫子的男子又问道。

"放牧的人患病多，学生娃患病少。"东方玉音回答着，数据显示，这些天的筛查里，总共只有五例学生确诊，但牧民们有二十多例，这足以说明包虫病跟卫生习惯、饮食方式，以及对疾病的认识程度有密切关系。

可不是嘛，为了让牧民重视自己的身体状况，为了让他们来接受筛查，政府想了很多办法，比如：不来检查，取消一些惠民补贴，取消新农合报销政策，取消挖虫草证等等。即便这样，还是很难一个不漏，他们不排斥做 B 超，但对抽血检验还比较陌生。

2

可以理解，沙日塘草场上千百年来也没有出现过抽血这样的治疗方式，要让他们理解这些现代医疗理念和治疗方式，还需要一个过程。

但不管如何，沙日塘草场上都在起着变化，以前的牧区孩子不用上学，自幼放牧。有的一家十几口人，统计表上文化程度一栏里填的全是文盲，有的家庭让孩子上到小学就放弃。

"草场上很多人家生的孩子很多，因为孩子的眼睛亮，虫草找得准，每年一个月的虫草季，孩子们会挣很多钱。既然能挣钱，他们很多就不去上学。"长辫子的男人看起来对牧区的教育了解不少。

尽管他说的情况确实存在，但事实已经完全不同了，在沙日塘草场，不仅每个集中居住的牧点都开设了学校，拥有像索朗央金这样尽职尽责的老师，很多能像雄鹰看得那么远的人家，还把孩子送到了乡里或县城入学，甚至还有卖了很多牦牛把孩子送到内地大城市去读书的。

东方玉音问他："你有几个孩子啊？"

长辫子男人笑了笑："我还没有老婆呢，不过以后我的孩子还是要好好上学的！只要条件允许，我还会把他送出这片草场。"长辫子男人的话让人颇感敬畏。"毕竟是出门见过世面的，就是不一样。"老周对东方玉音说。

"是的，这里的很多人其实不简单，不像我们在北京的商场里坐着喝咖啡想象的那样。前几天去了结绕村，虽然房子破旧，还在半山腰上，可接待我们的主人衣着干净，装扮利落，走进家里，家具整洁，摆放整齐。"

老周说："我曾经资助过的一个牧民家庭，一个孩子已考上大学，另外的孩子全在上学，而且成绩优异，仅仅那一个牧点，去年就考上两个大学生，非常了不起。"

"知识正改变着这片牧区，改变着整个格吉部落的命运。"东方玉音感叹地说道。

老周说："藏区缺乏各种人才，所幸的是，中央正在做出各种努力帮助他们，比如你我的使命，随着整个藏区科技水平的提高，人才的增多，贫穷就真的会消失。"

3

从工地返回牧委会时，有一条扎曲河的支流，搅拌车路过溪水时，老周摆手让东方玉音下来。夹杂着搅拌车轰隆隆的声音，老周提高了声调说，咱们今天改善一下生活，吃点好的。

看着老周脱鞋子挽裤腿就要往河里走，东方玉音连忙拉住他，说要不得。老周解释道，受佛教不杀生观念的影响，藏族习俗里规定是不能吃鱼的。老周一边抓鱼，一边继续向东方玉音解释着，藏族人不只是不吃鱼，所有小的生命，一般都是不吃的，而且，藏族人只要有杀生行为都会记录下来，如果太多了，就会觉得承担不起罪业果报，所以都会尽量约束自己不杀生。

但老周说，汉族人在这里，如果不是佛教徒，倒不必严格约束自己。老周从小就生活在沿海地区，捕鱼经验丰富。没一会，两个人的盘中餐便足了。

捕完鱼回到车上，老周同东方玉音聊起了小时候的故事，他说吃鱼的时候总会想起自家的二伯。老周二伯的家在邻乡的小村子，河流很多，童年暑假，他大把的光阴泡在那些河流中。一条条澄澈透明的河里，鱼虾们纵情演绎着夏日辉煌，胆大的黑鱼见了人，并不躲闪。二伯持着小罾，小心翼翼地斜探入水下，轻轻移送到黑鱼下方，黑鱼们似乎还在沉思着哲学问题，两眼都不带眨一下，突然，二伯猛地上提小罾，鱼儿便一头撞在了罾上。老周一边讲着，一边模仿着捕鱼的动作，逗笑了一旁的东方玉音。老周十分佩服自家二伯捕鱼捉虾的水平，说道起来神采奕奕。

老周说他最喜欢吃那种刺多的深海鱼，因为味道鲜美，营养丰富。即使被鱼刺卡过很多次，但他对鱼的喜爱从未减少过。长辈们说他是个不知疼的人，他说舍不得刺扎得不到美味，如果怕刺就要吸取经验，尽量小心翼翼避免被鱼刺卡。然而最彻底的方法，就是从此不吃鱼，但如果因此失去品尝营养美味的鱼，老周是不乐意的。

说着鱼，东方玉音提到，牛羊肉等高热量食物对于生活在气温较低地区的藏民们来说，补充能量相当有用。鱼肉的热量达不到寒区身体的需求，这也是藏民们不吃鱼的原因之一。老周点点头，表示同意。

老周是个老藏通了，捉了鱼，他又自我解脱似的补充道："即便都是藏区，对鱼的看法也不一样，比如在藏东地区，人们除了不吃鱼，也不能触摸蛇、蛙等动物。他们认为鱼、蛙这些水生动物是龙神的宠物，若伤害或触摸会染上疾病。"

　　东方玉音表示很佩服老周这样的"老藏通"，老周就说："我的志愿服务期限是三年。但有时候我也在想，要不要申请延期返回呢，比如多待几年？"

　　东方玉音说："这是个可以考虑的想法，但是这里空气稀薄，紫外线强烈，气候干燥，昼夜温差极大，对于内地人来说，身体上是很难彻底适应的，已经无法驯服。"

　　老周说："你看，任何事都有背反。内地有氧气，但缺少如此淳朴的风土人情。作为一名援藏干部，外人看来是为了升职，但我到这里以后，对这些反而看淡了。这里的经济还不够发达，我要更好地为这片草场贡献自己的力量，也希望更多的人能够投身藏区，把这神秘的生命禁区建设得更加美丽。我不是在这里唱高调喊口号，我就是这样想的。"

　　老周的话让东方玉音心潮涌动，作为这支医疗小分队的队长，也作为整个援藏医疗队的核心骨干。她的任务是和战友们一起努力提升藏区医疗水平，并且培养出一批出色的本土医护人员，那样才能向着老周描述的那个目标靠近。

　　人们抵达了许多东西，唯独不能在一片辽阔中静静地抵达自己。梭罗说："野地里蕴含着这个世界的救赎。"如此说来，青藏高原大概是人类这个世界上最好的救赎地了。

扎西文加

1

第二天醒来的时候，莫云乡乡长尕松带着莫云中学的索玛校长开车过来了。近些日子，牧民们对医疗队的反响比较好，这让索玛校长也着急为全体学生完成一遍体检。过来的时候，索玛校长特地跑到县城，专程给东方玉音他们买了几个大西瓜，在高原上，这可是稀罕的物品。

尕松问东方玉音要不要趁着沐浴节回县城过几天？东方玉音说："没有什么苦不苦的，巡诊就是与困难群众零距离接触，这样才能真正了解他们的疾苦病因，真正了解他们的健康状况，这样才能对症下药搞好健康扶贫工作。"

东方玉音说的这不是套话。虽然莫云乡从经济上已经实现脱贫，但牧民的病痛仍然存在，这也是医疗组过来的最重要任务，消灭以包虫病为主的地方病，普遍提升牧民健康水平，彻底帮助群众脱贫，而不流于一种假象。

对于索玛校长为全校师生的体检要求，东方玉音当然特别欢迎："就是你不找我们，我们也要去找你，筛查包虫病，咱们一个都不能漏掉，特别是这些孩子们。"考虑到莫云中学师生数量较多而且集中，东方玉音决定让县城的医疗队过来，一是节省学校的体检时间，尽量不耽误学生的学习，二是县城的医疗队也需要更充分地了解牧区的健康底数。

他们聊了大约一个小时，尕松乡长说要回去参加一个安全方面的会议。每年的沐浴节都是狂欢的日子，总会有一些年轻人把持不住酗酒滋事，这让东方玉音想起了那个白玛智美。

临走时，尕松乡长问东方玉音缺不缺什么东西？东方玉音说："如果你还过来，你帮我买一箱袋装方便面吧。"尕松乡长说这个好办，然后用藏语对村干部才加说了一通话。没过几分钟，才加就把一箱方便面送过来了，东方玉音给他钱死活不要。才加又问要不要酸奶？东方玉音说："不用了，不用了，我喝开水更适应。"

尕松乡长走后不久，天气又阴沉起来。高原的雨毫无预警说来就来，东方玉音也不敢走太远，就拿了本书去了村卫生室。十一点左右，院子里的狗叫了几声，一阵汽车轰鸣声过后，一个穿着利索的小伙子走了进来。

看到东方玉音，小伙子赶忙自我介绍。小伙子名叫扎西文加，住在杂那日根神山脚下的牧点。扎西文加说医疗队去他们家巡诊时，他们一家恰巧不在。东方玉音马上想起了，因为每次巡诊牧点，凡是不在的人员都要做好登记。东方玉音问道："你是要过来做包虫筛查吗？"扎西文加说他今天不是过来做检查的，等过几天他要带着老婆孩子一起再来。

2

然后他们就聊了起来。扎西文加说他兄弟姐妹六个，他是老三，大哥在县城看守所当保安，二哥在做虫草生意，其余弟妹都在县城上学。格云牧区只有扎西文加和老婆在居住，主要是要看管七十多头牛和两匹马。扎西文加曾经在上海打过两年工，在这片草场上，他算是比较有见识的，这让东方玉音感觉很聊得来。

聊到那天的巡诊，东方玉音就说："这里手机没信号真不方便，不仅寻找牧民不方便，有好多事都办不成。"扎西文加说："如果要打电话我开车带您去信号塔那里去打，那里有信号。"

东方玉音说："没看到哪里有信号塔啊？"扎西文加说："信号塔是最近刚刚建设的，是中国移动的援建项目，但是还没有最后完成，据说到年底，沙日塘草场上的人就可以打手机了。"

东方玉音觉得这是个大好事，到那时，杂那日根神山和整个沙日塘草场之间，就再没有了距离。东方玉音很想去看一趟："那里离你家有多远？"

扎西文加说："没多远，半小时就能到。"东方玉音问："你这会方便吗？"扎西文加说方便。于是，扎西文加就拉着东方玉音往信号塔去了。

路还没有铺好，但看得出也是个大工程，车子开得很慢，两人就边走边聊。扎西文加说这条路可以通往拉萨，而他们的牧点就在这条路的一旁。

东方玉音就给他出主意："那你可以利用神山的风景发展夏季农家乐啊。"扎西文加说他也想过，就怕没有人来。东方玉音说："你可以先宣传。拍照片发网上，利用亲戚、朋友的关系往这里介绍。住帐篷、吃烧烤、骑马看神山，享受真正的大自然，只要肯宣传一定有人来。"

扎西文加听了很有信心，说明年准备开一个神山农家乐度假村试试。东方玉音说："如果打算明年开张，你今年就得做宣传，不断在网上发照片，先让大家了解。"信号塔到了，车子停了下来，一个崭新的希望产生了。

在北京时，东方玉音从来不会想到脚步会踏入如此海拔的高原上。而今天，每一步留下的脚印，将成为大地的一部分，也将成为自己灵魂里的印记。在自己的空间里，一个人只能装得下自己，但在这样大地上，就装得下整个草场山川，就可以把自己的辽阔在草场上铺开。

3

返回格云牧委会，刚刚走进大院，就听到老周的声音像一阵滚雷一样传来："东方主任，东方主任，你可回来了，有人摔伤了！"老周一边疾风暴雨地说着话，一边小跑着把东方玉音引向村卫生室。

一个名叫江措才文的藏族工人躺在诊疗床上，面色苍白，表情痛苦，他是从水泥搅拌车上摔下来的。虽然水泥搅拌车顶部只

172

有四五米高，但他不幸地直接摔到了一块石头上。

东方玉音赶紧启动彩超机，这一看把她吓了一跳，江措才文整个肝周有积液，探头移至脾脏位置，整个脾脏轮廓显示不清，周围出现巨大血肿，另外还有大量的盆腔积液。

江措才文属于脾破裂，需要立即进行手术，否则必死无疑。东方玉音问江措才文自己感觉如何？江措才文说就是困，想睡觉，浑身无力。东方玉音说："你要撑住，绝对不能睡。"东方玉音又拿来血压计，测量以后，江措才文的血压已经偏下限了。

根据经验判断，这是脾脏血肿压迫了创伤面，江措才文是缓慢渗血，但耽搁时间过久，出血量已经太多，处于休克状态，情况已经很是凶险。

东方玉音说，如果这个病号转院到一百多公里外的县人民医院，肯定要死在路上，因为颠簸会引发更深层次的大出血。如果把乡医院里的医生接到这里来做手术，还有活的希望。怎么办？

老周说："死马当活马医吧，什么也不要考虑，我马上开车去乡里接医生，你这边看着点情况！"

时间仿佛静止了一样，东方玉音不停安慰着江措才文，但即便如此，等到老周把乡卫生院的医生们接过来后，江措才文已经快要撑不下去了。

从北京出发时，东方玉音考虑再三带了深静脉插管，这次算派上用场了。麻醉医生迅速为患者进行了全身麻醉并进行了深静脉插管，准备就绪后，东方玉音果断地打开江措才文的腹腔。伤情令人震惊，脾窝里大量的血凝块包围了肝周和盆腔，情况十分凶险。

东方玉音和几名同行们以最快速度切除脾脏，缝扎出血点，仅仅五分钟时间，便全部结束任务。但仅仅这五分钟，汗水却已经把大家全身湿透，就连站在一旁的老周也如此。

江措才文的生命保住了。彻底止血后，东方玉音对着老周说："目前病人没有生命危险了，但他失血很多，这里又没有血源，你们的车子开慢一些，送到县医院做后续治疗吧。"

4

晚饭时候，马黎明和位文昭赶了回来，看得出他们玩得太开心太兴奋了。位文昭说："东方玉音主任，您不去太吃亏了，那锅庄舞跳得太震撼了，上百人一起，篝火的大火堆也烧得高高的。"

东方玉音说："你们年轻人比较喜欢这个，我可不比你们啊。"格桑拉姆接过话来："那跳锅庄舞的卓玛们大多都五十多岁了，这是心态的问题。"

位文昭说："给我印象最深的就是，参加节日的每个人都虔诚地祈福，希望药师佛降下神药，你说这洗澡真的可以祛除疾病吗？"

格桑拉姆说："这来源于一个古老的传说，相传在远古时，深受藏族百姓爱戴的医生——药神门拉，去世回到天国后，人间发生了一次恐怖的瘟疫……药神心急如焚，向天神请求，天神旺波杰青看在药神心诚意坚，医术高超的分上，允许他利用七天七夜的时间，解救藏族百姓。药神门拉知道用七天七夜治愈千千万万患者是不可能的，所以将自己化作一颗星，让自己的医术、药物和爱民之心化作星光射向人间。当晚，一位饱受疾病折磨的藏族姑娘梦见药神在宝瓶山顶，将河水变成了药水，于是她将全身浸泡在河里，疾病很快痊愈了。在这位姑娘的启发下，所有病人都奔向附近的江河湖渠，洗涤自己的身体，瘟疫果然退去。人们争相向药神膜拜，祈祷他年年光照人间，医治众生疾病。从此这颗药神化作的'洛扎堆巴星'，每年初秋会有七天出现在宝瓶山顶的天空……"

位文昭叹口气说："这么美好的希望如果能成真那就好了，牧民们也不会有那么多病患了。"

"那么，医生会相信神的存在吗？"格桑拉姆突然问了一句。

位文昭不会回答了，只得硬着顶回去一句："信奉神灵是个人的信仰，我们尊重和敬畏别人，但不评价。"

东方玉音把话题接了过来："每个人心里都存在佛，当然我说的是一种佛性。"看到格桑拉姆在等待下文，东方玉音继续说了下去，"对我来说，佛就是心里的一刹那，当你看到雪花飘飘，当你面对片片落红，当你看到树梢微动，你的心性一动，那就是你的佛性，我虽然不是佛教徒，但我同样有佛性，我虽然有佛性，但我同样崇尚科学，这互不矛盾。"

说到科学，大家都有感慨，一向沉默寡言的马黎明说："十岁那年，我寄宿在农村的姑姑家，有一天半夜三更被邻居家吵醒了。邻居老人的儿子是一个教书先生，有一天他感觉肚子不舒服，他的妈妈一把拉过来，又是教他念咒，又是给他服用不知从哪里讨来的药丸，一番折腾，先生的肚子就不疼了。很快，此事在整个村子里疯传开来，很多村民前来求医问签，甚至出现了连夜排队求药的盛况，先生家也得到了一笔不菲的收入。但是那个先生有胃病，而且时常发作，他妈妈也就频繁施法，每次效果都很好。但终于有一天，先生在上课，一口鲜血吐到讲台上死掉了。后来，法医化验了先生服用的药丸，说是主要成分就是吗啡，法医说，先生最初只是轻微胃溃疡，就因为吃这东西活生生拖成了胃穿孔。也就是这件事，让我从此下决心学习当医生。"

位文昭说："在现在的医疗技术条件下，如果生病了，要以正规医院的检查和治疗为主。因为现在针对一些普通的常见病、多发病，西医或中医都有比较多临床经验，有比较好的治疗手段。但客观地说，还有很多病症，现代的医疗技术并不能发现和解决问题。这些问题怎么办呢？这需要对心灵的关照，你说的祈佛，还有那些牧民们常用的转经磕头，就属于这个，西医上叫作安慰疗法。"

听着大家在讨论科学和祈佛，格桑拉姆认为大家是在拿她取笑，她马上展开反击："我也是学医的，你们说的那些我都懂，但你们那些骗人的治疗方法骗不了我。"

东方玉音很严肃地对她说："西医的治疗并不排斥佛法治疗，但是，你作为一个学医出身的，对科学如此态度，你的学真是白上了！"东方玉音的一番话直击要害，格桑拉姆这么年轻气盛的孩子，哪能听进去这种话啊，一气之下直接走开了。

"最后那句话可能是说重了，但是这孩子的思维也真是太怪了，和这里的天气一样，晴一会，雨一会的。"位文昭轻轻地说。

"就该那样说，才能有效果，这个孩子不是不懂道理，她心里懂，就是傲气大，她刚才的话是故意的。"东方玉音语气十分坚决。

达娃琼沛

1

第二天早餐的时候，东方玉音说："过完了节日，老乡们也都没有其他心思了，我们必须抓住这个时间点，尽可能多地进行巡诊筛查，拉珍欧珠的检测还在等结果，但不能闲着，达娃琼沛的手术，还要尽可能地早一点进行。"

自从格桑拉姆来到医疗队和大家一起工作后，她和东方玉音的每一次言语交锋都充满着火药味，但东方玉音并不打算在这个方面对她有任何迁就。东方玉音觉得，格桑拉姆从天资上来说比一般人要优秀，但愿一番打磨之后，她会成为一个更加优秀的女孩。格桑拉姆不在，东方玉音就把松周喊了过来。

东方玉音说了打算之后，松周说："我先打电话告诉土登杰措，让他们现在去接达娃琼沛到牧委会，咱们现在就往央日俄玛走，这样就不浪费时间了。"东方玉音说这样最好，每当格桑拉姆闹点小脾气的时候，松周成了小分队最大的后勤保障力量，这让东方玉音心里很是感激。

达娃琼沛的病情非常需要及时的二次手术，但这个手术在哪里开展，东方玉音反复进行过慎重仔细的考虑。之前曾打算带回北京去做手术，但现在，东方玉音改变了主意，她要在杂多县医院来进行达娃琼沛的包虫二次手术。

东方玉音有自己的考虑，小分队到达牧区之后，虽然让牧区群众对西医和科学治疗有了一定认识，但对于手术，很多人还怀有犹豫态度。其中一个原因，是包虫病切除术带来的二次复发，东方玉音打算在杂多县为达娃琼沛开展手术，不仅仅是因为一个女孩，而是要通过这场手术让更多的人看到身体的健康。否则只是多做了几例手术，意义不大。

但是，县医院之前仅实施过相对简单的包虫切除术，从未开展过这种复杂的包虫剥除术。如果确定在这里开展达娃琼沛的包虫手术，这意味着有很大的风险。

杂多县医院的同仁们在关注着这次手术，牧区的包虫病患者们会关注这次手术，整个牧区也都会盯着这次手术，这将是一个巨大的科学治疗包虫病的宣传平台，东方玉音内心跃跃欲试。

但是，任何事情都有它的两面性，如果这次手术成功，积极的效果无法想象；一旦失败，医疗队的后续工作将更加艰难，也就是说，这场手术成功与否，关系到老乡们对医疗队的信任。

2

早在去年调研期间，东方玉音就了解玉树州各牧区医院的现实情况，这里没有血源保障，那就需要保证没有出血，这个难度很大，需要她全程亲自动手。但是她也考虑到了，这次手术结束之后，她要打报告给单位党委，帮助杂多县医院建设更多的专业科室，尽可能地提供硬件设施和技术力量的支持。

去年调研期间，东方玉音曾经在玉树州人民医院参与过几例包虫病手术。为了稳妥起见，她委托人从州上把当时的手术资料复印了一份带过来。

在杂多县医院的住院部里，东方玉音一边陪着医学观察中的达娃琼沛，一边反复研究关于包虫病的手术资料和去年的那几场实际操作，几天之后，东方玉音的心里大体有了数，便向北京的医院领导做了请示，详细阐明了自己的想法。

出于安全考虑，院领导一开始有些犹豫，但东方玉音对院领导说："手术成功了，影响的将是整个牧区群众，老乡们对西医疗法认可了，医疗队的工作更易于开展。"

院领导又问："如果失败呢？"东方玉音自信地答复道："我以党性和对藏区同胞生命高度负责的态度回答：只有成功，没有失败。"

从东方玉音拒绝成为甩手"顾问"自己组建医疗小分队之时，院领导就被这位下属"舍生取义"的精神感动了。院领导充分相信东方玉音的医术，更愿意以党委的名义支持她在藏区的一切积极大胆的想法。

获得院领导的支持后，东方玉音又和县医院领导、手术室、麻醉科相关骨干人员充分讨论后，决定了第一例包虫外囊手术的每一步细节。现在，一切就绪。

病房里，达娃琼沛坐在床沿边上，望着窗外。

病房外，东方玉音透过玻璃窗口，看着达娃琼沛的背影，迟迟没有推开病房的门。由于是在杂多县医院进行手术，卫生条件比不上州医院，考虑到术后恢复，东方玉音决定让达娃琼沛把头发剪短一些。但她还没有想好怎么开口劝说。她还记得在达娃琼沛家帐篷里的时候，东方玉音和她阿爸说这话，而她则在屋外的小凳上，身后的阿妈给她编着头发。

"吱——"东方玉音推开病房门的同时，达娃琼沛回过了头。一阵风从窗外偷溜进来，吹起达娃琼沛乌黑的长发。跟在一旁的位文昭看出了东方玉音的犹豫，走到达娃琼沛面前蹲下，双手覆在她的膝盖上，轻声说道："手术之后要有一段时间卧床，这样的长头发不方便，极易藏匿病菌导致伤口发生感染……"

听说要剪头发，达娃琼沛不禁流开了眼泪，但她最后还是咬了咬嘴唇，轻轻点点头说："姐姐，你说的我懂，你们剪吧。"

3

手术按既定方案进行。上午八点半开始，医疗队和杂多县的外科医生们开始实施暴露肝脏手术。

打开腹腔，大家惊呆了，四个包虫囊，一个长在肝上，两个长在肝下侧的盆腔里，还有一个在尾状叶内。要是把这四个包虫囊都用剥离手术处理，实在太难了！

医疗队的几位外科同行们曾经在北京时参与过一些包虫病手

术，对于在杂多县医院组织的这场手术，大家有些拿不准，觉得如果用切除术可能更安全一些。

但东方玉音坚持要采用剥离术："这么小的孩子，已经遭受了一次开刀手术，这是第二次，难道还要看着她的病情发生第三次吗？不管多难，我们都要彻底把达娃琼沛的病根除掉，如果我们再解决不了这样的困难，那我们凭什么让牧民们相信我们的医术、靠什么来完成我们的健康扶贫任务？"

剥离肝体上部的那个包虫囊比较顺利，只用了二十分钟时间，但肝下侧的盆腔里的两个包虫囊剥离起来就比较困难了。包虫壁和膈肌黏连紧密，这让东方玉音的手术刀就像分离石榴里面薄薄的内壁一样困难。

时间似乎是静止的，但每一个动作，每一刀下去都一丝不苟，十分精准。将近两个小时，肝下侧的盆腔里的两个包虫囊终于被"定点清除"，就剩下尾状叶最后一个了。

被称为在"刀尖上跳舞"的尾状叶手术，十年前还是禁区，而达娃琼沛最后一个包虫囊恰恰就长在尾状叶内。这里密密麻麻的血管系统、静脉回流系统、胆道系统像网一样紧紧包裹着包虫囊，稍有不慎就会引发生命危险。

同在手术室见证这个历史时刻的杂多县医院院长更尕成林建议大家休息一会，但也就仅仅休息了几分钟，东方玉音又再次拿起了手术刀，手术继续进行。

细小的手术刀如游丝一般行走着，刀刃所到之处，慢慢分离着尾状叶的各项器官和肝。又过了近三小时，最后的尾状叶内包虫囊也被成功剥离，达娃琼沛的手术成功完成。

东方玉音没有着急返回莫云乡，一是让位文昭和马黎明好好调整一下身体；二是借着为达娃琼沛手术带来的积极影响，东方玉音和医疗队专家们在县医院接连开展了十多例包虫囊剥离手术，而且每天前来问诊的牧民们明显增多，这让医疗队员们都很高兴。

十来天后，达娃琼沛着急出院。东方玉音检查了她的身体，伤口愈合的效果很好。东方玉音说这和个人体质有很大关系，达娃琼沛真是个奇迹。

出院那天，达娃琼沛和医疗队员们难分难舍，十来天的相处，她们却产生了深厚的情谊。就在达娃琼沛要走出大门时，位文昭递给了她一个香囊。达娃琼沛接过去打开一看，里面装的竟然是自己的发辫，忽地鼻子一酸，眼泪又下来了。

就像魔术一样，她们聊了一会之后，位文昭又拿出一个样式不一样的香囊，装到达娃琼沛的藏服荷包里："我做了两个，一个你可以随身带着，还有一个你可以放在家里，这样你也不害怕丢失了。"

达娃琼沛的阿爸从乡里租了一辆汽车上来的。临上车前，达娃琼沛一次次确认着香囊有没有装好，生怕一不留神丢了。通过车窗看着达娃琼沛，东方玉音觉得没有长发的她，显得更精神了。

沐浴节

1

从县城再回到格云牧委会时，格桑拉姆已经回来了。黑豹像个通信员一样，一步不离地跟着她身边。东方玉音开玩笑地说："格桑拉姆就是优秀，黑豹这么傲气的狗居然被驯服了。"格桑拉姆却说："我回来的时候，黑豹饿得都走不动了，在炕上趴着，才加也不给它吃的，你们也没有给它留吃的。"

格桑拉姆这么一说，反而把东方玉音搞得不好意思了。但是听格桑拉姆说黑豹居然在炕上趴着，东方玉音赶紧说道："走了这些天，回来先搞大扫除。"

说是大扫除，空荡荡的宿舍里又有什么可扫除的呢。把铺被敲打了一番，把垃圾清理一下，大家又躺到了床上。

"你们这些年轻人，一天到晚比我这个老太婆还乏。"东方玉音说完就出去了。几天没在了，东方玉音想出去走走。她走到草场的小径上，那熟悉的草香味又扑到鼻孔里。

一束手电筒灯光晃动着照来照去，东方玉音迎上去大声喊道："喂！是找我的吗？"对方可能听不懂汉语，也不吱声，只是用手势指了指牧委会办公室。

东方玉音跟着那个人走进了一间办公室，才加在里面呢。才加说："你们好多天不在了，野狗们就饿得厉害，我看到你在外面，怕被野狗给咬了，让人把你叫回来。你想想，你是北京来的解放军大专家，万一被狗咬了，我们怎么向县政府和中央交代呀？"东方玉音觉得又惭愧又感动，对才加说："没事没事，有黑豹呢，我吃不了亏。"

第二天一早，东方玉音还没有起床，就被门口的马达吵醒了，位文昭欠着身子向窗外看，但雾气太大看不清楚。格桑拉姆不慌不忙，揉着眼睛说松周过来了，要到县里去办事，顺便来载队员们去洗澡。

"洗澡？不是不洗了吗？"东方玉音迷迷糊糊地回答。

"去哪里洗？"一听说可以洗澡，位文昭有点兴奋。

"当然是到县城洗了！沐浴节期间到处都可以洗澡。"松周说。

"我的天，洗个澡得跑百十公里，路上还限速，每小时七十或四十公里，来回得一天，算了算了。"位文昭赶紧补充，生怕格桑拉姆把她拽起来。

松周说："那好吧，你们不去洗澡，我就到县上去了。"

大家睡到中午才起来，而这个时候，速度超快的松周已经回来了，他给医疗组带来两个电水壶，说可以用来烧水洗漱，这让东方玉音和位文昭惊喜万分。"但是尽量不要喝，这里的水烧不开你们喝不惯，我想办法给你们整个高压锅！"

东方玉音带着医疗小组第一天来的时候，松周就相当热情，而且还一再提醒东方玉音和位文昭："你们来这里适应不了，尤其是女性千万不能碰冷水！"

2

晚饭吃得很早，看着活都干得差不多了，格桑拉姆又提出来要去参加沐浴节。东方玉音说："沐浴节不是七天吗？已经过去了啊，怎么还在过沐浴节？"

格桑拉姆嘿嘿笑了："节日是只有七天，但这样的季节，一年也就这么几天可以下水，其余都是寒冷。所以，只要家里没有事情，大家都愿意继续过着沐浴节，有的会持续一个月的时间。"

马黎明和位文昭刚在达英村参加完沐浴节，都表示不愿再去了。位文昭说她身上的寒气到现在还没去除呢，可不敢再去参加沐浴节了，马黎明也说得做准备工作，留在家里值班。

最后，东方玉音拗不过格桑拉姆的坚持，最主要是想缓和一下前一天谈话产生的不愉快，便同意了和她一起去就近的扎曲河边参加沐浴节。

格桑拉姆说，在沐浴节的日子里，沿着河边的每个村子，每天都会有一场仪式。

天还没有黑，但月亮已经挂在杂那日根神山上了。朴实的牧民们总会劝解自己：月亮已经出来了嘛不必非得等到嘎玛堆巴。

格桑拉姆说，在藏区，人们把金星叫作嘎玛堆巴，沐浴节来临时，大家习惯于在月光皎洁的夜晚下到水里。

突然，嘈杂的人群里有一个歌声如天籁般传到东方玉音的耳朵里：

　　　　强烈阳光晒水热，
　　　　皎洁月光射水寒，
　　　　待到金金星升起，
　　　　清净温暖好沐浴。

格桑拉姆笑着说："这个歌我也会，这儿的人，人人都会。好了，歌子唱完了，就这么短，可以下水了。"

格桑拉姆的头发很长，散开来铺满整个脊背，直到腰间。她将头发往胸前一捋，挤了挤水，脱去外套，只剩贴身一件背心，双手撑着河岸，渐渐滑下水去。

东方玉音脱了鞋走到水中，沁凉得有些刺骨的河水立刻让她打了退堂鼓，她咬着牙慢慢地退回到岸边："太凉了，我这老太太扛不住，我在这坐着，看着你玩就行了。"

一看东方玉音又返回岸边，格桑拉姆于是游了回来。她似乎一点也不觉得冷，兴奋的表情全部摆在脸上。东方玉音夸格桑拉姆身上的泳衣好看，格桑拉姆说是在西宁时买的，只有每年沐浴节拿出来穿一下。

格桑拉姆又说，按照传统习俗，以前藏族同胞过沐浴节是不会穿衣服的，男女老少无所忌讳，赤身跳入河中沐浴嬉戏，即使女同胞也最多只穿一条贴身的裤子。随着观念的逐渐改变，越来越多的游客加入沐浴的队伍中来，很多藏族女士便改为穿着泳衣过沐浴节。

格桑拉姆让东方玉音下到水里去，还拿出一条大大的披巾，说披着就没那么冷了。但苦于河水越来越凉，东方玉音最终没敢下去，只是再次将双脚泡到水中，抹了香皂洗脸、洗手，又蘸水拍了拍头发。

格桑拉姆说，只要在沐浴节下过水的，即便最寒冷的天气里也不会感冒的，你这就等于过了沐浴节啦。

3

皎洁的月光碎了整个扎曲河，偶尔闪现的脸庞，就像沙日塘草场上最美的卓玛，诱来扎曲河里一朵朵晶莹的浪花。

河边的堆堆篝火开始燃烧起来了，过不大会，河里的人们就会在岸上跳起锅庄舞。鲜红、明亮、闪闪烁烁的篝火堆，上面的吊壶里熬着浓酽的茶，煮着大块的肉。

茶的清香和肉的美味，流溢在整个扎曲河滩。人们挽着裤腿在水中嬉戏，时不时地用手捧起河水，洒向近旁的人，不一会他们分成了两支队伍，开始比赛。受到气氛的感染，坐在石级边上的东方玉音看着嬉闹的人群，不禁在一旁拍着手，喊起了"加油"。

在水中嬉戏累了，有一些人从东方玉音身边的石级上走回篝火堆，篝火映在他们脸上，通红发亮。那些藏族汉子们豪放地聚在一起，粗鲁地喝着滚烫的酥油茶，饮着清凉的青稞酒，啃着羊肉和牛肉。然后喊一声"索索"，便把碗里剩余的东西扔到了河水里。

吃饱喝足后，大家不约而同唱起深情的歌，围着火堆跳起"堆谐"和"锅庄"舞，直至嘎玛堆巴升起于东山之巅，人群再次沸腾起来。传说当"嘎玛堆巴"星升起时，经此星光照射之水均成药水，藏民们认为这对他们的身心健康起到十分重要的作用。所以"嘎玛堆巴"出现之时，洗澡活动便进入高潮。

老人们望着东南方的洛扎堆巴梳理着头发；阿佳们（女人）起身穿上衣服，尽管已是夜里，但她们的衣服上有一股阳光的味道；孩子们则还在水中翻腾，意犹未尽，这对孩子们来说真是一个不可多得的节日。

格桑拉姆也上了岸。格桑拉姆说，以前人们都是等着嘎玛堆巴出现才开始下水沐浴，现在，沐浴节被更多地赋予了娱乐、休闲的含义，只要是在嘎玛堆巴出现的七天里，不管白天黑夜，到河中洗浴过了，就算"不枉此节"了。格桑拉姆说，这是节日里第二次下水，真是太开心了。

格桑拉姆拉着东方玉音往河边走，她想让东方玉音用河水洗洗脸，沾沾这习俗的福气。东方玉音弯着腰，捧起河水往脸上扑。格桑拉姆接着说，用这河水洗脸可以耳聪目明，思维敏捷。

看着河中嬉闹的人们，东方玉音十分享受这欢愉的时刻，她希望这片草场上没有病楚，也没有烦恼，而只有生生不灭的希望与憧憬。

格桑拉姆走回篝火旁，端了半碗青稞酒送到了东方玉音面前："喝吧，预防感冒，这个地方感冒不起。"

东方玉音双手接过，三口一杯，胸口传来阵阵暖意，起身拉着格桑拉姆向篝火边的人群跑去，投入到了这不醉不归的狂欢之中。

4

喝了点酒，话也多了起来。东方玉音和格桑拉姆东一句西一句地聊着，又聊起了生死这个概念。东方玉音问格桑拉姆："你们认为人死了之后会在天国得到重生，这个时间是多久呢？"

格桑拉姆说："这个说不准，但人死了之后，到达那里需要一段时间，他要先在地狱飘荡一阵子，然后才能到达佛的天堂。"

东方接着问："那是怎么去的呢？"

格桑拉姆说："天堂有使者引导着他们，天堂的使者，你知道吗？就是秃鹫。在我们草场上，秃鹫就是人与天交流的使者，也是人死了之后抵达天堂的引路者。每个人到最后都会死的，但是我们会死多久，多久才能再重生，在沙日塘草场这里，都要看杂那日根山神的旨意。"

格桑拉姆说完，对着杂那日根神山白雪皑皑的山顶吐了吐舌头。这是藏族的最高礼遇，吐舌礼，东方玉音在为很多老年牧民送药时，都受到了这样的重要礼节仪式。

是的，所有的生命都会死亡，重生，然后再次死亡，然后再重生，这就是藏传佛教的核心思想所在，生命不是一条直线，而是一个轮回，经久不息。

东方玉音似有所思，虽然她个人并不信奉任何宗教，但她对每一种宗教都表达了敬畏，那份敬畏是发自内心的，从不敢有任何轻佻。

但是在现代医学与传统藏医治疗方面，东方玉音则绝对有她自己的判断，如果没有健康的身心，又怎么能更好地坚持自己的信仰呢。

像格桑拉姆这样的"大学生"，既不能从根本上明白佛教思想"度人"的核心要义，也不能被用所接受的现代文明知识较好地改造，而是成了"夹生饭"，徒有敏感和狂热的崇拜，这对目前所进行的包虫病治疗来说，是一种新的挑战和阻力。

格桑拉姆说："在这草场上，任何人都不能反对杂那日根神山，因为你不了解它。嘎玛堆巴星消失的时候，咱们就回去了。"她说完一个猛子扎到水里。

煨 桑

1

太阳从杂那日根神山左边升起，金黄色的光芒在山顶覆盖着。雄鹰的鸣叫扯断了牛群的声响，牛群侧着耳朵，旁边的河流声音也被这雄壮的鸣叫带走，一只山雀迟疑地扭着脑袋，但很快它就蹦跳着到了一堆干牛粪那里。

鸣叫声慢慢从杂那日根神山顶端滑落，火红的狐皮跳跃着到了次仁央宗的视线里，那是拉珍欧珠的帽子，那只火红的狐狸，是被猎犬咬伤致死的，拉珍欧珠的阿爸还活着的时候，在路边正好遇到了这只红狐，他将这匹火红狐狸的皮剥下来为拉珍欧珠做了一顶漂亮的毡帽。

拉珍欧珠还没有走到奶奶跟前，奶奶的无限疼爱已经像哈达一样挂在了她的脖子上。金黄色的光芒下，火红的狐皮帽像一团跳跃的火，次仁央宗的心里也觉得暖暖的。拉珍欧珠的病情越发严重。金黄色的阳光跟着拉珍欧珠跳跃的时候，显得有些踉跄。

金黄色的阳光忍不住哭了，眼泪挂在次仁央宗的腮边。无人看管的牛群有点放肆，那头最年轻最好斗也最有力量的雄性公牛竖着前腿，在强调着它的统治地位，在这个发情的季节，牛群里所有的雌性母牛，都将属于它这个胜利的王者。

拉珍欧珠跑过来的时候，牛群把青草的气味高高扬起，浓郁的青草味儿让次仁央宗的心都融化了，她一把搂住拉珍欧珠，那瘦小的身子再也跑不掉了。

次仁央宗紧紧地簇拥着拉珍："要是你穿袈裟的话，会像乘着莲花一样。"

"奶奶，我正准备跟着丹增喇嘛去呢。"拉珍欧珠说道。

"好吧，扎西德勒。"次仁央宗放开了拉珍欧珠，"陪奶奶一起做煨桑吧，这会让你好转起来。"

2

金黄色的光芒照耀在次仁央宗身上的时候，她已经把松柏枝全部整理好了。这些松柏枝是次仁央宗去遥远的昂赛大峡谷里找到的，只有那里，生存着一些上千年的松柏，这些上千年的松柏和她们所生活的草场一样，原本是安静的，神秘的，外人不敢随便靠近的。

但是这两年，一切发生了变化，这些千年的松柏树林被开发成了旅游景区，那些据说一直生活在内地的人，到处可见的大森林已经不让他们继续有兴趣了，非得花掉昂贵的费用跑到这里，展示他们的不同。"肥胖的羊群他们不感兴趣，却不愿放过最瘦弱的小羊。"次仁央宗在心里说。

次仁央宗去峡谷里折松柏枝那天，就看到很多内地的游客在那里摆着各种姿势拍照，他们围着次仁央宗央求一起拍照，他们做着各种动作，把脑袋紧紧贴着次仁央宗头上的蜜蜡。一个穿着花哨的女子还问次仁央宗头上的蜜蜡要不要卖掉，次仁央宗并不能听懂他们的话语，但是有一个藏族人还在那里做翻译，那个做翻译的藏族人把外面的狼群引到了自家的草原上，让他们和自家的羊群住在一起啦！次仁央宗心里一边难受，一边还要和他们把照片拍完，她不能拒绝，那不是好客的表现。

次仁央宗把松柏枝抱到帐篷上面一处高高的山冈上，那里有一个石头砌成的台子。煨桑台是次仁央宗的祖辈们留下的，这里的牧户较少，到这里做煨桑的，也只有次仁央宗一家。很多年前，这个煨桑台在一次暴雪中压垮了，次仁央宗和儿子一起又把它砌了起来。

那时候和儿子一起干活很幸福，他们在草地上用石块垒起土灶，烧着干得起烟的牛粪块，煮着香喷喷的酥油茶，砌煨桑台用了好几天时间，有一次还煮了牦牛肉。在煨桑台那里煮肉，在沙日塘露天的草场上煮肉，那个香气可以喂饱天上的神灵。

儿子爱跳舞，他围着煨桑台，一边干活一边跳舞，煮肉的香气和酥油茶的香气包围着他，他心中自己就能升腾起音乐，他的锅庄舞是沙日塘草场上出了名的，他的老婆，拉珍的阿妈就是跳舞赢回来的。

儿子跳的"锅庄"舞，比那些比他年轻的小伙子们力气都大，他可以旋转身体，他总是大汗淋漓。次仁央宗觉得那一定是神灵附到了他的身体，因为他跳的不是沙日塘草场的锅庄，他跳的是神灵的舞步。

3

次仁央宗哭了。她跪倒在煨桑台跟前，她长跪不起，她不停磕头，天上的神灵啊，一定要保佑他们两个的魂灵啊，一定要保佑。神灵啊，也要保佑拉珍，可怜的拉珍，嗬嗬，可怜的拉珍。

草场上起了一阵风，吹起枯萎的草梗，草梗落在煨桑台上，发出沙沙的声音，草梗不断地抛落，那是儿子在和自己说话。就是儿子的声音，次仁央宗熟悉这个声音，她和儿子对话，儿子就用沙沙的声音回答。

次仁央宗说："你为什么要死呢，为什么会把自己的阿妈抛下，为什么会把自己的女儿抛下，为什么把成群的牛羊抛下，为什么把整个沙日塘草场都抛下。"

儿子不说话了，沙沙声停了，草梗落在地上。有一阵旋风轻轻起舞，旋风绕着煨桑台转了一圈在次仁央宗身边停下，草梗都聚集在次仁央宗跟前。旋风就是儿子吗？给阿妈旋一堆引火的草梗，让阿妈在煨桑台升起松柏的香烟，让香烟喂饱天上的神灵和杂那日根山神，祛除拉珍身上的病虫。

次仁央宗流着眼泪，她耐心地把纷纷落下的草梗和发黄的草叶都收集起来，然后撒在煨桑台上，她撒得很轻，生怕惊了儿子的魂灵。次仁央宗对着杂那日根神山起誓，她是用最诚的心来做煨桑，希望杂那日根山神能够鉴证。

次仁央宗把松柏枝放在煨桑台前，她先把发黄的草梗点了火，然后又把干了的松枝涂上油脂，火势就开始大了起来。火苗烧得很高很壮，次仁央宗就把新鲜一点的松柏枝放到了火上，霭霭的烟雾升腾起来了。

次仁央宗又把早已准备好的糌粑和玉米粒撒在上面。火苗跳跃着，燃烧的噼啪声传出很远，松柏枝的香气蔓延在整个草场周围，不断升腾到高处的烟雾则蹿上了杂那日根神山的上空，次仁央宗不停地转动手里的念珠，这样最好，杂那日根山神都会看到的，天上的神灵也会在吸食了煨桑的香气之后降福于拉珍，降福于沙日塘草场。

4

草原上的人民世世代代都是这样祈福的，但是洛扎曼巴说，新来的解放军医疗队并不这么认为，这让次仁央宗很心乱，她希望外面来的人不要冲撞了神灵，万一神灵怪罪下来，沙日塘草场的牛羊也要遭殃。

次仁央宗也去走了一天的行程去嘎尔萨问过丹增喇嘛，丹增喇嘛只是说，一切都是个过程。次仁央宗没能明白丹增喇嘛的话，她回来后，就忙着准备煨桑，松柏枝都是早就准备好了，她只要自己选一个天气很好的日子。

次仁央宗将新酿的青稞酒从腰间的瓷瓶里掏出来，浓烈的青稞酒使火苗瞬间腾起，在火光掩映中，次仁央宗唱起了歌谣，她坐在地上，盘起腿，她的歌声比较悲怆。拉珍不懂奶奶唱的什么，次仁央宗自己也不知道唱的什么，但是千百年来，沙日塘草场上的祖辈们就是这样代代相传的，草场上的牛羊和人生命轮回繁衍生息，但煨桑的祈福歌谣从没有变过。

怎么能变呢，那是唱给天上的神灵和高高在上的杂那日根山神听的，天上的神灵和杂那日根山神不知存在几千年了，他们听惯了的歌谣不能改变。

这是只有神灵能听懂的歌谣，次仁央宗只管自己唱好就行了。次仁央宗在唱腔中不断地加着自己的话语，祈求神灵护佑自己的儿子媳妇，护佑着生了病的拉珍。

歌谣的余音袅袅升上高空，直到杂那日根神山的山顶，直到天上的神灵。歌声停止了，次仁央宗把剩下的青稞酒全部倒在了燃烧的松柏枝上。

5

松柏枝和青稞酒的香味也落在沙日塘草场上，那些胡乱开放的格桑花，仿佛也比平时精神了，它们抖擞着花冠，不停地摇摆，它们是草场上最微小的生命，但此刻也试着想和天上的神灵通话。

天上的神灵肯定知道它们在说什么，它们和拉珍，还有拉珍的牛群，在草场上整日为伴。神灵也被这些弱小的生命感动了，它们仿佛承诺着，一定会帮着拉珍祛除病虫，让拉珍和她的牛群都健康起来。

次仁央宗相信这些花冠在说话，她从煨桑台上拿起一根正在燃烧的松柏枝，她走到那些抖擞着花冠的格桑花那里，在它们的上空轻轻挥舞着："快快品尝这样的香气吧。"

这些松柏枝条，都是长在峡谷的峭壁上，次仁央宗采摘松柏枝的时候，只挑这样的树枝。这样的树枝没有被人惊醒过，它们一直在峭壁上熟睡着，体力充沛，体内蕴藏着香气，而那些人人可以触碰的松柏枝则早已没有了香味，不信你闻闻嘛，它们全是人的气味，不好的气味。

采摘松柏枝时，次仁央宗差一点掉进了峡谷翻滚的江水里，她在乱石间不停攀爬，很多石块是风化的，次仁央宗经过时还抓着它们，但是好几次身体刚刚通过，石块就从峭壁上掉下来跌落江底。

次仁央宗采摘松柏枝的时候是去年，那是夏天，江水很大，那是杂那日根神山顶上流下的雪水。次仁央宗在大峡谷来回走了十一天，她身上背着牦牛肉干，渴了就喝江水。暴涨的江水给了她方便，好几次她都是蹲在大石块上捧着水喝，不用走得太远。

次仁央宗把只剩下死火的松柏枝放回到煨桑台。她把一个白色的海螺号从藏袍里掏出来，她把海螺号子在藏袍上磨了磨，然后开始围着煨桑台走，她走了三圈，海螺的声音响了三圈，她停下来，海螺号也收住了音脚。

次仁央宗面对煨桑台虔诚地说道：天上的神灵啊，高高在上的杂那日根山神啊，我们沙日塘的子民，是杂那日根山神的最虔诚的子民，我们的为人像箭一样直，我们的心像海螺一样白，我们不会做错误的事，我们用我们的心为草原和神山祈福。这是我从大峡谷带来的松枝，它会给草原带来安静，它会祛除草原上的病魔，它能澄澈一切不洁之物，殊胜运转万事的功德，祛除一切不洁之物吧，这青青松柏一定熏走一切不祥之兆，清凉水澄澈所有不净之物，保佑草原的子民吧，顶礼上师本尊，护佑拉珍欧珠吧，顶礼佛祖菩提，护佑每一片带有生命的草叶吧，在天空升起第一缕霞光之时，在太阳刚刚露出尖尖圆顶之时主宰此地的神啊，保佑草场的神啊，祛除拉珍的病吧……

6

祈祷完这些，次仁央宗走到旁边，盆子里放着一坨青稞面。次仁央宗端起盆子，她站在上风头里，看了看天，又看了看地，青稞面扬起的白烟弥漫着草场，落在火堆里的青稞面发出啪啪的燃烧声。

青稞面落在草场上，也落在拉珍长长的头发里，这一头乌黑溜长的头发，自出娘胎就是这样黑亮。拉珍用手挥舞着飞扬的青稞面，她走到奶奶身边，也从盆里抓起青稞面让它们高高飞扬。

盆里的青稞面撒了三分之二，次仁央宗开始走动着，要让煨桑台的四周都落满祈福，她和拉珍开始绕着煨桑台撒面。

拉珍走在奶奶外围，被奶奶的手带动着一路小跑。次仁央宗赶紧说道:"拉珍,走路小心点,草原上的神灵冲撞不得,就算敬神的时候也得这样,会把神灵吓跑的。"

做完这些,还有最后一道仪式,那就是给山神供献降服病魔的神箭。次仁央宗昨晚新做了嘛呢箭杆,总共做了十支,拉珍今年是十岁,每一支神箭都护佑着她的一岁,所有的病虫就不敢再去加害。

这些用松柏枝干做成的嘛呢箭杆非常结实,次仁央宗用刻玛尼石的刀子把它们刻得十分光亮。神箭笔直地躺在草地上,十支并在一起,像神灵的十个儿子,它们拥有大法力,永远也不会失去。

次仁央宗把十支神箭全部插到煨桑台的顶端,煨桑台里的松柏余火不会烧坏它们,它们是同根。插好了神箭的次仁央宗再次在煨桑台前跪拜,然后才带着拉珍安心地离开。

次仁央宗走了很远,仍能看见高高竖起的神箭,也许明年或者很多年之后,它们仍将摆放在那里,护佑着这片草原。

黑　豹

1

经过东方玉音的默许，那条救过东方玉音一命的黑狗成了医疗队大宿舍里的一员。东方玉音给它起了一个威武霸气的名字：黑豹。

黑豹表现得像模像样，在格云牧委会的院子里，在医疗队员们活动的范围里，黑豹每天都昂着脑袋"四处巡查"，就像一位敬业的保镖，而最令大家惊奇的是，它的毛发比以前越来越干净、亮白。

"它是不是偷了队员们的洗发水？"东方玉音半开玩笑地对位文昭说。

"那我不知道。"位文昭耸耸肩，"我还以为你大发慈悲给它洗澡了呢？"

"我现在连摸都不敢摸它一下，甚至不让它靠近我，怎么可能给它洗澡了呢？"说完这一句话，两人不约而同地想到格桑拉姆。东方玉音和位文昭互相看了看对方，默不作声。毕竟黑豹是格桑拉姆送给她们的，而且她知道狗会传染包虫病，又怕她俩嫌弃，所以给黑豹洗澡。

吃饭的时候东方玉音侧面问了问格桑拉姆，格桑拉姆一脸茫然："怎么可能，我那么忙，哪还有时间给狗洗澡？"

为了感谢黑豹的"救命之恩"，东方玉音将剩余的饭菜亲自端过去喂它。刚走到黑豹跟前时，东方玉音便知道了答案——黑豹的身上湿漉漉的，脖子下边还滴着水珠，正慵懒地躺在太阳下边做"日光浴"。

东方玉音脑子里闪过的第一个念头它是不是出去和人打架了或者被别的狗给欺负了，但是看着它悠闲自得的样子，这个想法很快消失。在这院子里，除了格桑拉姆和队员们，它谁也不靠近，其他人给它洗澡的可能几乎为零。千万种乱七八糟的猜测被一一否定后，最终东方玉音得出一个结论，黑豹是自己跑去洗澡的。

东方玉音把这个想法和格桑拉姆位文昭说了之后，两人都同意这个说法。

"它从来没有自己洗过澡的。"格桑拉姆也十分好奇。

"这狗真是成精了。"东方玉音捂着嘴巴道。

东方玉音想给它开几服药打打虫，让它彻彻底底地融入队员们这个家庭，但是每天的任务繁重，待检查的群众还很多，自己真的分不开身心去照顾一只狗。

2

尽管医疗小组的宿舍算得上"家徒四壁"，但依然吸引着一种积极向上的物种，那就是老鼠。自从有了黑豹以后，这种情况有所改观，但并不能杜绝。

有一天晚上，东方玉音刚躺下，便听到窸窸窣窣的声音，那是老鼠们在啃咬垃圾，在这个大宿舍里，堆积着一些旧的桌椅，这成了老鼠们的乐园。

睡不着的时候，大家就此起彼伏地不时扯嗓子喊一声，但是效果并不明显，几分钟后响动又会出现。最后，东方玉音想到了"狗拿耗子"，便打开房间让黑豹进来，彻夜守着，效果果然好一些。

虽然仍旧会有"鼠狗大战"突然把俩人惊醒，但是每天早上看着黑豹地上一只两只的战利品，大家晚上也就放心大胆地睡了，至少这么坚持下去总会越来越少的。东方玉音这样安慰自己，同时也给黑豹的奖励多了。

屋内的问题解决了，屋外的问题频繁不断，先是流浪狗夜晚号叫的声音，接着又是打架撕咬的犬吠。有时候太累了什么也不愿多管，但凡有点精力，大家都是先赶一会儿老鼠，再慢慢躺下，很多个夜晚，东方玉音和位文昭都到凌晨左右，听着外面草场上虫子的幽鸣声才浅浅入睡。

有时候，黑豹的强壮并不是大家想象的那样。有一天，位文昭去给黑豹喂食时，发现它毫不积极，精神不振。位文昭回到房间对东方玉音说："黑豹可能是病了。"

东方玉音有些担心，在这个地方，无论是人还是动物，最怕生病，轻则住院重则抢救都可能来不及，何况对于黑豹来说，这里也没有一家宠物医院，即使它是"土著居民"，大家谁也不希望它生一点病。

"它怎么生病了？有啥症状？严不严重？"东方玉音放下手里的饭碗，着急地一连三问。

"看，你这人就是这么奇怪，当初死活不要它，现在这么关心。"位文昭开玩笑。

"我哪有啊，它可是救过我的命啊！"被位文昭突然来了那么一句，东方玉音赶忙反驳。位文昭哈哈大笑起来："这给你开玩笑呢，当真了。"

东方玉音哭笑不得，心想，自己何必着急呢，原来心里确实有那么一点点不能接受呢。其实，也不是排斥，就是既想靠近又不能靠近，这种感觉就像暗恋一样，只有自己心里能感受到。

3

"它吃饭不太好，精神也一般，这几天都是如此，是不是消化不好？"位文昭说。

听位文昭这么一说，东方玉音有点不放心，就走了出去，黑豹的盆里果真剩余大半饭菜，看着黑豹兴冲冲朝自己摇晃着尾巴的样子，东方玉音一时还真看不出它哪还有生病的样子。东方玉音又把自己的饭菜端出来，夹了一筷子给它，黑豹大口吃了起来。

"怎么我喂就吃了呢？高原的狗不挑食啊？"东方玉音高兴地

对位文昭说，但还是给黑豹喂了几颗健胃消食片。

"挑食就挑食吧，谁还没点脾气！"位文昭笑着说。

但是，自从午饭后，一直和大家形影不离的黑豹突然不见了。大家四处找了许久，也不见黑豹的踪影。

"它不会是想偷懒吧？"一直到晚上，黑豹也没有出现，躺在床上，东方玉音自言自语道。

"估计这几天抓老鼠累坏了，就让它安安稳稳地休息一下吧！"位文昭边说，边往东方玉音这边挤了挤。

没有黑豹的夜，静得可怕。

谁知，第二天午饭时，位文昭刚端着碗起身就看到大门口有个熟悉的影子一闪。她跟着走到门口，大声喊东方玉音过来看。

家门口盘旋着一群流浪狗，黑豹就蹲在它们前面。

"黑豹？"位文昭不敢相信自己的眼睛，张口就喊了出来，结果位文昭一喊，流浪狗朝队员们车里瞭了看立刻向远处散去。

"我是不是眼花了？"位文昭不敢确认刚才是不是黑豹，又问了东方玉音一遍。

"我也看见了啊！两个大活人不认得一条狗？"东方玉音的语气很平常。

"黑豹！"位文昭又喊了一句。这一次，黑豹从大门大摇大摆走进来了，毛发湿漉漉的，显然来之前它又去河边洗澡了，即使这样它还是不能饶恕，东方玉音说，故意别理它。

4

如果没有来高原，东方玉音真想不到这辈子居然会和一只狗狗生气。这时候，那群湿漉漉的流浪狗又重新聚集起来，都蹲在黑豹的身后，一双双圆鼓鼓的大眼睛盯着队员们。

"它这是想让咱们收养这一帮流浪狗的节奏啊！"位文昭既惊讶又惊恐地叫出了声。

"并非如此。"东方玉音看了看，对位文昭说，"依我看来，黑豹是当了这帮流浪狗的首领啦！"

东方玉音此话一出，黑豹兴奋地狂叫两声。

有了黑豹的这个互动，就不必再多说什么。位文昭被黑豹的所作所为感到不可思议。"扑哧！"东方玉音忍不住一笑。

黑豹几声呜咽，遣散其他的流浪狗，跟在东方玉音身后进了院子。

"你是怎么看出来的？"位文昭迫不及待地追问。

"黑豹之前食欲不振，我就觉得奇怪，我观察过，每次咱们在跟前，它就不好好吃饭，但下一顿开饭时，盆里的剩饭全部没了，咱们可是给它的食物足够多啊，一只狗能吃大自己身体两倍的食物？所以最大的可能就是其他的狗狗吃了，那就是院子外边那些流浪狗。"心情好了，东方玉音也饿了，吞下几口饭又继续说道。

"原来如此，黑豹表现那么好，队员们把好的食物都给它了，那门口的流浪狗不就都饿着肚子啦？所以聪明的它就想出借花献佛的这一招，出门收买人心，不，是收买'狗'心啊！"

"哈哈哈……"大伙被位文昭的话逗笑了。

"所以它当了首领，那帮狗就会听它的，真是一只'心机'狗。"东方玉音补充道。

"不过，它做的一切都是为了队员们。"东方玉音看向位文昭。

"队员们？"位文昭惊讶不已。

"是的，我没记错的话老鼠大战的那天晚上，你和我都失眠了。不仅仅是因为没有了老鼠的响动，还有一个原因就是刚好没有犬吠的声音。"东方玉音说。

"哦，我明白了，那天晚上黑豹带着老鼠的尸体给流浪的狗狗们，加上前几天黑豹给它们食物，又有老鼠这么美味的食物，那天晚上都吃饱喝足了，狗狗们就不你死我活地争抢食物了。"

"嗯嗯，正是如此，而且，黑豹能够带领它们洗澡，这说明狗狗们愿意听它的指挥，黑豹八成是当上首领了！"东方玉音很满足地看着黑豹，它又高昂起脑袋，从没见过这么灵性的狗，也只有在这片草原上，才会有如此灵性的生命。很快，东方玉音的一次遭遇将证实她的这个想法。

5

次仁央宗今天格外着急，她有些顾不上拉珍了，自己在前面走得很快。几分钟前，她听到了牦牛们的哀叫，那个声音很刺耳，很悲伤，次仁央宗知道发生了什么，她拿起一把藏刀就出了屋子，向着左前方的一处山坳走去。

次仁央宗把小牦牛从一片浓密的草丛里拖了出来，小牦牛呼呼喘着粗气，好像喉咙里塞着一团干草。小牦牛的眼泪湿漉漉地挂在毛茸茸的眼帘上，它的大腿上有一道撕裂开来的伤口，鲜红的血液一道道向外渗出，这是被狼袭击的。次仁央宗心疼起来，她不停磨蹭这小牛的头顶缓解着它的情绪，她抱了抱它的脑袋，又把脸贴在小牛的额头上。

红彤彤的夕阳映照着草场，次仁央宗和小牦牛慢慢地向土房子走去，房顶也是红彤彤一片。靠着一面墙壁，小牛停了下来，次仁央宗走进房子里，她给牛粪炉子生起了火，开始熬茶。

粗大的茶叶梗子是托云朵索道那边的男人们从乡里的市场换来的，只要有上等的酥油，在市场上可以换到一切用品。这里只要超过八十摄氏度就能达到沸点，牛粪炉子很快把锡壶里的茶水煮得沸腾。次仁央宗在茶壶里多撒了一把盐块，这样熬制出来的盐茶水消毒作用会更好。

小牛安静地站着，它的后腿张开着，受伤的那一条微微抖动，血液仍旧汩汩地流着，但越来越黏稠，有几只草原上的蚊子被粘在了伤口的血液中，它们扑棱了几下翅膀，便被新鲜的血液裹住了。

天色暗了下来，黑暗遮住了小牛的泪水，次仁央宗虽然看不清，但她的心里有数，粗布巾上浸满了温热的浓盐熬茶水，次仁央宗的手均匀用力，熬茶水一遍遍淋在小牛大腿的伤口上。小牛的泪水渐渐少了，它低着的头抬了起来，它看着深邃的远方。

次仁央宗终于把一盆熬茶水用完了，她感到有些腰疼，就依靠着墙壁。小牛的伤口让她想到很多，两个孙子的水葬又在她脑海里一一闪过。黑暗继续夺去孱弱的星光，这是一个多云的夜晚。

他们一定不会是无家可归的野鬼，怎么会呢？在这个家庭里，每一个人都那么虔诚地拥护着杂那日根神山和山上住着的山神，有好几次次仁央宗都差点看见了，在她点燃煨桑台的时候，有一股烟弯弯曲曲着飘向杂那日根神山的山顶，而山顶的那块云彩后面就是杂那日根山神。

杂那日根山神为什么不愿意见自己呢，次仁央宗觉得那是自己的修行还不够，她要继续努力，只有修行好的人才会在轮回中找到更好的来世。两个孙子一定不会是无家可归的野鬼，次仁央宗看了看小牦牛，又一次想到，他们也许和小牦牛一样，正轮回在某一户牧民家，而这样她就放心多了。

次仁央宗端起空了的水盆，又走到小牦牛跟前，她把提前挂在脖子上的一块哈达取了下来，在小牛受了伤的大腿上，接连缠了几下，然后轻轻打个结，这样蚊虫就不会叮咬到伤口了。

第二天，小牦牛的伤口看不出好转。第三天，小牦牛的伤口仍没有好转，拉珍带回来的草药也没能奏效，但带回来的嫩草还是被小牦牛吃了。

第三天，次仁央宗说："你要好好吃饭啊，吃饭了才有力气，才能把伤口长好。"

第四天，整整一个下午，次仁央宗都和小牦牛一起坐在墙壁那里，只有拉珍去准备了一些吃的，一点糌粑，一块风干牛肉，一壶酥油茶。

次仁央宗

1

又是整整一个晚上，次仁央宗仍然和小牦牛一起在墙壁那里睡觉，拉珍也在旁边。小牦牛的腿伤妨碍了它躺下来睡觉，它只能站着，而次仁央宗倚靠着墙壁进入了梦乡。

一个晚上醒了好几次，她总是梦见两个孙子站在她跟前，还有一次是梦见拉珍在她跟前，有一次她在梦中醒了，她伸手去摸眼前的身影，毛茸茸的，是孙子的头发吗？有个大舌头湿漉漉地舔了舔她的手，她清醒过来。小牦牛正热烘烘地蹭到她的身上。

拉珍倚靠着次仁央宗的胳膊，很是酸疼。次仁央宗磨蹭了一下拉珍的鼻子，这个可怜的孙女已经病得很严重了，但她不知道该如何去医治孙女的病。这个病是草原上人常有的病，得了就会死掉。

虽然曼巴们都说可以治疗，但洛扎曼巴和金珠玛米曼巴说的完全不一样，她不知道该听谁的。金珠玛米似乎更有办法，但他们要把拉珍带回内地去，要走出草场和大山，还有在肚子上动刀子，这让次仁央宗心里没了底。

次仁央宗抬头看了看远处巍峨而模糊的巨大黑影，神山就矗立在那里，山神也一定在看着她们。

次仁央宗拍了拍拉珍的肩膀说："你不会死的，山神看着你呢，山神护佑着你呢。"

小牦牛又用温湿柔软的舌头舔了舔次仁央宗的手背，然后走开了几步。

次仁央宗对着小牦牛说："你不用走开，我不困，我陪着你，天亮再走开。"

但小牦牛没有听她的话，它走到房子门口，那里有拉珍撒下的一把嫩青草，小牦牛站在那里，默默吃了起来。

你只要吃东西就好了，你只要吃东西就会很快好了。次仁央宗声音微弱地不停说着，然后又睡了过去。

2

次仁央宗醒来的时候，已经是第二天清晨。夏季的高原清晨依然冷峭，太阳登上高高的杂那日根神山，七点钟，第一抹阳光从山巅的缺口透出来，金灿灿的，整个沙日塘草场也变得柔和了许多。

洪荒的山峦上，低矮的格桑花挂着露珠儿，暖春滋润着大自然的生灵，顽强的生命朵朵绽放。耳畔响着高原的风，呼呼的响声中透着安宁，湛蓝的天空朵朵白云，幻化着各种动物行走于天空。

太阳还没有完全升起，流云在寒风的侵袭下打着战，天籁深邃，身子被霞光沐浴。

放眼望去，脚下的牧村星星点点，太阳又高一些的时候，牧村终于苏醒了。更远处，云朵般涌动的牛群爬上了山坡，杂那日根神山开始成为流动的画卷。

牛羊我不会养，它们都是自由奔跑着的。次仁央宗嘴里突然说出了这样一句话，这句话不是她创造的，但是她说了出来，她自己也不知道怎么回事说了这么一句话，仿佛有人掌控着她的嘴，次仁央宗抬头看看山顶："那是山神让她这样说的吧。"

次仁央宗把熟睡的拉珍扶起来："你像一只小羊那么贪睡。"

拉珍伸了个长长的懒腰，她磨磨蹭蹭向着扎曲河边走去，在溪水里洗把脸是最能让人清醒的，更何况每一次去河边拉珍都能感觉到哥哥们的存在，他们在水里，被波浪和阳光闪耀着笑脸，他们躲在闪烁的光芒中，看着这个瘦弱的妹妹。

受伤的小牦牛跟了上来，它的蹄瓣中间夹着一束植物根茎，根茎被露水打的湿漉漉的，把小牦牛蹄子四周的绒毛都染成了深颜色。拉珍洗完脸的时候，小牦牛也喝足了肚子，昨晚把拉珍打来的嫩草吃完了，小牦牛需要更多的水来消化。

3

小牦牛的伤口稳住了，拉珍的检测数据也送来了。东方玉音拿到数据的第二天，就带着助手们赶到了次仁央宗家。

东方玉音到达扎曲河边的时候天色已经晚了，次仁央宗正在墙壁跟前和小牦牛说着话。有客人来了，次仁央宗就安顿小牦牛进了屋子。

坐下来之后，东方玉音一边拿出上次为拉珍采集的血液样本及诊断器材，一边观察拉珍的面部情况。仪器轻触发出清脆的声音，东方玉音的嘴唇微微有些发紫。

拉珍不太会讲汉语，只专注地添着干牛粪，不时捋一捋垂在眼前的刘海，东方玉音冲她笑笑，她也笑笑。炉火一闪一闪，照映在她古铜色的小脸庞上，显得纯净而安详。煮着羊奶的小锅，飘出很香的热气，和着医疗组热情的话语，渐渐充满整个房间。

"格桑拉姆，你能跟我出来下吗？"因为和奶奶言语不通，东方玉音谨慎地把格桑拉姆单独叫到院子里谈话。位文昭去坐在拉珍身边，朝她微微笑了笑。

不大会，她们又进到屋子里，东方玉音坐在炕头看向位文昭，不停地摇头叹息，位文昭立刻意识到，拉珍的情况比较凶险。

格桑拉姆刚说了两句话，次仁央宗的情绪开始变得激动，一直问："怎么啦？拉珍怎么了？"

"奶奶，您先别急，拉珍没事的，就是有点发烧。"格桑拉姆拉着奶奶的手安慰道。

位文昭看着东方玉音，东方玉音用眼神示意她先不要讲话。

"好好！没事就好，没事就好。"奶奶情绪有了些许平复。

"奶奶，拉珍没什么大事，不过她有一点发烧，我想和医生把她带回住处好好看看，您说可以吗？"

听到要把拉珍带回去，奶奶立刻不愿意了："拉珍没病，你们带她回去干啥？拉珍没病，你们就回去吧！"

"奶奶，您听我说，他们都是特别好的解放军医生，回去就能把拉珍的发烧治好，这样就不影响她的学习了啊！"格桑拉姆急切地解释道。"不用不用，我们去问洛扎和丹增喇嘛就行了，藏药能治我们的病。"奶奶头也不抬，固执地答。

如果拉珍真的是简单的感冒发烧，大家就不这么麻烦了，经过两次检查对比，她的情况已经很复杂了。拉珍身上的包虫病不仅在肝部达到了危险地步，而且拉珍的骨髓和脑子里也有疑似的包虫侵袭。

4

东方玉音上次就听索朗央金说过，因为病痛，连续地高烧、头疼，拉珍这些天没有下过床，也很少进食。拉珍打算休学。

走进帐篷，东方玉音见到了躺在床上裹着被褥的拉珍。她将手从褥子下探了进去，找到了拉珍的手，握住已经没有肉感。

看着拉珍如此消瘦，东方玉音忍不住说：今天必须要带走拉珍，先回县医院去做治疗。一旁的格桑拉姆悄悄走了过来，低声向东方玉音说："要不，我们再等等？等哪天奶奶想通了，我们再过来把拉珍接走？"

东方玉音轻轻抚摸着拉珍因高烧而通红的小脸，再一次下定决心说道："我怕等不及，一定得想办法把拉珍带去医院。"

东方玉音缓缓地从床边站起来，揉了揉蹲久的双膝，有些发麻。她走向次仁央宗，有些哽咽地说："奶奶，今天若是不带走拉珍，她的病情就不好说了。她还是个孩子，应该有活下去的机会。"

次仁央宗抬起头看向东方玉音，有些茫然，她根本没有听懂东方玉音在说什么，只看着她皱着眉，焦急中带着伤心。格桑拉姆赶紧翻译一遍，次仁央宗听完脸色肃然，撇过头去，不再看东方玉音。

格桑拉姆一看，奶奶这意思很明白：她坚决不同意医疗队带走拉珍。

东方玉音还在焦急地一遍遍劝说："奶奶，我们现在只是对她进行医学观察，进行必要的治疗。"次仁央宗不懂得这个汉族医生为什么这么着急，回头问了格桑拉姆一句。

格桑拉姆连忙解释："金珠玛米曼巴的意思，就是让拉珍去医院住两天。她现在病得厉害，一旦有什么意外，医疗队可以进行及时的治疗！"

次仁央宗良久没有再开口说话，没有拒绝也没有同意。东方玉音旁边看着，觉得似乎有回旋的余地。

顿了一会，东方玉音让格桑拉姆翻译说："拉珍被病痛折磨，您心里也跟着难受。我们医疗队有办法让拉珍舒服一些，奶奶您就放心让她跟着我们走吧。说不定通过治疗，过些天拉珍也能回学校继续学习了。"

听到拉珍还能继续回学校学习，次仁央宗终于抬起了头。她盯着格桑拉姆，又看了看东方玉音，眼神里满是担忧地说："你们可以带拉珍去州上，但不能带她离开大山和草场。"

　　东方玉音听了，使劲地点头答应。她知道当前不能太着急，思想工作得慢慢做，眼下能缓解拉珍的病苦是最好不过的。

　　在这样偏僻的高原牧村里，世代生活在牧区的牧民习惯了游牧的生活，牧民们除了购置必需的生活用品外极少下山，更别提去有了病痛会去医院检查。

　　在沙日塘草场，牧民们习惯于向寺庙问询祸福，有了病痛也是借助煨桑祈福和藏药救治，要想更改这千百年来的习俗，绝不是一朝一夕的事；而外地帮扶的医疗队，由于不熟悉当地情况，即使有向导，巡诊也得"靠运气"。

　　巡诊的这些日子里，遇到次仁央宗和拉珍这样的患病家庭是常有的事情；但每一次，对每一个病人，东方玉音和医疗队员们都不曾轻易放弃劝说他们尝试现代医疗，尽心地帮他们减缓病痛。

　　看着次仁央宗佝偻的背影，东方玉音心里有些难过。她想：要"改变"牧区藏民对待病痛的观念，还有很长很长的路要走；好在随着国家扶贫政策的惠及，在一些靠近城镇的牧村里，越来越多的牧民开始勇敢地接受了现代医疗的治疗。

　　但是，东方玉音也清楚，在沙日塘草场这样的牧区里，信仰纯净得就像金子一样，要想真正为牧民做点事情，能感动他们的绝不是技术和高端设备，而要用真诚的爱和无私的心，要对生命有和他们一样的敬畏和信仰。

5

央日俄玛就是这样，这个横亘在唐古拉山山脊、空气稀薄的牧村，现代医疗的进入还在被迟疑地看待，而像东方玉音这样的医疗队，还需要更多的耐心来推进医疗扶贫工作。

次仁央宗站在牛粪墙下，喊着格桑拉姆帮忙，捉住了一只小羊。次仁央宗歪着头看了看，说："这个小羊很肥……就当是给山神的供品吧，希望山神会保佑拉珍好起来。"

格桑拉姆明白次仁央宗奶奶的心意。默默拖了小羊到门口，几下就帮着杀了。次仁央宗拿了一个陶罐子过去接新鲜的羊血。

罐子满了，小羊的血还在往外流。格桑拉姆把小羊拖到院子外去，然后回来帮奶奶端着盛满新鲜羊血的罐子。

次仁央宗奶奶昂头走到外面空旷的草地上，大声念着六字箴言，把罐子里的羊血倒洒在坚硬的土地上。

奶奶又返回房子里，端出一个大碗，碗里盛着稠密的酥油。格桑拉姆一直跟着端起酥油的奶奶，走到和医疗队同行的几头骑乘牦牛那儿，给牦牛角上全部涂抹了一遍；然后，又慢慢回到房前，把房里房外所有的门框都用酥油涂抹了一遍。

奶奶用藏语和格桑拉姆交流着。忙完这些，她俩就坐到了床上，奶奶和格桑拉姆开始帮拉珍编发辫，位文昭也参加了进来。

直到一根蜡烛熬光了，三个人在拉珍的头上编了上百根发辫。

一切准备得差不多了，金珠玛米就要带着拉珍出门了。次仁央宗奶奶再次拿起酥油碗，用拇指擦起一块块酥油，使劲摁在每个人的头顶上，嘴里不停地念叨：扎西德勒，扎西德勒……

松周和位文昭小心地将拉珍接到了巡诊车上，次仁央宗在空地上点燃了一个火盆，一只手拄着拐，另一只手转着佛链，对着杂那日根神山不停祈祷："神啊，让我们面前的魔鬼，不管是显露的还是隐藏的，都离开吧消失吧。"

车身一个转弯，东方玉音猛然转头看到，巍峨的雪山下面，次仁央宗奶奶还站在空旷的房前草地上，深情地遥望着医疗车的方向。

拉珍欧珠

1

拉珍的到来，让格云村这个医疗组驻点增加了一丝热闹。就连平时没事时就懒着在房间的习惯都改了，大家把空余时间都拿出来和拉珍一起玩。而拉珍和黑豹竟然也成了好朋友。

东方玉音把前几天的诊疗资料进行了汇总之后，站到了院子里。拉珍紧跟着她，拉着她的手。拉珍骨头突出的小手湿漉漉的。东方玉音想到拉珍刚刚剥过糖，她感到那漉湿中也透着一丝甜气儿。

正如当地人所说，这里的天气一天就可以有四季。早晨饭后，东方玉音说："大家可以休息，愿意出去捡牛粪的可以去捡牛粪。"队里的年轻人表示都不想出去。

咱们出去走走吧。东方玉音对拉珍说。相比北京，东方玉音更喜欢这里风云疾走的天空，晴朗的蓝天让人心碎，团团云朵美得让人想摘几朵带回家。恢复了许多的拉珍点点头，说："我们拿上袋子出去，在草原上，可以捡拾牛粪。"

拾牛粪这个活儿，东方玉音和格桑拉姆一起体验好几次了。

开始她觉得再怎么也是牛粪，会很脏；但真的接触之后，东方玉音觉得这牛粪真是好东西，不仅没有臭味，燃烧起来还有香气，最妙的是还具有驱蚊功效。

东方玉音笑着说："拉珍，咱们争取每个人捡一袋子回来。然后烧火煮肉，今天早晨松周叔叔拿来的新鲜排骨，咱们就给煮了。"

东方玉音在口袋里装了一瓶矿泉水和一包纸巾，然后她牵着拉珍的手，两个人的脖子上各挂着一个牛粪袋，向着远方的草滩走去。

软绵绵的草垫子在脚下起起伏伏，如同大海里的波浪。山风拂来，几只云雀在眼前飞过。

旁边有一头落单的牦牛，它看起来比较温顺，它好像是要故意引起这个陌生客人的注意，它跟着东方玉音的步伐走走停停，牦牛牙齿切断嫩草芽的时候，发出节奏感极强的声音。"你的神色像是迷失了阿妈。"拉珍温柔地对着牦牛说。东方玉音看着她，觉得那笑容纯净得像天上的云朵。

2

牦牛并不是孤单一个，一团云彩暴露了目标。一团云一样的牦牛群渐渐飘到东方玉音和拉珍的跟前，而天上的云朵正在头顶驶过。

那头牦牛走到了人的前面。东方玉音往左，它就往左；东方玉音往右，它就往右；东方玉音停下来，它就低头吃草，东方玉音抬腿，它就赶路。东方玉音有些茫然了。

拉珍被这执著的牦牛逗得大笑，声音把天上的云朵都吸引下来，云朵扮着鬼脸，仿佛雨点随时就要落下。

拉珍笑着对东方玉音说："牦牛不是堵你的路，它是在邀请你呢，让你到它背上去。"

东方玉音试探地摸了摸这头牦牛，它温顺地用嘴巴蹭了蹭东方玉音的手，鼻孔里温湿的气息让东方玉音心头一阵温暖。她摸了摸那翕动的鼻翼，它身上的汗水味道让她感觉到另一种人间气息。

东方玉音想到童年时在农村老家的牛圈里也闻过这种味道，但那个记忆并不是这样。她坐了下来，牦牛的鼻息也跟着她坐了下来。温湿的气息将她包围着，那一团云层也罩了下来，一片阴凉覆盖了草滩。

杂那日根神山的雪峰让东方玉音微微有一些寒意，但深深地吸入几口空气之后，身体情况好了很多。

拉珍在旁边捡拾着牛粪，在一片格桑花丛中来回闪动。"真好，这是三天前的牛粪。"拉珍举着一块发干的牛粪饼冲东方玉音摇了摇，草滩上的无数叶芽也跟着摇了摇。

云朵就像调皮的孩子，你理它，它就闹得厉害，你不理它，它自己就散开了。映着杂那日根神山的雪峰，云彩又亮了起来，那光线铺满了东方玉音全身，一股暖洋洋的味道连同牦牛身上迷人的汗味，让她有了困意。

3

拉珍的牛粪袋很小,捡满了一个牛粪袋,任务就算完成了。拉珍躺在草丛里一动不动,天上的云也一动不动,云彩走了后,天空清澈得像虚幻之境一般,看久了就会走神。

草丛把拉珍掩埋了,拉珍说周围的草真是欺负她,比她高,也比她有力气。拉珍瘦得可怕,十二岁了才六十来斤,骨棒一根根的,青筋都匍匐在骨头上。

东方玉音看到拉珍的身上都是碎草,淡绿的新叶,金黄的枯叶,断了的草穗散落她一头一脖子。东方玉音在草地上铺了防潮毯,把带着的牛肉奶酪摆了出来,这是她和拉珍的午餐。

奶酪的香气也让这头牦牛有些兴奋,它不停用脑袋拱着东方玉音。拉珍咯咯咯咯笑了起来,说:"它这是撒娇呢。"拉珍把一颗奶酪放到牦牛嘴里,然后拍了拍它的后背骑了上去。

牦牛仿佛有了信号,拉珍骑上去之后,它就向着旁边的草滩走去。骑在牦牛上的拉珍在草海里飘动着,她尽管病着,但到了牦牛身上就是属于她的世界,像是这片草原的主宰。

又何尝不是呢?草场的子孙一代代生活在这里,有了他们,这草场才有生命才有灵魂才有意义;有了他们,杂那日根神山才有了传说,才有了文化,才有了趣味。

牦牛的步子似乎富有弹性,它是那么乖巧地顺从着拉珍,仿佛知道拉珍的病情一样。牦牛迈着轻盈而富有弹性的步履,它似乎有意和拉珍嬉闹，但丝毫也不耽误在遍地的嫩草芽中扫上一口。那些掩藏在花草中的细茎，是昨天夜里新长出来的，那是牦牛最爱吃的。

4

牦牛悠悠地向着东方玉音走来，然后稳稳地停了下来。牦牛礼节性地用鼻子蹭了蹭东方玉音，似乎也要邀请她一起玩耍。拉珍嘿嘿笑着，明亮幽深的眸子闪着光芒。

这不是一个病人会有的光芒。东方玉音心里想，不过对于拉珍也许不一样——这里是她的大山，这里是她的草场。

拉珍偏了偏腿从牦牛背上下来。她娴熟地拍了拍牦牛的肩膀，牦牛似乎点了点头走远了。拉珍蹲了下去，去摘脚下一束草丛中的野花。但没有任何一朵花，能比她更加可怜动人。

花丛掩映中，只剩下拉珍的一绺刘海，花草就像幕布，暂时遮挡了她瘦小的身子，只有远处的雪山和蓝天，在偷窥着一个孩子的欢愉。

东方玉音看着拉珍站起来，她开心地挥舞着手臂，手里握着几朵格桑花，就像她之前戴着的那顶红狐毡帽。

天空中的云飞速走开，又飞速赶来，仿佛它们都很匆忙，在赶着一场苍茫大雨的到来。云朵中一闪而过的光芒就像硕大无比的幕布，它们遮蔽着草场，却又赶紧挪移。"流走的云朵在草场上能写出经文，但是只有奶奶那样的年龄才能知道。"拉珍看着发愣的东方玉音，轻轻说。

东方玉音看到拉珍苍白的小脸热气腾腾的，就让拉珍躺下来好好休息。"虽然是骑在牦牛背上，那也太耗体力了。"东方玉音说，"拉珍，你要不要玩手机？"拉珍兴奋地说："好，继续玩那个打枪的。"

拉珍刚刚学会一款军事游戏，是东方玉音用两个下午教会她的。有了游戏的拉珍，精神也好了一些，脸上恢复了笑容。

在拉珍家的时候，次仁央宗奶奶说："拉珍只和牛羊说话，只对高原草场说话。沙日塘的小鹰，每天都是这样度过的。"

5

"嘀嘀嗒嘀嗒！"一阵军号声突然冒了出来。

拉珍身边的黑豹吓得刺啦直起了腰，一个狼蹿出去了几十米，深厚的草丛中扬起一波波巨浪。刚才拉珍身上的碎草，就是黑豹用蹄子刨断的。

拉珍也吓了一激灵，东方玉音在旁边呵呵笑了起来。拉珍捡起手机，疑惑地问："这是什么在叫？"东方玉音把手放在嘴边，比画了个吹喇叭的动作，告诉拉珍："这是吹军号。"

东方玉音突然想起医疗队到达杂多县时候，她就跟队长王营念叨了一句："早晚没有听到军号，真不习惯呢，好像心里空落落的。"王营马上说："咱们下载个军号铃声来定时吧。"于是，沙日塘的草场上第一次响起了嘹亮的军号。

东方玉音把铃声关闭后重新递给拉珍。拉珍从小只听过牛羊咩咩的叫声和天上雄鹰的长鸣，这雄浑的军号声把她吓得不轻。但是拉珍怯怯地说，自己还要再听一遍。

军号重新响起来，拉珍听完绷直了脸，说："高原草场上没有这个声音，要是牛羊每天早晚也能听到这个'滴滴答'就好了。"

东方玉音趁机提到为她做治疗的想法："拉珍，你要是到我们医院去，在那天天都能听到军号，特别响，很远很远都能听得见。"

拉珍呆呆地摇了摇头说："那样奶奶会伤心的。"

东方玉音还想多说几句，拉珍把手机递了过来，抬起头说："天就要下雨了，我们该回去了。"

高原的天就是这样，中午时候还是浓烈的紫外线，晒得人睁不开眼睛，到了下午就彻底变了。不远处的煨桑台那儿，几条缠绕在一起的经幡互相击打着，噼里啪啦噼里啪啦，风力持续增长，天空的云像长了一万条腿，走得飞快。一群体型巨大的牦牛随心所欲地迈着步子，这里就是它们的乐园。

6

"这是要下雨。高原的天就是这样。"拉珍的语气就像次仁央宗奶奶那样成熟。是的，高原上的每一个有生命的物体都会与高原的一切性灵相通。

"为什么呀？这云可是飞走了，怎么会下雨呢？"东方玉音说。

"一会儿它们就飞不动了，风太大，云的腿就走累了，走累了，就要流出汗来。云的汗滴，就是落在沙日塘草原上的雨水。"拉珍喃喃说道。

经幡相互击打的声音越来越雄壮，拉珍忽然羞涩地说："东方玉音曼巴，我想跳个舞给你，好吗？"

东方玉音惊讶地说："好啊好啊，你要跳什么样的舞啊？我给你找个音乐。"在巡诊的这些日子，东方玉音手机里四处拷贝，存储了大量的藏族音乐，拉珍一说要跳舞，她立即想到好几首好听的曲子。

"什么样的音乐都可以。"拉珍说。牧民们平时在草场上跳舞都不需要音乐的。

东方玉音赶紧从手机里翻出一首本地歌手的曲子，名字是《爱在莫云滩》，这首歌并没有多么新奇，但东方玉音就是喜欢这首歌，不仅是因为她这些日子一直在莫云滩巡诊，还因为莫云滩上的每一个生命个体，让东方玉音一辈子都无法忘怀。

是的，爱在莫云滩。东方玉音想着，无论在走到哪里，她都不会淡忘这块神奇的草场，她的热爱，会永远留在这里。

草原上的拉珍欧珠挺胸直立。尽管她已经十分病弱，但音乐声响起的一瞬间，她突然迸发了精神。

拉珍欧珠绕过煨桑台，那一片地上撒满了彩色的纸片，那是祈福用的，穿过匍在地上杂乱的经幡。东方玉音大概明白了拉珍要在这里跳舞的用意，她要把草原上的祝福，用草原上的方式，表达给自己。这个已经病得很严重的孩子，全身充满了善良与聪慧。

东方玉音眼底一热，这个聪慧无比的小姑娘，如果因为包虫病耽误了生命，那实在太可惜了。可眼下的情况，她也不敢过多乐观。

东方玉音希望等拉珍去见了丹增喇嘛之后，会有一线希望；只要丹增喇嘛同意了拉珍可以带回北京手术治疗，东方玉音就立即向组织汇报，先把拉珍送回北京。

沿着流畅的草原韵律，藏族歌手吾金才仁的嗓音在煨桑台四周洋溢开来：

清晨走过

洒满露珠的草原

在天地间

雄伟的杂那日根

捧着吉祥的云朵

迎接四方宾朋 宾朋

一路欢歌

一路笑语

我们真心唱响草原

我们热情拥抱莫云

用心灵呼唤

把爱留在美丽的莫云滩

歌声萦绕

霞光映红的澜沧江

在莫云滩

羞涩牧女的歌声

响彻辽阔的莫云

让人流连忘返　忘返

……

7

雏鹰展开了翅膀，时而直冲云霄，时而俯冲草原，时而雪山流水，时而驰骋草场。拉珍欧珠的舞步旋转起来，那弱小的身躯欢快地飞翔着。

怎么能相信眼前的拉珍是一个病入膏肓的患者呢？看着拉珍翩翩起舞的身影，看着她那每一个自然流畅而努力准确的动作，东方玉音不自觉地流下了眼泪。

一支舞下来，拉珍欧珠已经气喘吁吁，但显然她是开心的。真诚的笑容撒在她满是红晕的小脸蛋上，那红里透紫的高原红，更像点燃了的煨桑的火盆。

东方玉音抚摸着拉珍欧珠的小肩膀，那全是骨头的小肩膀，一起缓慢地行走在空旷无人的草场上，偶尔会捡拾到牧民遗漏的牛粪饼。

天空中，走得飞快的云却被后面走得更快的云追上了，云和云拥在一起，相互打着仗，翻卷起来的云把整个天空都给遮住了，太阳忽然被乌云遮住了，天空陡然暗了下来。

　　太阳躲到了乌云的后面，羊群就要离开草场。"闪电会很快来到莫云，它们已经在山脊上做好了商量。"拉珍看了看天，接着说道。

　　拉珍的话音刚落，雨滴就落在了脑袋上。一阵阵轰鸣的雷声裹挟着一道闪电在草场上空劈开了一道口子。不对，这感觉太生硬了，太疼痛了，东方玉音顺手从头发中抠出一个晶莹的小玉石："拉珍，快看，是冰雹。"

　　呀，是冰雹啊！拉珍欧珠惊喜地把那粒小小的宝石捏在手里说："这个小宝石如果不会化掉就好了，那样我们草原上的孩子，就有更多石子可以打仗了。"

　　冰雹越来越密集，猛然间东方玉音听到黑豹的叫声，她抬头一看，不禁笑出声来。聪明的黑豹早已做好了准备，它正站在一头牦牛的腹下，牦牛那长长的腹毛成了黑豹的绒毛毯了。拉珍也被黑豹逗乐了，她兴奋地跺着脚大声喊：黑豹黑豹……

格云牧委会

1

东方玉音不想躲避这晶莹的冰雹，虽然砸在身上有点疼痛。她把拉珍欧珠揽在怀里，把背包里的遮阳帽给拉珍戴在头上。冰雹打烂了地上青草的叶片，发出了新鲜的香味。

冰雹带来的湿气混杂着微风扑面而来，东方玉音抱着拉珍欧珠微微打了个冷战，皮肤上泛出了一股冷意。冰雹落到地上放出晶莹的光芒，草地吸收了湿气与凉气，显得格外精神，草芽儿抖擞着头顶。

"冰雹可以打烂草叶，但并不能把它们怎么样。"拉珍说。东方玉音听到这话，心里突然闪出一片光亮，那是一个个被她诊疗过的藏族人名，那些美丽的名字，就像一朵朵花，盛开在这莫云滩上，盛开在这澜沧江的源头，盛开在这雪山脚下。

不一会，冰雹停了。拉珍欧珠说："冰雹停了以后就会有大雨到来，阿妈要回到院子，牛羊要回到帐篷，草原上的鹰也要飞到没有雨的天空。"

东方玉音揽着拉珍加快了步伐，也学着她的语气说："下雨那会把人都浇透，我们也要飞回没有雨的天空。"

脚步踩踏在破铁板上，叮叮哐哐直响，院子外面的施工队人员向着牧委会大院冲过来，奔跑的步伐吵醒了正在厂房里面午休的流浪狗们，狗叫声开始此起彼伏。

"汪呜……"一声沉重的叫唤，顺着声音的方向望去，一只黑影出现在远处的墙角，随着这声狗叫，其他的流浪狗瞬间停止了哀号。东方玉音一眼认出，它就是那只曾经围堵过自己的狼狗。

黑豹听到这个声音，立刻停止了脚步，跑到一座小土坡上仰着脑袋盯着那只大狗，发出嘶哑的号叫声，那种声音仿佛厮杀前的冲锋号，顷刻间就能破壳而出。

2

"快跑！"东方玉音朝着黑豹喊了喊，她才从对峙中回过神来拉着拉珍继续前进，一边跑一边回头朝后边瞅瞅，防止那大狗追赶上来。

总算安全回家，东方玉音和拉珍的腿一直抖个不停。黑豹倒好，悠然自得地梳理着被雨水打湿的毛发，好像刚才的一切没发生一样。

可能是疼惜黑豹吧，东方玉音希望它和另外的流浪狗们千万不要发生任何冲突，黑豹也比较乖，每次有队员外出时，总是会在后面跟着护驾一样。

黑豹虽然当了流浪狗的首领，但是它目前只管得牧委会门口那帮流浪狗。在黑豹的带领下，它的那帮伙伴还能跟着去洗洗澡，梳理梳理毛发。至于厂房里的，则是另外一群流浪狗，东方玉音并不希望黑豹跟它们有什么矛盾；毕竟它们整日与垃圾为伍，相比吃残羹剩菜的黑豹群体来说，更有可能患病。

在拉珍到来后的第三天晚上，黑豹没有和往常一样到屋子里休息。大家都在等着黑豹，东方玉音还和拉珍一起顶着冷风开着门等了它将近一个小时。

位文昭感觉事情不对劲，好几次都想出去寻找它，可是天黑以后她既没有胆量，又不熟悉路，真担心后半夜轮到黑豹寻找她了。东方玉音拍拍位文昭的肩膀安慰说："没事的，它那么聪明，而且还是一帮流浪狗的首领呢！"

话虽这么说，位文昭心里明白，黑豹虽然勇猛又聪明，但它如果只身前往厂房，怎么能够打得过一群疯狗呢？越想她越坐立不安。突然，院子外边传来低低的狗叫声，位文昭和东方玉音赶紧穿好衣服冲了出去。

不出她们所料，黑豹带着一身伤痕站在门口。位文昭走过去的时候，它的身边已经围了一圈狗儿。位文昭把其他的流浪狗赶走，黑豹朝着它们叫了两声，就跌跌撞撞朝自己的窝边走去。

格桑拉姆用热毛巾将黑豹身上的伤痕擦拭干净，东方玉音和位文昭拿来了药品纱布。黑豹的大腿外侧有一道深深的伤痕，血已经凝固。但东方玉音还是担心它的大腿会流血不止，建议用针缝上。

3

　　"没有必要，高原的狗狗没有那么脆弱，只要不流血就没事的。"格桑拉姆摆手示意不用。

　　"还是缝上吧，万一感染了可就不好治了，到时候费人费力！"

　　在东方玉音的强烈建议下，格桑拉姆勉强接受对黑豹的手术，可是最棘手的问题是该不该给它打麻药，一般狗狗受伤静养就可以了，如果用麻药过量了很有可能造成心功能衰竭导致死亡。队员们从没有救治宠物的经验，都不敢贸然使用麻醉。

　　"直接缝吧！"在队员们争执不下的时候，格桑拉姆直接决定不用麻药。这让东方玉音颇感惊讶，但是目前来说别无选择。

　　为了防止黑豹因疼痛挣扎，东方玉音戴着手套用力按住它的身体，然而队员们多虑了，钢针隔着皮毛从它的大腿肌肉扎进去，黑豹只是哼哼低声叫唤，始终控制着自己的腿不乱动。看见一簇簇眼泪从黑豹的脸颊流下来，队员们的眼眶也湿润了……

　　队员们不知道黑豹是独自去挑战那群疯狗的还是带着一帮兄弟去的，如果不是为了队员们还有什么其他理由如此拼命呢？它这样做甚至让队员们都不知道该怎么办才好。

　　东方玉音说自己从没想到遇到这么灵性的动物，她看了看安静地在床脚下睡着的黑豹，不禁感叹："不承想到在藏区高原这个生命如此神圣的地方，竟有如此可贵的生命。"

格桑拉姆说黑豹康复这么快还真是奇迹，东方玉音笑了笑说："它本身就是一个奇迹，不是吗？"从刚开始拒绝到现在对黑豹有如此高的评价，如果不是有了这番经历，她还真说不出口。

但是黑豹的到来让队员们的生活变得方便很多，没有老鼠访问，没有夜晚狗叫，没有大狗堵在厕所门口"要流氓"，甚至喂食的时候直接丢给黑豹。一切开始变得舒心起来，当然这只能是一方面。

但是，当东方玉音问到格桑拉姆为什么对黑豹的手术如此态度时，格桑拉姆明显地表达了不情愿的态度，虽未言语，大家已显示出观点不合，东方玉音只得作罢，想必提到拉珍欧珠的病情问题，她仍是如此态度。

4

晚饭过后，院子里响起了急促的脚步声，松周大哥欣喜地大声说着什么，虽然没有听清楚，但能感觉到是个好消息。东方玉音走到门口一看，松周的脸上成了一个大花猫。

"你这是怎么了？"东方玉音忍住笑，问他。

"好啦！"松周高兴得手舞足蹈。

"什么好了？"东方玉音问。

"公共浴室！"原来他不在的这些天，是去乡政府帮着把一个二十世纪七十年代淘汰的废弃锅炉给修好了。难怪松周一脸煤渣，本来黝黑的脸更黑了。

听到这个消息，大家都很兴奋。为了去洗个热水澡，大家穿着棉衣，大衣，棉裤，戴着棉帽子，防护得严严实实，带拉珍坐着松周的车子到了乡政府浴室。

当漫天温热的水流一泻而下的时候，东方玉音整个身子都感觉飘忽了起来，几经波折才有此洗澡的机会，她感觉就算在杨贵妃的华清池，也不比此般舒爽啊！

瘦弱的拉珍洗得很快，似乎刚打湿就结束了。拉珍虽然瘦弱，但有着一头天然的长发，就和格桑拉姆的那头长发一样，让东方玉音羡慕喜欢得不行。

拉珍不习惯在浴室洗澡，一直着急出去。东方玉音把吹风机打开后，让拉珍拿着把头发吹干。拉珍用不惯这个，只简单吹了下，湿漉漉地就要往回走。东方玉音一把把她拽回来，强行给她把头发吹干了才放手。

"我们草场上的人才不怕感冒！"格桑拉姆看着东方玉音给拉珍吹头，又摆出那副倔强的样子，说着。

"你再这样倔脾气，一旦感冒了，神仙也救不了你！"东方玉音反驳道。

"那你相信神灵吗？"格桑拉姆变了话题。

东方玉音直接忽略她的问话："我现在只关心包虫病。"

格桑拉姆依然不依不饶："你们是来检查包虫病的。这些天走了那么多牧户，你也看到了，我们这边患这个病的人很多，我以前也尝试说服大家看病都去医院，可是牧民们有着自己的神灵，就医问药也有活佛，做医生有时候也很难啊！"

东方玉音欲言又止。

5

如果格桑拉姆是个精通佛教的知识分子,那她们可以深度辩论,但她毕竟只是个中专学生,而且还是畜牧学校毕业的。东方玉音又觉得自己这番大道理等于白讲,毕竟人的经历不同,感悟和理解也不同。

回来的路上,格桑拉姆有点不服气,继续说神仙才可以治病的观点。东方玉音笑说:"我不想和你争辩。"接着,她讲了自己的一段经历。

大学毕业后刚工作的那一年,东方玉音的一个亲人被送进手术室。按理来说,这都是司空见惯的事情,对于一个医生来说,更是稀松平常。但是,那种感觉,那种难受的感觉,必须亲身经历才知道。

手术室外的等候,简直是种难以忍受的煎熬,恐惧、紧张、焦急、无助,彻头彻尾的吞没感……虽然自己也是一名医生,但也只能束手无策。平日里最熟悉的护士姐妹要求家属签署同意书,数不清的条条款款,没有一条告诉你手术成功的把握有多大,只告诉你发生意外和死亡的 N 种可能性。

东方玉音到现在都清楚地记得,当时自己签字的时候一边哆嗦一边惶恐,所谓人生的一切平衡和掌控,会不会在下一个瞬间化为乌有。家人在手术室里的三个小时,是她记忆中最漫长可怕的三个小时。

在那三个小时里，东方玉音觉得，手术室的门就是一扇生死之门。好在虚惊一场之后，她的家人安然无恙。但当家人从手术室推出的那一刻，东方玉音坚定了一个看法：真正的神是医生，是科学。

在医院工作之后，东方玉音更深信这一点，病人对医生，是很容易产生崇拜和依赖的。病人带着强烈的求生欲，找到医生求助；医生把病人从生命的谷底，推回到正常的人生轨道上，让多少人有了迈向人生下一程的机会。

而对于从生死之门回到正常生活的康复病人眼里，医生跟神有什么不同的呢？其实，人们要信的，是真正有能力握起手术刀救死扶伤的人。

格桑拉姆听着东方曼巴动情的倾诉，自己陷入了沉思。"其实，有时候洗洗澡也是一件特别舒爽的事，不是嘛！"格桑拉姆有意无意地说了一句。东方玉音不知她听没听进去，反正脸上露出了久违的微笑。

洛扎曼巴

1

回到牧委会的时候，谁也没有想到，大家去洗澡的这点工夫，黑豹就彻底病倒了——走的时候还好好的，回来的时候就趴着不动了。

格桑拉姆抚摸着一动不动的黑豹，东方玉音蹲下来给它做检查。好一会儿，东方玉音愁眉不展地站起来，说：我们天天巡诊筛查包虫，这包虫就在身边，黑豹百分百有包虫病。

但黑豹的病情已经很严重了，仿佛就在一瞬间，这么机灵活泼的生灵突然就倒下了。位文昭恍然大悟般说："我就想呢，它怎么进食越来越少，一天比一天消瘦，最开始还以为是挑食。"

位文昭这么一说，东方玉音主任又懊悔起来：当初说它挑食的时候，为什么没有早点发现它的症状呢?！但是，想这么多又有什么用呢，队员们甚至连它什么时候感染上病的，都不清楚。

"依据目前症状判断，黑豹只有进行手术切除才有机会救治，可是队员们在这里并不具备包虫病手术条件，又没有对动物的手术经验。"东方玉音和格桑拉姆商量着对策。

"要不，我去找找洛扎曼巴？"格桑拉姆的话让东方玉音精神一振，虽然在这偏远的地方很难找到兽医，但是如果是当地的藏医过来，肯定有他们的传统办法。只要有一丝希望，大家都不想放弃。

"我陪你一起去！"东方玉音说。

在去往洛扎曼巴家的路上，或许因为带着特殊的情绪，东方玉音异常担心那些随处可见的流浪犬。看着那些流浪犬充满活力地撕咬奔跑，东方玉音不知道是该高兴还是担忧。这些流浪犬还会没有节制地繁殖，牧民们也并不抵制。

县政府的人说，已经下了很大力度去管控，建立了许多专门的流浪犬收容站，可现实状况还是堪忧；最关键的是牧民卫生习惯也不容乐观，流浪狗是包虫的中间宿主和主要传染源……东方玉音心里叹息着：在高原牧区防治包虫病，真的是一场持久战。

2

格桑拉姆带着东方玉音进去时，洛扎曼巴正在配药。看到东方玉音进来，洛扎曼巴微笑着点了点头，东方玉音示意他继续忙手里的活，然后就和格桑拉姆在药房里转了起来。

和上次来相比，药房里有了一些变化。屋子正中央放着一台电动打磨机，旁边是几捆的新鲜的植物根茎，想必是洛扎曼巴这几天刚刚采摘回来的。那些花花绿绿的药丸子也比先前少了许多，看来最近的病人很多。

听到隔壁传来孩子们的打闹声，东方玉音就和格桑拉姆走了过去。东西厢房之间是一道牛粪墙，格桑拉姆说，洛扎曼巴并不捡拾牛粪，这都是被他医治好的人送给他的礼物。

刚一转身，东方玉音就看到过道小门那里一闪一闪露着几个小脑袋。东方玉音走过去看他们时，小脑袋们一哄而散不见了踪影。格桑拉姆笑着说："都是洛扎曼巴的孩子。"东方玉音高兴又惊讶地说："这好几个呢！"格桑拉姆点点头说："洛扎曼巴共有六个孩子。"

进到屋里，身着长裙头戴玉饰的女主人正在摆放牦牛肉干和奶酪，旁边一个十五六岁的大女孩抬头看到陌生的客人进屋，羞涩地点了点头，继续忙碌着。

这时洛扎曼巴也忙完走了进来，他请大家坐下来，做出手势让大家拿起刀子吃肉。洛扎曼巴怕东方玉音吃不习惯，还把肉递到她手里，说："吃吧，一定要吃。"说完，自己先把一块肉干塞到了嘴里。

门口几个小脑袋又突然间冒了出来。女主人用藏语对他们说了一句什么，几个小脑袋安静了下来走进屋里，乖乖地坐在火炉边吃着面前的牛肉干。

一个身穿僧服的小男孩吸引了东方玉音的注意。他显得与众不同，虽然看年龄只有十岁的样子，但明显比同龄人要成稳很多。于是，东方玉音转头向格桑拉姆问到那孩子。格桑拉姆用藏语和洛扎曼巴对了话，又回头对东方玉音说："他叫亚玛，在嘎尔萨寺里当小扎巴。这几天正好赶上放假，所以在家里。"

东方玉音忍不住好奇，向小男孩问："亚玛，你懂汉语吗？"

亚玛点了点头。东方玉音又问他："你们一年几天假期啊？"亚玛说："七天，但也有十天的，也有半个月的，每个寺庙不一样。"

东方玉音又问："你们在寺庙里平时主要做什么呢？"

亚玛说："学习。"

东方玉音又问："只是学经文吗？"

亚玛说："经文是一门课程，还有数学，还有科学。"

还有科学？这出乎东方玉音的预料，东方玉音还想再问他，但是洛扎曼巴似乎不想让亚玛说下去了。他用藏语对亚玛说了一句，于是亚玛和几个孩子站起来一溜烟走出了房间。

女主人向火炉添加了一筐干牛粪，格桑拉姆对东方玉音说："这是给咱们煮羊肉呢，还有酥油茶。"

东方玉音马上说："你告诉主人别这么麻烦了。"格桑拉姆说："在草原上，这是都会有的礼节。"

3

屋子里开始安静下来了。气氛有些凝重。隔着一张藏桌，洛扎曼巴坐在东方玉音的对面，他擦了擦干涸的脸孔，将脖子上的一条藏毯取下来放在了桌子上。安静了一会，洛扎曼巴突然向东方玉音问了一句："草原没有做错什么，你们为什么要反对草原？"

和藏族人接触多了，东方玉音了解他们的这种性格，这种看似咄咄逼人的问话，其实并不说明是在生气，只是他们内心直爽，想说的话没有遮拦。

东方玉音对洛扎曼巴说："我们尊重沙日塘草原，尊重杂那日根神山下的所有生命，但我们都希望所有生命是健康的。当他们有了疾病的时候，我们用不同的方式治疗，这算不上反对草原。"

洛扎说："我知道你们在治疗肚子里的虫子。但，这不是病，是因为人的滥杀无辜，要把草场上牦牛和羊卖到外地去，这是神开始报复了，派了魔鬼过来报复，所以肚子里长了虫子，就是对草场的惩罚。"

东方玉音说："我不反对你的说法，但你也是个医生，应该懂得科学治疗这个道理，因为科技手段的介入，很多原本无法治疗的病，现在都得到了根治，比如疟疾，比如霍乱，比如小儿麻痹，而包虫病也是可以根治的。"

洛扎曼巴打断东方曼巴的话："真正的沙日塘草原人，是不会屈服命运的，只会听命于杂那日根山神的指示。"

东方玉音接着洛扎的话说："山神也不会看着他的子民承受如此多的痛苦。很多病人都是孩子，是你们草场上的小雄鹰。"

洛扎曼巴又说："在我们草场上，杂那日根山神带着草场的子民在这里生活了一千多年，大家都是这样度过的。"

东方玉音强调地用食指指了指自己的脑袋："是的，一千多年来，草场上的人群都是这样度过的。但你也应该看到，人们的思想在起着很大的变化。以前你们都是骑着牦牛放牧，现在越来越多的人放弃骑牛骑马，而骑上了现代化的摩托车。"

"我就没有嘛。"洛扎曼巴强调道。

东方玉音说："你没有骑摩托车，不代表整个草场不欢迎这种与以往完全不同的生活方式。你可以不骑摩托车，但是你也一样，家里用电灯，而且用电机来研磨草药。每个人都在起变化，只是方式不同罢了。而我们过来诊治包虫病，是因为这个病情的危害是你们所不知道的，这个新的包虫病治疗方法，将是草原上一个新的事物，它会彻底改变草场上的人们，让所有人的身体健康都得到保障，这与你的藏药治疗并不违背。而且，藏药作为民族文化的一分子，也应该有你这样懂得的人来传承下来。"

洛扎曼巴似乎没有听懂东方玉音的话，他接着又说了句："这是草场上从来没有的事情，杂那日根神山站在那里几千年了，沙日塘草场也在那几千年了。"

虽然洛扎曼巴和东方玉音的观点有些不一致，但他无疑是有着坚强信仰和良好品质的人。如果争论太多，或许会伤害到这个淳朴的藏医，还是先解决黑豹的问题吧，于是，东方玉音换了话题："黑豹的肚子里长了虫子，你可以给它开一些药吗？"

"黑豹？雪山上的黑豹？"洛扎曼巴问道。格桑拉姆赶忙解释说："不是，我们的一只藏犬，名字叫黑豹。"

洛扎曼巴说："这个名字起得太大了吗？它就会病的。"格桑拉姆说："我们需要你给它开一些藏药，帮帮它。"

洛扎曼巴说："金珠玛米不行？"格桑拉姆说："金珠玛米只

能救人，对待动物她们没有经验。"

接着，格桑拉姆特地对洛扎曼巴强调："到这里来，是因为不想给黑豹动刀子，拿一些打虫的草药给它吃吃。"

一听是这样，洛扎曼巴说："好吧，我给你们配些药。"

4

东方玉音并不放心拉珍欧珠，她的病情已经非常严重了。虽然达娃琼沛腹腔内的多发包虫看起来更为麻烦，但拉珍欧珠的病情拖得太久，她的体力会无法支撑下去。

东方玉音和洛扎曼巴谈到了这个问题，但洛扎曼巴仍是坚持之前的观点。东方玉音说："换一种方法为牧民诊疗，并不会冲撞神灵。因为这种新的诊疗方式同样是为了拯救生命，同样遵循佛法的奥义。"

洛扎曼巴说："新的治疗方式也应该尊重我们的身体。"

东方玉音接着说道："我们的身体就犹如一架机器，要学会保养它，而不是因为学佛就轻看自己的身体。如果没有身体，谁来承担我们在人间修道成佛的载体？如果我们连自己身体都不珍惜，那还能让别人信任我们吗？"

洛扎曼巴说："真正的佛法让我们净化内心，进而健康我们的身体。煨桑或者念佛，真诚的信仰，可以使我们到达这样的境界。"

东方玉音肯定了洛扎曼巴的观点，并在他的说法上继续引申："煨桑或者念佛可以让心灵和细胞健康起来，积极对抗病毒，但先进的治疗设备和科学的治疗理念同样不能缺少，两者的结合会给病患者带来更大的帮助。"

女主人为大家添加了刚刚熬好的酥油茶，又把一盆牦牛肉包子放在东方玉音面前。洛扎曼巴把一碟辣椒油从自己跟前递了过来："牦牛肉包子配点辣椒会压住腥味。"东方玉音连忙道谢，并告诉他："我在草场上非常适应，只要牧民吃的我都吃。"

洛扎曼巴冲东方玉音竖了竖大拇指："以前很多来牧区的人，要么真的吃不惯，要么觉得卫生有问题不愿吃，你与他们不同。"东方玉音笑着说："我们都是一家人嘛，吃家里饭香。"

看着吃饱了的格桑拉姆在房子里转来转去，洛扎曼巴又问起她的阿妈。开始几句用的汉语，洛扎曼巴大体是问格桑拉姆阿妈的身体情况，东方玉音判断应该是格桑拉姆的阿妈病了。但格桑拉姆显然不想让东方玉音知道洛扎曼巴问起的事情，她立即改口用藏语做了回答，但东方玉音看得出，格桑拉姆的表情并不轻松。

等到女主人把餐具收拾走之后，东方玉音和洛扎曼巴谈起了拉珍的病情。出乎东方玉音的意料，洛扎曼巴竟一口同意医疗组对拉珍进行西医治疗，只是他仍不同意医疗组把拉珍带回内地治疗。洛扎曼巴说："拉珍欧珠病得很重，这个小生命太可怜了，但是她应该在草场上煨桑祈愿山神的护佑。"

但是对于拉珍的病情来说，剩下的治疗时间已经不多了。听着洛扎曼巴有点自相矛盾的话，东方玉音知道他的内心也在矛盾着，拉珍毕竟是一个生命，作为医生，洛扎曼巴内心有自己的掂量。东方玉音只能说："我真是把拉珍当成了自己的孩子，我太可怜她了，真想把她带回北京，给她最好的学习和生活。"

东方玉音的话让洛扎曼巴很感动。洛扎曼巴说："你是把心留在沙日塘草场的人，杂那日根山神会感知你的心情，我替草场谢谢你，扎西德勒。"说完，洛扎曼巴起身进了里屋。

正当东方玉音诧异呢，洛扎曼巴一转身又出来了。他的手里举着一瓶青稞酒："东方曼巴，你是我尊重的客人，也是沙日塘草场上尊贵的客人，今天我们必须喝酒。"

东方玉音赶忙拒绝："我在这里高反呢，更不会喝酒。"但洛扎曼巴和格桑拉姆都不依不饶，非让东方玉音喝上两杯。看着洛扎曼巴站在那里十分恭敬，东方玉音觉得再要拒绝也不太好，就端起小银杯约定说："仅此两杯，为了整个草场，为了拉珍。"

医疗队总有一天要离开沙日塘草场，东方玉音在和洛扎曼巴的深谈中，真诚地希望他能够成为医疗队在这里的编外队员，希望能为牧民们的健康省去千山万水的距离，随时可以得到直接的交流。

东方玉音还提出为洛扎曼巴争取一次到北京学习的机会，到时候还会有一大批牧区的医护人员来到军队医院的肝胆外科学习肝包虫病的常识与诊断，即便医疗队离开了，但更加健康的观念将传播开来。

"包虫病四十七例；乙型肝炎一百二十六例；高血压患者二百四十五例；风湿性关节炎二百八十九例……"离开洛扎曼巴家

之前，东方玉音将小分队这段时间在牧区的筛查结果和名单，给他留了一份，以便他准确掌握和追踪牧区患者群体。作为研究性资料，东方玉音还就牧区高发的精神类疾病、糖尿病、孕产妇难产、死亡和脑瘫患儿等和洛扎曼巴进行了交流沟通。

　　拿着那一叠厚厚的名单，看到东方玉音和同行们为牧区做出如此巨大的贡献，洛扎曼巴非常感动。他说，他一定会把这些告诉丹增喇嘛，让丹增喇嘛告诉整个沙日塘草场……

嘎尔萨寺

1

从洛扎曼巴家回来的路上，格桑拉姆想说却不知该说些什么。

东方玉音主任和洛扎曼巴的对话，让格桑拉姆想了很多。她觉得洛扎曼巴变了，像是发生了某种背叛；她又觉得整个沙日塘草场都在悄无声息地发生一种变化……

这也是格桑拉姆时刻注视着的，她感觉自己无力阻挡这股看不见的力量，更是不知所措。

格桑拉姆回来第一件事就是让黑豹吃下洛扎曼巴开的药。她知道，这些药可以缓解黑豹暂时的痛苦，但并不能解决病情。半夜里，格桑拉姆忍不住心里难受，泪水止不住地流淌下来，打湿了衣领。

但黑豹注定不是一只平凡的狗。就在这个雨如瀑布的夜晚，它离家出走了。东方玉音和格桑拉姆默默穿好雨衣、踏出大门的时候，天上的雨像是银河泛滥了一般，从天边狂泻而下。

无边无际的草场上，阵阵狂风吹来，大雨不停地倾倒，密如烟雾，队员们手机微弱的光在风雨黑暗中根本照射不出一米，更别说是行走了。

黑豹消失了，消失得无影无踪。黑豹也许不想让队员们再去找它，所以选择了这个队员们没法出门的风雨夜。

躺在床上，东方玉音无法入睡。如果是人知道自己即将死亡，很多人宁愿选择否认自己将要面对死亡。那么黑豹呢？它会不会和队员们一样？

如果真是这样，那也可能对它来说是最好的了。它的身体不会被死亡带来的恐惧所吞噬，想太多的话只会让身体更加不堪负重，加速自己的死亡时间。或者它会变得异常愤怒，情绪强烈波动；也可能就是因为一点点小事情就变得极其暴躁，甚至发疯，那么它就会很危险。如果肆意暴躁攻击村民，就很可能会被打死。但是这种愤怒来源于生命的意识——为什么将要死亡的是自己而不是别的生命？遇上了又该如何控制自己的情绪？人都不能保证控制好自己，更何况一条狗……

当然，如果它能够安安静静地待着，那对它来说又是多么的可怕！所以，它只能自己放弃自己，变得非常的沮丧——在得知了自己必死的消息，任何方法都救不了自己，只能静静地等待死亡的来临，它定会变得崩溃并且整个世界都是黑白的。或者……

真的猜不到黑豹会经历什么，也不敢再想会发生什么，但这不是对于一条狗的思考，而是如何对待草原上所有的生命。

2

凌晨时分，心力交瘁的东方玉音终于沉沉睡去。

黑豹的走，这让东方玉音猛然意识到一件危急的事情：格桑拉姆一直和黑豹接触密切，会不会感染了包虫病呢？

当东方玉音提出这个疑问后，格桑拉姆彻底激怒了，和东方玉音大吵一场。"你们就是看不起我们草场上的人！觉得我们生活习惯不好，嫌弃我们身上脏！"格桑拉姆争辩的嗓门很高。

东方玉音说："格桑拉姆，你这说得不对啊，我们哪里有嫌弃呢，我们每天吃住在一起，我还和你经常睡在一个被窝。怎么会嫌弃你呢？你是想多了。我们只是根据医学和疾病传染常识，为了你的健康……这，也是我们过来的任务，为每个人都要做体检，等过几天我们要给乡上所有领导全部检查；到了县里，还要给县里所有领导检查。我们没有歧视任何人，虽然你在高原，我们在平原，但我们都是一家人。"

但无论东方玉音怎么说，这个倔强得不能再倔强的姑娘这次特别较真。她拒绝再为小分队当翻译，她说自己要回去。说完就去收拾衣服，决绝地离开了医疗队。

格桑拉姆的离开，让东方玉音很是难过，但并没有改变她治疗草场包虫病的决心。既然格桑拉姆走了，东方玉音就请松周接下来兼顾翻译。

"从这里去嘎尔萨寺庙有多远？"东方玉音问松周。她决定做最后的努力，带拉珍去找丹增喇嘛。 松周说："得骑马过去，大约两个小时。"东方玉音立刻说："我们去，不能再耽误了！"东方玉音的这番话说得口气严肃了一点，拉珍似乎有些不安，她突然瞪大眼睛看着东方玉音问："我，我，会死吗？"

东方玉音摸了摸拉珍的头说："没事，拉珍，我们是到丹增喇嘛那里去问你的病情。"

3

在去嘎尔萨寺的路上，松周对东方玉音说："别看这个地方偏远，这里的嘎尔萨寺可是有名气有来历的。"

松周介绍说："这里的僧人属于藏传佛教尕举派，是尕玛尕举派红帽系的一个分支，大约在一百二十年前，清朝时期，僧人们在玛格滩建立了这座尕举派帐房寺。我们都叫它嘎尔萨寺。"

东方玉音说："那肯定僧人比较多吧。"

松周说："寺庙并不大，僧人也不多，只有二十多位僧人，但里面的上师丹增喇嘛名气很大，丹增喇嘛精通医学；但找他看病的人太多了，常常顾不上。洛扎曼巴就是他的学生，代表他在牧点上行走。"

远远地，嘎尔萨寺在云朵中盛开着，东方玉音隐约听到了诵经的和音。走近寺庙，门口的香炉里冒着纯如白银的烟柱，香炉的四周开满了五颜六色的花朵。松周说："这就是高原上的格桑花。"

几只浑身脏兮兮的流浪狗，看到有人来了，起身张望了一下。看了看来人并没有喂食的意思，狗儿们于是围着香炉走了一圈又趴下了。松周说，寺庙周围的流浪狗是比较多的，刚入寺庙的小扎巴，有一项重要的工作就是喂食流浪狗。对于每一个僧人来说，这是必修的课程。

松周还说，其实不仅是寺庙里的僧人，生活在牧区里的人，行走在路上的时候，总会准备一些肉类或骨头，遇到流浪狗就会喂食它们。藏民族是个放牧为主的民族，狗是藏民们忠实的伴侣。在藏区，永远不会有人吃狗肉，当然也不会吃马肉，道理是一样的。

寺庙的额匾用鎏金做成，乖巧的小鹿塑像，虔诚地跪在大殿正上方的中央位置，中间的金轮在阳光下熠熠生辉，昭示着光明所在。

相传释迦牟尼成佛后，得知曾追随伺候过他的五名侍从正在贝拿勒斯鹿野苑力修苦行，正待度化，便前往鹿野苑为他们传授法道，从此金轮跪鹿就成了弘扬佛法的标志和象征。

4

在法轮反射的金色光晕里，松周带着大家走到了寺庙的厅门。松周向一个小扎巴说明了来意。

小扎巴进了后院，一会儿又出现在大家面前。他摆了摆手，示意大家跟着他进去。松周低声翻译："丹增喇嘛说了，顶着风雪来的客人可以进去。"

在这片雪域高原上，嘎尔萨寺就像一座石头城堡，进入大厅，青稞的香味扑面而来，佛殿里宝相庄严的佛像以无上的智慧俯瞰众生。

在藏传佛教里，人们相信智慧永世流转，肉体只是寄生智慧和修为的皮囊。僧人们诵经的声音越来越多地传来，又若离若即，东方玉音往四处寻找却什么也没发现。

这给了东方玉音神奇而美妙的感觉，她闭目冥想了几秒钟。这种安宁放松实在太稀缺了。

银子做成的小碗，摆放整齐，成为一个长形的方阵；碗里装满酥油，镶嵌着羊毛搓成的灯芯。灯火无日无夜地安静燃烧着，凝固的酥油悄然无声地散发着淡淡的香气。

银碗上方是一个木制案牍，上面供奉着三层佛像，最上面的一层是释迦牟尼佛，两侧分别是绿度母和白度母；中间一层是宗喀巴大师神像。

在宗喀巴大师神像两侧，分别是他的徒弟观音菩萨和文殊菩萨。在藏传佛教里，观音菩萨是达赖的始祖，而文殊菩萨是班禅的始祖。还有一些神像以及现世的著名活佛画像，东方玉音便不再认识了；但即便如此，她所掌握的藏传佛教知识也足以让她在牧村行走时充盈着丰富的喜悦。

跟着绕道前行，在几根缠着黄色哈达的高大廊柱后面，小扎巴说："里面有客人，你们先在这里等着吧。"

5

小扎巴把东方玉音她们安排在客厅的一张长椅上坐下来。这个长椅很先进，显得与古朴的寺庙格格不入。这是一张内地医院就诊室外供病患休息的那种铁质椅子，东方玉音很奇怪怎么会有这样的椅子，摆在这五千米的高原雪山上。

松周说："这应该是内地一些香主送过来的，有些香主特别肥胖，他们坐不了寺庙用的矮桌和座垫，这种铁椅子比较适合他们。"

为了喝茶方便，东方玉音还是招呼大家坐到了矮桌旁。嘎尔萨寺里的座垫很特别，后面连着一个三角形的靠枕，这让坐上去的人感觉比较舒适。小扎巴忙着给大家倒了酥油茶，又端上来一些瓜果点心。

东方玉音见那水果居然很新鲜，就想起中秋节时县里四大班子领导慰问医疗队，工作人员带着两个小箱子的苹果，每箱大约五斤装，而且里面的苹果就比鸡蛋大一点，萎缩得全是褶子。事后，一个同事开玩笑说："这要是在内地，都得扔了。"

但是在这海拔近五千米的高原，长一棵草都困难，何况这些苹果，它们要经过飞机汽车牦牛甚至人力，各种过程才能来到这里。县里领导能拿出两箱苹果来，已经是很高的礼遇了。

所以，当东方看到这里的新鲜水果时，觉得十分诧异，她小声对松周说："在这里还能见到水果真不容易。"松周说："这是内地来了求医看病的老板。"

东方玉音问:"你怎么知道是内地的老板。"

松周笑着说:"这水果肯定是从内地带回来的,至少没超过一个星期。能跑到这里的,又要坐飞机,又要包车,一般上班的来一趟花费太高,也不会来。能来的,肯定是老板。"

丹增喇嘛

1

东方玉音觉得奇怪:"内地人怎么会知道这么偏远的地方,有个寺庙有个丹增喇嘛呢?"

松周说:"藏传佛教分为很多派别,比如这里的尕举派,每一派都有它自己的信众。这些信众不分地域,国内外都有。在这一派里,一些僧人的名气很大。我之前给你讲过,这里的大喇嘛活佛都有很高的医学造诣,至少都是藏医方面的高深专家。"

现在内地人很有钱,经济上发达,有钱了想法也多了。东方玉音在医院里也接触过很多这样的人,他们小病大作,为了"长寿"不顾一切。他们认为藏医能养生,认为弘扬佛法能长寿,所以他们再远也会赶来。他们需要这些高僧的护佑,他们也会在佛祖前点燃酥油灯,祈求灯火不灭、生命永恒。

东方玉音同意松周关于藏传佛教深入人心的说法:"藏传佛教对藏区来说就是人的精神支柱和润滑剂。这么艰苦的地方,如果没有这样坚实的信仰做支撑,真的待不下去。"

这时,里面房间的门打开了,一个年纪稍大的内地女人在门口闪了一下。东方玉音看到她的怀里有一个脑袋，好像是一个孩子趴在她怀里。停了一会，一个年纪较大的僧人走了出来，旁边跟着两个小扎巴。

松周悄声说："这就是丹增上师，我们都叫他丹增喇嘛。"在藏区，人们把修行很高的称为上师和喇嘛。

看到丹增喇嘛走过来，大家赶紧起身，这时丹增喇嘛已经走到了东方玉音的跟前。丹增喇嘛看了大家一眼，点了点头，他手里拿着一卷经文，示意着让那个女人把孩子牵到大厅的明亮处。

女人似乎哭泣着，嘴里一直说："快救活我的儿子吧，快救活我的儿子吧。"丹增喇嘛连连摆手："佛祖是和我们站在一起的，你不要太多的眼泪。眼泪，不是用来求医的。"

看了看客厅里的一堆土特产，丹增喇嘛说，不用带着这么多礼物，佛祖和杂那日根山神已经知道你的心情。说完，一个小扎巴走过来，将那些土特产拿起来往外走。松周悄声解释说，他是要拿到佛堂的神像那里供奉佛祖和山神。这样，美好的愿力就会产生作用，护佑那个女人怀里生病的孩子。

2

松周接着对东方玉音说："这个孩子的病看着非常严重，脑壳已经都在泥土里了。"那个女人似乎捕捉到了松周的话语一样，她回头看了松周一眼，然后扑通跪倒在丹增喇嘛面前。丹增喇嘛让小扎巴把她扶了起来，然后从她怀里抓过孩子的手，又看了看面部，然后走到神像旁边的一个壁橱那里。

丹增喇嘛从壁柜里取出一个暗红色的木盒子，打开木盒子是一道亮闪闪的金光。那条黄绸子的光芒是东方玉音在别的地方没有见到过的。丹增喇嘛从黄绸子里捏起一粒黑色的丸子，然后走回那个女人的跟前。

丹增喇嘛打开孩子的嘴巴，把药丸塞了进去，然后说："这是用雪山狮子的乳汁和雪莲花、藏贝母配置的宝药，草场上多少牛羊也换不来一粒。吃下去吧，吃下去就能保住性命。"

女人又哭泣起来，这次是感激的哭泣，就像告别地狱重回人间一样。女人转过身来，虔诚地对着佛像不停磕头，然后把一摞崭新的百元人民币塞进了功德箱里。

松周说："药丸确实难得，不知道是多少种草药配成的，这种药确实具备调气养生的效果。但如果得了非去天堂不可的病，谁也没有办法留住他的命。"

那个女人哭哭啼啼地出去了。可能看到东方玉音也是个汉族人，走出大门的时候，那个女人还带着眼泪冲东方玉音微笑了一下。

3

丹增喇嘛一边往内室走，一边对小扎巴说："把客人带进来。"

松周带着东方走了进去。内室没有凳子，地上一张毯子，大家围着一张茶盘席地而坐。

丹增喇嘛让小扎巴在茶盘上的器具里加了一些糌粑和茶盐，估计怕内地人喝不惯这些，他又让小扎巴用开水沏了几杯红茶。

丹增喇嘛讲的是一口熟练的汉语，这让东方玉音很惊讶。其实松周早就向她介绍过，级别越高的僧人知识储备越多，天文地理科学无一不知；而他们的每一次级别晋升，在辩经时，也是自己全方位知识的一次比拼，看来果然名不虚传。

听完东方玉音的来意之后，丹增喇嘛停顿了一下，他把拉珍牵到自己跟前，看了看，摸了摸她的脑袋说道："可怜的孩子，你的奶奶总是来央求我，但神灵会愈痊你的病痛，扎西德勒，可怜的孩子。"

东方玉音控制着自己。轻轻地说："如果不能够及时治疗，这个孩子可能会失去生命。"

丹增喇嘛回答道："生命中充满了悲悯和自省，这也是佛教给予我们的奥义，它校正人心，让人向善，因此人们才那么敬仰它的高度和深奥。"

东方玉音说："藏传佛教历经一千五百年而如此兴盛，这说明它有着强大的生命力，这种生命力为大众所接受，而且对生命的影响如此深远。"

丹增喇嘛说："在这片草场上，在广袤的藏区里，宗教是不可或缺的，在这样相对阻塞相对落后，一般人又难以适应气候的雪域高原，宗教可以让人心安。"

东方玉音认可这种观点，在这种地方，法律可能也没有宗教更具有心理调适功能和社会控制功能，以及个体对社会的认同功能，个体之间的文化交往功能。直到今天，这对国家的稳定仍然有益。

丹增喇嘛接着问东方玉音："在草场上行走了这么多日子，你是怎么看待这些的呢？"

"佛学首先是一门科学，而且是关于生命的科学，因为它关照生命，充满慈悲。"东方玉音说。

丹增喇嘛接过话说："佛祖传授的就是慈悲为怀，悲悯正是佛性的体现。你悟性很好，能够理解这层意思，如果不理解的，就会说这是迷信。如果认为佛法是迷信，那什么是科学呢？"

东方玉音没有回答，听着丹增喇嘛继续说下去："你就想吧，全世界最厉害的是科学家，但自有人类以来，先知先觉和科学家们却有不断的发现。为什么会不断发现，那就是因为你知道得太少了，宇宙太奥妙了。所以，当你不知道的时候就不能乱说。现在量子力学的发现，更好地说明了一些奥妙的所在。科学还在往前推进，未知的会不断被更新，或许有一天，你心迹体验的神奇便为科学所证。"

丹增喇嘛居然提到了量子力学，这让东方玉音很为惊讶，初来藏区时就有人告诉她，称得上喇嘛的上师或高僧大德，不仅精通天文地理，也具备大而全的科学知识。以东方玉音的估量，以丹增喇嘛这样的知识程度，如果换算成学位制，应该在博士水平之上。

丹增喇嘛继续说道："有些科学家兢兢业业，有的科学家也走了很多弯路，现在这个社会太浮躁，真科学家是推着人类往前进步，探寻未知的奥妙。"

东方玉音说："这个我也有同感，新闻里就有报道，有的科学家只会发论文，还出现很多抄袭风波。"

丹增喇嘛说："一句话到底，辛苦的事大家不愿意做，今天得过且过，考虑的是今天怎样去挣钱挣名。"

东方玉音说："您虽然在这五千米的高原上，但真是洞悉人类生活的方方面面啊。"

丹增喇嘛接下来说："你们在草场上为牧民看病，这是功德无量的事情，但有些时候我们会建议一些病人不必去做手术或治疗。或许你们不解，但我们绝不是随意这样。"

4

入秋后的沙日塘草场把它的娇美藏了起来，春夏翠绿的山峰在雪后变成了连绵的雪山，从生机勃勃到金黄苍凉，从巍峨秀美到银装素裹，年复一年，更似一场又一场生命的轮回。

丹增喇嘛看着眼前的草场说道："佛法看待生命，看待万事万物万象，最重要的是尊重自然规律，或叫因果规律和缘起规律，或是佛慈悲的愿力。在藏传佛教里，死亡只是六道轮回、生死流转的一个过程。"

丹增喇嘛的一席话，让东方玉音想起了一名曾经救治过的病人。作为一名癌症晚期患者，这名病人见到东方玉音总是笑眯眯地说："医生，你们辛苦了。"东方玉音问过他为何明知身体每况愈下，还是如此积极乐观。后来，东方玉音得知，转院后没多久的他签署了遗体捐赠书。有新生，便有死亡。这世间万物更像是一场永无止境的生命接力。

东方玉音不禁感慨："古人说：'落红不是无情物，化作春泥更护花。'现在想来似乎也在描述生命的轮回，落叶凋零消逝，可它又化作肥沃的泥土，孕育新的生命。"

东方玉音见丹增喇嘛点了点头接着说道："生而为人，活在世界上，生、老、病、死的问题便都免不了。释迦牟尼佛当年为什么要出家，就是为了这四个问题。"

其实东方玉音和汉族朋友在一起，从不谈论生死。尤其做一名医生，生死更是大家都禁忌的话题。但在丹增喇嘛这里，生死则成了一个自然而然的话题。

藏传佛教观点认为：人死了，生命并没有消失，他们只是轮回了，轮回成了水里的鱼，草场上的鹿、牛、马、羊，他们大到鲸鱼，小到细菌，每一种都有自己的使命，或是其他生命赖以生存的食物，或是那一缕光合作用需要的阳光。但这些都是自然的需要，他们会在自然的需要中完成生命的轮回。

在生命的轮回里，当成为人的时候，会有山川房子、耕地、牛羊等；但人拥有这些的时候，也要承载着痛苦，人从生下来那天就一步步走向死亡，中间只有短短的几十年，这个过程中，生病和衰老，都是生命轮为人道时要经历的。

但是现在，人们经常为了保健身体把一些生命无辜杀死，甚至赶尽杀绝，这些生命有口难言，它们在轮回中失去了生命，并且永劫不复。丹增喇嘛说："如果为了保养身体，肆意杀害其他动物的生命，这就成了一种悖论，这从佛法养身的角度都说不通，更不用说到轮回了。"

东方玉音想到了包虫病，说道："如果一种生命，比如包虫，已经严重危及草场上的人和所有生命的安全，它导致这些生命并不能按照自然死亡来完成生命轮回，那么它也一定是阻碍了您上述这种轮回理念。如果我们的治疗可以适当解除这些阻碍，即便是最伟大的宗喀巴大师也会支持我们的。"

丹增喇嘛说："你们远道而来，为牧民们送医问诊，是大山和草场上尊贵客人。作为医生，你们敬重这大山和草场上每一个生命，并且为了能帮助他们解除痛苦不辞辛苦，长途奔波，这是功德无量的好事。"说着，丹增喇嘛双手合十，对东方玉音做了一个感谢的动作。

东方玉音听着，由衷地笑了，在杂那日根神山下有丹增喇嘛这样有见识的高僧，后续的筛查工作一定会开展得越来越好。

借着丹增喇嘛的这番话，东方玉音摸了摸拉珍的脑袋说道："我们巡诊最重要的目的，就是做包虫病的筛查，在不改变对生命认知的情况下，我们还是希望能够尽可能多地为牧民们减轻病患痛苦。"

拉珍上过学，虽然未能完全理解东方玉音的言语，但她感受到了东方玉音手中传递过来的温暖的力量。

5

职业的使命感，让东方玉音无法坦然接受自己的病人直面死亡，每一次都竭尽所能与病魔斗争。因此东方玉音对生老病死还有另一种看法。

东方玉音说："西方一位哲学家讲过一句话：人生的一切努力，人类所有文明成果的创造，目的就是一件事：对抗死亡。真正的佛法是生命的科学，其实人体本身是拥有强大自愈能力的。相比来说，西医治疗是外部介入，相当于换掉零部件。"

丹增喇嘛很认可东方玉音的见解，他也懂得西医："现代的医学，把疾病种类分得很细，但概括起来就是生理病和心理病。你刚才说得很对，我们的身体就是一架机器，医学是维护这架机器的重要手段。无论藏医还是西医，都是一样的功能。从这个角度来说，佛教并不排斥医学。"

丹增喇嘛说，没有任何事是绝对的，科学手段也只是相对而言。科学的手段可以把人的五肺六脏打开切割，可以浑身插满管子维持呼吸，但这不是完整的生命，也不是有尊严的生命。也许你们的亲人里有人得过癌症，在你们反复对他进行化疗放疗后，亲人慢慢死去，你从内心说，认可这样的治疗吗？在我们看来，这是过度的滥用医疗。

在这远离喧嚣的雪山牧区里，丹增喇嘛面对疾病的观点，深深震动着东方玉音的内心。东方玉音非常感慨，她接着说道："就我的理解，禅定是最好的养生术，让人清净、心态平静，自然情绪就不紧张，一些疾病从心理上得到治疗，身体就会好起来。其实中医的博大精深早已把心理问题影响身体健康说得很清楚，比如喜伤心，悲伤肺，恐伤肾，怒伤肝，思伤脾等等。"

东方玉音正说着，丹增喇嘛抬起脚向一排排的转经筒走去。丹增喇嘛向前一推，转经筒便"呼啦"地转了起来。东方玉音拉着拉珍的手在后面跟着，轻轻拂过旋转着的经筒。

走完一圈，丹增喇嘛停下来问东方玉音："能说说转经筒时，你在想什么吗？"东方玉音没想到丹增喇嘛会这样问她。回过头看了看还未停下的转经筒说："我好像放空了我自己，内心格外平静。"

丹增喇嘛回过身，转着经筒继续走，说道："每年都会有很多内地人不远千里来到杂那日根神山脚下。他们感觉到内心很痛苦，却又说不清痛苦从何而来，他们希望宗喀巴大师的力量可以解除他们的痛苦。可他们错了，人世间的疾病与苦痛几乎总是由缺乏信仰、没有敬畏造成的——不敬畏大山，不敬畏河流，不敬畏脚下的每一片草叶，不敬畏每一粒尘埃。在我看来，他们很多人都是被欲望推动着活，追求名声、地位、财富，甚至为此不择手段，迷失在婆娑世界。"

丹增喇嘛说的这些人的痛苦，源自内心的不平静：私欲过重，就对这世间万事万物缺乏应有的敬畏。但这些东方玉音并没有说出口，她觉得丹增喇嘛像是一位认识了很久的朋友，无须过多言语，便能理解她的意思。

丹增喇嘛接着说道:"我们每个人身边都不缺乏好人,都会赞颂好人;但如果这个好人没有敬畏心,也是可怕的。没有敬畏心的人,就会丧失道德约束,即便他被锁在牢笼里,都比杀了人的还要可怕:一旦他挣脱了牢笼,便会认为自己无可不为。但是,敬畏从哪里来?从你的信仰,你的内心认识。有了信仰的话,生起的恶念便会加以清除。"

东方玉音与丹增喇嘛同时看向拉珍,纯真的孩子拥有世间至纯的灵魂。拉珍看向丹增喇嘛,跑了两步跟上丹增喇嘛,扯了扯他的袖口,用藏语问道:"我会好的,对吗?"

丹增喇嘛回答说:"感恩脚下的土地、感恩沙日塘草场、感恩杂那日根神山,伟大的宗喀巴大师会保佑你的,扎西德勒。"

拉珍似懂非懂地点了点头,用汉语又问了东方玉音一次:"我会好的,对吗?"

东方玉音点点头,答道:"一定会。"看着眼前似乎失去生命却又在孕育着新生命的草场,东方玉音觉得自己的内心柔软了许多。她想,敬畏来自信仰、来自对这世间万物的认知、来自内心深处的遵从;唯有敬畏,才能成为一个真正的好人。现实生活中,面对各种各样的问题,内心总会存有困扰,听听歌曲,或者到寺院走走,心也就静了下来。

6

"嘟——嘟——"停在寺庙外的医疗车按了按喇叭,提醒着东方玉音，该返程了。东方玉音拿出手机拨通其他队员的电话，带着歉意表示让他们再等一等。丹增喇嘛见东方玉音没有走的意愿，笑了笑说："有些人听到说要走，若不是怕高反，都得一路小跑回去，你倒好还不愿意走了。"

东方玉音有些不好意思地说道："难得的心静，总想多待一会。时间越久，与藏民、与这片土地的感情也愈发深厚。放在心里，总是记挂。"

听完东方玉音的话，丹增喇嘛沉默了许多。东方玉音以为自己说错了什么，刚准备开口。便听到丹增喇嘛说："见到你们之前，我总是担心这些来到杂那日根的医疗队伍会不会像各种援助机构一样——心血来潮般一阵风吹来，人心浮动，一阵风过后，一场虚空，好似作秀一般，可又是在做好事，当好人。可是那些虚于表面的事情不能从根本上帮助藏民。有些人甚至打着'做好事'的旗号，来做一些不法勾当，残害藏区生灵。"

东方玉拿出手机，给丹增喇嘛翻看手机里的巡诊、手术、教学的照片，她说："这些都是我们医疗分队走过的路，不只是我们，还有其他省、其他医院都在藏区做着努力。政府对藏区医疗扶贫有着强大的决心，绝不是一阵风来了就走。中央的援藏政策实行了那么多年，这样的变化是摆在眼前，显而易见的。那些杜绝藏区人民'因病致贫''因病返贫'的政策绝不是空话，每一句话的后面都有细致可行的长期政策与经济技术做支撑。"

东方玉音拿着手机，将画面定在一张她与一个藏族女孩的合影上。东方玉音说道："她是一名包虫病患者，去年我在州医院调研时给她看过病，这次过来我打算找个机会为她做个复诊。即便我去不了，也会有别的医疗队员过去，我们对每个病人做了登记册，不会遗忘每一个生命。"

丹增喇嘛赞许地点了点头，他拉着拉珍的手对她说："一定要像这位阿姨一样，守护好自己的心灵。"拉珍似懂非懂，但她完全沉浸于这样的气氛中。

松周不失时机向丹增喇嘛说了东方玉音她们与黑豹的事，聊起医疗队员们在每个村子里的诊疗活动，特别说到了她们在杂多县医院开展的有史以来的第一例包虫剥离术，成功地挽救了一位女孩的生命。和东方玉音在一起的这些日子，松周俨然已经是个合格的现代曼巴了。

丹增喇嘛喜悦地点点头："这些我都知道，我都知道，洛扎曼巴告诉我了。神山会护佑你们，扎西德勒。"

当丹增喇嘛说到洛扎曼巴把这一切都告诉他了的时候，东方玉音心底暗暗泛着感动。虽然洛扎曼巴给出一副冰冷的面孔，但他的态度已经在发生着变化。东方玉音觉得自己所做的一切都值了。

眼下，这位牧民眼里最为神圣的丹增喇嘛也用语言表达了他对医疗队的敬意。东方玉音不失时机地提出，希望能为全寺僧众做一次体检。东方玉音特别强调，只是检查，看看他们的健康情况，以得到必要的自己我调节。

东方玉音说："信仰与科技并不矛盾，可以相互服务。"这句话让丹增喇嘛很认可，他点头说很多宝贵的佛经，都用科技的手段做了保护，这会流传得更广更远。

披着袍子的僧众都来了，一个个排着队接受科学的医疗仪器检查。东方玉音和队员们又忙碌起来。

最后一位僧侣做完了检查，所有僧众准备一起离开时，丹增喇嘛说："将生命从病痛当中解脱出来，带走她，挽救她，这是对生命的再造之恩，你们的功德是极大的。"

丹增喇嘛端起一碗水，用三根指头在碗里浸湿，然后向拉珍的头上洒去："跟着他们去吧，去吧，你这只可怜的小鹰。"终于等到这一刻，东方玉音眼里闪烁着泪花，队员们此刻的心情比任何一天都兴奋激昂。

东方玉音

1

虽然有了丹增喇嘛的同意，但还是需要再征得拉珍奶奶的意见。于是，大家决定当天就带拉珍回趟家，然后再研究拉珍的治疗方案。在摇摇晃晃的车子里，东方玉音把拉珍抱在怀里，无限痛惜地说："这下咱们有办法了，有办法了。"

下了车，还没进门，东方玉音一行就听到了次仁央宗奶奶高低起伏的咳嗽声。早已等不及的小拉珍下了车就往房间里跑去，仿佛是听到了有人来了，次仁央宗的咳嗽稍微平缓了些，看着一头扎进来的小拉珍和她身后的东方玉音，次仁央宗努力地撑起自己虚弱的身体，想要坐起身子和大家打招呼。

看着侧身欲起的次仁央宗奶奶，东方玉音赶忙上前扶住她那皮包骨般的身体，东方玉音微笑看着次仁央宗："奶奶，您躺好，不要动。"好几天没有回来的拉珍把脑袋放到奶奶的怀里拱来拱去，次仁央宗来回抚摸着拉珍的头顶，她那慈祥的目光就像春日里的阳光："小雄鹰，你回来了！你回来了！"

位文昭和马黎明准备好机器后，就开始给次仁央宗做检查，央宗奶奶的咳嗽已经持续了一段时间了，他们很害怕会拖成肺炎。一阵忙碌后，大家松了一口气，次仁央宗只是普通的感冒，肺部没有感染，大家悬着的心放下一半。

为了更好地为央宗奶奶治疗，不管次仁央宗愿不愿意吃，东方玉音还是坚持给她开了应服的药，并且嘱咐拉珍跟奶奶讲明白药物的用法用量。等奶奶咳嗽平静些许，东方玉音从包里拿出就诊记录，一边翻一边给奶奶讲解，上面记着医疗队看过哪些人，哪些人治好了，哪些人还需要进一步治疗。拉珍用半生不熟的汉语慢慢地给奶奶翻译着，奶奶一会儿点点头一会儿摇摇头，真不知道是听懂了一些，还是一点也没听明白。

松周进屋后，把去见丹增喇嘛的事向次仁央宗说了。次仁央宗听着一边流眼泪，一边抚摸着拉珍瘦小的身板："小雄鹰，等下个月初，再做一次煨桑，给神磕几个头之后你再走。"大家听后，纷纷劝道："央宗奶奶，小拉珍的病越早治疗越好。"可是无论别人怎么说，次仁央宗奶奶仍然坚持说："丹增喇嘛和洛扎曼巴都说过的，我也答应过的。"

看着东方玉音曼巴还想再说什么，次仁央宗又说了一遍："草原有个传统，就是有仇必报，有恩必报。如果不报，山神会惩罚我们的，雄鹰也不会吞吃我们的肉体，拉珍会感激你们救了她的命，但也必须再做一次煨桑。"好在距离月底还有一个星期，东方玉音想了想，还是勉强答应了下来。

最终还是没有拗过奶奶，从屋子里出来后，东方玉音感到着急和无比的失望。拉珍的病情真是一天也拖不起了，但她也无能为力。靠在椅背上，东方玉音一动不动地望着车窗外，那双刚刚还炯炯有神的眼睛已变得呆滞、空洞。

2

返回格云村，到达医疗组驻地牧委会的时候，天色已经很晚了。推开门，东方玉音愣住了。

格桑拉姆正低头坐在那里。她面前的手机屏幕亮着，看起来正在玩手机游戏。东方玉音主动招呼着："格桑拉姆回来了啊，太好了！我们又能吃到美餐了。"

就这么一句，东方玉音就把之前所有尴尬席卷过去了。格桑拉姆红着脸，冲大家微微做了个手势，算是都打了招呼。松周说：格桑拉姆你做饭吧，大家都没有吃饭呢。格桑拉姆说："好，我给你们做点蒸汽面吧。从乡里回来时，我带了些机器挂面。"

高原上水的沸点只有八十度左右，在这里做米饭做面条，都很难熟透。怕东方玉音她们吃不惯，那个曾经带着警察来格云村抓人的莫云乡党委副书记，专门让人去县城给医疗组买了一个高压锅。每次煮面时，在高温压力下，高压锅里冒出大团蒸汽来，格云村的牧民们就把这种面叫作蒸汽面。

"好啊好啊，好长时间没有正儿八经吃顿蒸汽面条了，还真想吃了呢。"东方玉音开心地大声说，"来，今天让格桑拉姆动手，多扔点野菜进去，筐里还有，上次采摘的没有吃完哟。"

在这里，很多地方房前屋后长满了内地人称为苦菜的植物，这也是在沙日塘草场上为数不多的和内地相同的野菜。闲暇时，摘菜是位文昭最喜欢干的事情，两个草筐里都装满了平时采摘的苦菜。

原以为格桑拉姆是跑回家了，这么看来她是回了乡政府，今天回来了。东方玉音心里琢磨着：很可能是她向乡里领导汇报了事情经过，并受到了训斥，被组织"命令"回来了。

格桑拉姆忙着打水烧火做饭，也不多说话。东方玉音感觉到格桑拉姆仍然带着相当强烈的委屈情绪，自己心里也沉重起来。

东方玉音悄悄把松周喊到房外，让他把丹增喇嘛同意医疗组带拉珍回北京做手术的事告诉格桑拉姆。

松周进到房子里，故意用藏语冲着格桑拉姆说了一阵，果然，格桑拉姆先是愣了一下，紧接着发出一阵并不满意的叫嚷。松周不再和她争辩，然后大家都不说话，各人收拾着东西，等待开饭。

做完了饭，格桑拉姆给大家盛到碗里，大家都热情地和格桑拉姆说着"嘎登且、嘎登且"，但格桑拉姆并没有太大反应。最后才说了句："你们现在给我做个检查吧，我们领导说是要求我必须要做。那我就做起来吧。"

格桑拉姆把领导让她必须做这层意思，故意表达得非常透彻。这个小姑娘的不服气永远都摆在脸上。东方玉音想，现在还是不和她争论了，强烈的自尊心反而伤害了她自己。

吃完饭，位文昭就认认真真地为格桑拉姆做了检查。果不出其然，一个很大的包虫包裹在她的左侧肝部。

位文昭看了看东方玉音，东方玉音用眼神示意她实话实说。"你也有包虫，而且包虫发育得很大。"位文昭严肃而坦白地告诉格桑拉姆："这个情况，必须要做外科手术。"

格桑拉姆的眼泪呼啦就在眼圈里转悠起来，但她努力着没让眼泪掉下来："就是，要把我的肚子打开？"

东方玉音走过来，肯定地点点头："是的，必须打开，把肚子打开。"也许是为了想杀一下这个小姑娘的傲气，东方玉音用了很重的语气说了这句话。她觉得格桑拉姆已经没有退路了，她试着想彻底改变一下这个孩子。

但事情显然不是东方玉音想象的那样，格桑拉姆蹭地下了床，她整理好衣服，穿上鞋子就往外走。

"你要去哪儿？"位文昭问。格桑拉姆的眼泪哗哗地流了出来，连声说着："你们的心里藏着一只狼，你们的心里藏着一只恶狼。"然后摔门出去了。

3

一夜无眠，东方玉音心里堵得难受。她说不上自己此时对格桑拉姆的情绪。

"实在想不通，"位文昭说，"这个受过教育的孩子，反而成了草场上对现代医学最为抵制的人。"东方玉音叹了一口气，说："不完全是这样。她主要是自尊心在作祟，她的想法太多了，敏感而多疑。我觉得，她心里其实并不是这样想的。"

第二天，早饭吃得味同嚼蜡。大家刚刚放下碗筷，院子里一阵脚步声传了过来。松周进了房间就对东方玉音喊："快走，快走！"

"怎么了？"东方玉音腾的一下站起来，"出啥事啦？"

松周一闪身，索朗央金出现在大家面前。索朗央金是骑着马赶过来的，她气喘吁吁地说："我们得赶紧去拉珍家。"

松周直奔车子去了，大家赶紧收拾装备。车子跳跃着朝拉珍家一路飞奔而去，东方玉音感觉自己的脑子都快甩出来了。

"拉珍怎么了？"路上，东方玉音问索朗央金。

"不是拉珍。"索朗央金说，"奶奶咳嗽厉害，自己又不知道咋办，所以找我们咯！"虚惊一场！索朗央金的话让大家长长出了一口气。

东方玉音又问："你怎么知道的？"索朗央金说："拉珍骑着牦牛来找到我的。"

"奶奶本来就咳嗽，从洛扎曼巴那边拿的藏药也不多了，我们送拉珍回去的时候看到就还剩那么点。"索朗央金说，"现在拉珍病得这么厉害，奶奶肯定是想着留给拉珍吃。她又不愿意吃我们的药，所以咳嗽越来越严重。"

幸好大家到得比较及时，次仁央宗咳得已经吞不下东西了。马黎明把奶奶背上车。车一动，奶奶就开始呕吐，只能一路拿塑料袋接着。到了格云村卫生室的时候，次仁央宗已经意识不清，有些昏迷。

要不要给她打针、输液呢？

次仁央宗奶奶昏迷着，这无法征求她的意见。大家都看着东方玉音。

"输液！"东方玉音果断地做了决定。输液瓶很快挂起，药水一滴滴流进次仁央宗奶奶的动脉里。在次仁央宗六十多岁的生命里，这是第一次。

慢慢地，次仁央宗开始恢复意识，嘴里轻声嘀咕着什么。"奶奶饿了，想吃东西。"守在一旁的拉珍说。

"好好，我这就给她做，我真怕她说不让给她打点滴呢！"东方玉音兴奋地说。不一会儿，东方玉音端着一碗热腾腾的汤面进来了。

可能是长期服用藏药让细菌产生抗体，换了药物后，次仁央宗的身体恢复得出奇好，很快就不咳嗽了，连喘气都轻了许多，东方玉音靠近了一些，开始给奶奶喂饭。

吃下一大碗汤面后，次仁央宗的气色好了许多，苍黄的脸颊上已经露出淡淡血色，看着大家的眼睛也变得慈祥多了。

东方玉音借助这个机会告诉次仁央宗，这是因为用了科学的药物。松周在旁边翻译说，藏药固然有用，但效果太慢，而且不够准确；西药有针对性的治疗，会让病情好转较快，神灵是希望草原上的人们没有病灾的，当科学的办法治疗了病情之后，这并不矛盾。次仁央宗的表情似乎认可了这个说法，气氛也缓和起来。

大家一边休息一边闲聊。东方玉音对次仁央宗身边只剩下拉珍一直充满了各种猜测，看到气氛比较融洽，东方玉音便趁机问起了拉珍的父母。

"拉珍。"次仁央宗把拉珍叫到跟前，把她的小手放在自己手心里，开始和大家聊起了拉珍的阿爸阿妈。

"拉珍的阿妈生下拉珍就离开了。拉珍只有阿爸。我儿子在的话，也应该和东方曼巴一样大了。"索朗央金坐在一旁，认真地听着每个字，再向东方玉音翻译着次仁央宗断断续续回忆的那些话语。

次仁央宗的儿子扎西秋叶，也就是拉珍的阿爸，是几年前才去世的。扎西秋叶是在草场上放牧时发病的，从此再没有站起来。次仁央宗不想让别人知道儿子的死因，一直说儿子在放牧时被狼吃了。草场上的棕熊和狼经常袭击牛羊和牧人，次仁央宗的说法并没有多少人怀疑。

"你为什么不告诉大家事实呢？"松周难过地说道。"他得了肚子里的病，我们草场上的人都害怕这个病。"次仁央宗的声音很小，充满了悲伤。

"是因为包虫病死去的吗？"东方玉音在旁边猜测道。

"就是那种肚子里的虫……可是，我连他最后一眼都没看到。"次仁央宗有些哽咽。

扎西秋叶是个朴实勤劳的牧民，自从拉珍出生后，他每天都早早放牧牛羊。之前，拉珍的阿妈肚子里得了病死去了，这让扎西秋叶担心孩子们都被传染，便带着三个孩子去嘎尔萨寺见了丹增喇嘛。

丹增喇嘛说，这种病不会被人传染，但家里的狗和草原的老鼠会传染。扎西秋叶说，家里的牧狗们是三个孩子忠实的伙伴。丹增喇嘛就说，或许，三个孩子已经被传染了。

扎西秋叶回去后继续放牧，但突然有一天，这位身体结实的汉子一头栽倒在自己的牧场。扎西秋叶当时还不知道，自己已经得了包虫病。由于这种病一般潜伏期长，事先没有明显症候，等到发现自己反复高热、呼吸急促的时候，包虫已经破入胸腔，肆意摧毁他最后的生命。

次仁央宗也不清楚自己的儿子到底怎么了，她几乎每天都要磕头祈佛，还托人找洛扎曼巴配制藏药，希望能治好儿子的病。

扎西秋叶知道自己熬不过去了。临死前，他把孩子们叫到跟前，让他们一定要把家里的两条牧狗扔到远远的山上，让它们再也别回到家里来。临死的时候，他的肚子炸开了，黄色的脓水流了一地。

"那就是包虫的体液，你的两个孙子肚子里也是这样的。"东方玉音同情地看着次仁央宗奶奶低声说，安慰地拍了拍她藏袍下微微驼起的背。

"他们已经被神的使者带走了。"回忆起往事，次仁央宗奶奶仍旧情绪低落。

东方玉音把次仁央宗的手握在手里说："只要我们在，拉珍欧珠就会被救治好的。"东方玉音让索朗央金向次仁央宗讲述达娃琼沛的治疗情况，这让次仁央宗奶奶难过的神情渐渐好转了一些，但她还是坚持告诉索朗央金：要做完煨桑之后才可以。

拉珍欧珠

1

医疗组继续巡诊其他的牧村牧户。

日子一天天在牛羊啃草的过程中度过，大家在等待月底的到来，而对于拉珍糟糕的病情来说，宝贵的治疗时间却越来越少。虽然大家忙着自己的工作，但东方玉音还是每天惦记着拉珍，她对拉珍病情的预感越来越不妙。

终于，一个晚霞漫天的下午，索朗央金又来了。"拉珍中午昏迷了，紧接着就咽了气。"她几乎哭着告诉东方玉音和大家。

"拉珍咽气之前，还念着跟东方玉音阿姨回北京看病。"索朗央金说，"尽管拉珍的年龄还不够，但次仁央宗奶奶仍然决定为拉珍举行天葬。"

看着索朗央金和大家在那里伤心落泪，东方玉音叹了口气说："希望正如丹增喇嘛说的那样，拉珍这是到了另一个世界，你们不要悲伤，你们不要悲伤。"但她的眼角分明也是湿润的。

索朗央金告诉大家，拉珍的天葬定在第二天一早。听到这个消息，东方玉音和整个医疗组队员都表示可以当晚赶到拉珍家的土房子驻扎。大家都想陪陪次仁央宗奶奶，也送着拉珍最后一程。

出发准备时，东方玉音让医疗队把检查机器都装在车上，她计划从拉珍家返回时，医疗队要去更远的巴阳村巡诊。前天她得到消息，有十多个一直在外放牧的牧民已经回到了村子里。松周听到这个安排，呆呆地说了一句："格桑拉姆就是巴阳村的。"

医疗队赶到次仁央宗家时已经是很晚了。

东方玉音面前的炉火依旧很旺，仿佛燃烧着拉珍的生命。一位僧人正在炕前为拉珍做超度。

拉珍的左手放在左大腿上，右手放在颚下，双腿伸展稍微弯曲。在草场上，当死亡来临，濒死的人就会按照这样的动作摆放身体。格吉部落信奉的佛法认为，这样摆放的身体会守住气脉，保持身体不变。

2

东方玉音走近了一些看着拉珍。

拉珍似乎是睡着了，她的脸上还保持活着时候的红光。大家的眼泪禁不住流了下来，有人发出抽泣声，但被超度的僧人用手势制止了这样的哭泣。

在炕铺床头的藏桌上，摆放着一张释迦牟尼佛佛像和杂那日根山神的神像。神像前面摆放着一份干牛肉、一份手抓羊肉和一碗青稞面。焚燃的香料的香味弥漫整个屋子，大家静默不语，只有僧人的诵词在空中不断萦绕。

大约夜晚十一点的时候，超度亡灵的僧人把拉珍半卧的身体平躺下来。拉开前，僧人用藏语和次仁央宗奶奶做了一些交代。他们的表情很放松，刚刚完成了一项重大的使命。

僧人离开了，屋子里更安静了。次仁央宗奶奶端来一盆清水，要为孙女清洁身体。

东方玉音和位文昭想过去帮忙，但次仁央宗示意不用。于是，大家便坐在火炉边就这样望着她。

次仁央宗苍老的身形显得更加单薄。她认真地一下一下地擦着拉珍的身子，仿佛一步步送她进入轮回的路。儿子媳妇死了，孙子孙女们也都一个个离去。按照年龄，拉珍应该和她的两个哥哥一样进行水葬，但是次仁央宗实在不愿意再看着扎曲河伤心了，她要把拉珍送到与天神通话的地方。在草场上，天葬台的秃鹫是天神的使者，它们会把度化的灵魂直接带走。

忙完之后，次仁央宗也坐到了火炉旁。大家彼此不说话，只是默默守着这无尽的夜晚。

子夜时分，有两个更远一些的牧民赶来了，一个斜披着羊皮的壮年男人和一个穿着利索的年轻小伙子。他们进来后也不说话，径直坐下后，便和次仁央宗一起默诵起了经文。

到了凌晨两点左右，正是发困的时候，牧民们默诵经文的声音对位文昭来说犹如催眠曲，她有点熬不住，眼皮实在撑不住了，她一歪头就坐在那里睡着了。

3

给拉珍送行后，半山坡上，东方玉音远远看到一辆皮卡车，旁边站着两个人。松周已经过来等着他们了。

大家上车后，汽车行驶在蜿蜒的山路上。

山路很窄，也很险。车速飞快，跟过山车似的。车外不时地水花四溅。从后面看，车子就像是长了翅膀，一张一弛，一起一落。

行驶的山道中间忽然飘来变化陆离的云，窗外只有发动机和风在轰鸣。央日俄玛，还会再相见吗？车里每个人都沉默不语，像坚硬的石头在思考。东方玉音心头突然想起丹增喇嘛的话语：一定还会再相见。

东方玉音也对丹增喇嘛说过：科学医疗进草场绝不是一阵风，也绝不能是一阵风。也许，还有各种技术过硬的医疗队来到雪山牧区；也许，科学医疗的技术与思维会融入像洛扎曼巴这样的草原人身上……

那个时候，即便自己不在现场，她也会为沙日塘草场上的每个人感到高兴，那一定是比沐浴节还要热闹的场景：每个人的疾病疼痛都得到了最大程度的控制与最为及时的治疗，牛羊更多了，人们有了更多时间雕刻石头和转动经筒，还有什么比这更幸福的呢？

车子越爬越高。俯瞰下面空旷的大地，一座座黄色、绿色、铁红色的山，还有夹杂着贝壳的砂石土堆。远远望去，展现在大家面前的是一片湛蓝的湖水。

阳光下，蓝绿色的高原湖静静躺在五彩斑斓的群山中间，云层在群山和湖面上留下斑驳的影子，如果不是阵阵冷风刺激，东方玉音真感觉自己置身在传说中的仙境一般。

4

松周的对讲机突然响了起来："松周大哥！你先不忙着让曼巴们离开，这里来了一个特殊的病号！"呼叫松周的人似乎就在附近。但松周告诉东方玉音说，他并不属于莫云乡。东方玉音说："只要是病人都归我们管，我们过去看看！"

半个小时左右，大家赶到了一座蓝色的帐篷跟前，一个身穿藏袍的年轻女子正焦急地站在那里，她怀里的婴儿被紧紧包在棉被里，看不到脑袋，却听到在卖力地大哭。

东方玉音赶紧迎上前去，这是一个可爱的女孩，虽然很幼小，却眉目清秀。那个藏族妈妈不会说汉语，松周翻译说："女婴叫扎西旺姆，只有二十九天大。"扎西旺姆的阿妈说，孩子在熟睡的时候，一只野猫溜到了她的炕铺上，把她左耳廓下缘咬了下来。

东方玉音赶紧接过孩子，左耳廓下缘确实伤得不轻，仅有少量皮肤软组织相连。但比较糟糕的是，整个伤口已经不流血了，这说明错过了最佳治疗时间。但作为外科专家，这对于东方玉音来说仍不是太大的问题，在充分评估了伤口处的血液运行后，东方玉音决定为扎西旺姆的伤口做一个清创缝合。

由于语言不通，东方玉音通过松周向孩子的妈妈解释道，由于年龄较小，动物咬伤，耳廓撕裂较重，为避免撕脱组织坏死，需要采用局部麻醉。

看到扎西旺姆的妈妈和家人有些犹豫，东方玉音告诉他们说："可能孩子要受一些苦，但为了孩子的未来，必须积极采取手术处理。"最后，在松周的不停劝说下，家人同意了治疗方案。手术就在帐篷外进行，这样光线会好一些，好在天气很好，也没有风。

扎西旺姆年龄实在太小，在手术中，东方玉音只得小心再小心，细心再细心。毕竟，这是这片草场上的第一例"美容修复"手术。东方玉音先用薄而锋利的刀片轻轻刮除伤口边缘的污染物，让伤口渗血活跃；然后再次评估远端组织血运后，进行缝合。一番手术下来，一个小时就过去了。

手术很顺利，也很成功，看着被修复了左耳廓的扎西旺姆，每个人都很高兴。位文昭亲了孩子一口，对着扎西旺姆的阿玛说："长大后，扎西旺姆又是草场上的一个美丽卓玛。"

5

告别了扎西旺姆一家，医疗队的车继续攀爬在唐古拉山人迹罕至的山脊上。

远处皑皑雪山，云朵环绕，时而云蒸雾涌，时而山顶云封，似入仙境，近处金灿灿的草坪，偶尔会有小溪河流像玉带飘落其中。这里几乎无人来旅游，一派纯粹的原生态。一群群牦牛悠闲地散步，恰好车里放的是旋律悠扬的藏族歌曲，在这一刻大家的心是安静而美好的。

晚上，车停在一处牧民的土房子旁休息。这家牧民要帮大家烧点牛粪取暖，东方玉音拒绝了。这么晚了，她不愿意打扰这些淳朴的牧民。

断断续续的梦境中，拉珍不停地出现在东方玉音的眼前……噩梦把东方玉音折磨得浑身是汗，她不敢睡觉，半躺在那里呼呼喘气。位文昭也醒了，东方玉音对位文昭说："我这不停地做噩梦，简直不敢躺下。"

位文昭说她也是。东方玉音说："这些偏远的牧村，要想彻底让他们改变观念，接受现代医疗，还需要一个过程，但有一点是好的——他们对咱们的医疗有了疑问。"

位文昭说，那疑问有啥好的嘛？

东方玉音却说："即便是疑问，也比无动于衷好。你注意没有，天葬回来的时候，那个年长的牧民和年轻牧民说的话，应该是和关于肝包虫病的话题有关的。"

哦，原来东方玉音主任也在惦记着这个事情呢。位文昭心里笑了一下。

"作为医生，直面生死是常事，但所作所为无愧于心就好。"东方玉音和位文昭就这样漫无目的地聊到天亮，外面的雨也开始歇息了，只有规律的滴答声落在房顶的木板上，就像钟表一样，在遥远的夜里暗响。

　　大家躺在尚算暖和的被窝里，而拉珍呢，东方玉音这一刻宁愿相信她的灵魂已经升天，正在雨云之上的晴空中，再没有这些尘世的烦恼了。

格桑拉姆

还有更为偏远的牧区要巡诊，不能耽误太多的时间。东方玉音和位文昭决定尽快离开沙日塘，离开格云牧区。

随着在巴阳牧委会的巡诊结束，意味着在莫云乡的巡诊任务圆满完成。简单用过午饭后，东方玉音决定带着医疗队去格桑拉姆家告别一下。

载着东方玉音一行人的车从牧委会驶出没多久，乌压压的云便悬于空中。忽地，哗啦一声，雨密密麻麻拍在车窗上，模糊了前路。原本一个小时就能到的车程，因为大雨硬是走了两个多小时。高原多变的天气，让东方玉音和队员们感到很是无奈。

到达格桑拉姆家时，雨势渐渐小了。一黑一白两顶帐篷是格桑拉姆一家人居住的地方。因为下着雨，帐篷两侧并没有像往常一样拉撑起来。阴雨天没有光透进来，帐篷里面显得更加昏暗。帐篷旁是两间简陋的房子——泥土筑起来的外墙，样式不一的木板搭建的房顶。这是冬季时牛羊的住所。

跟随过来当向导的牧委会干部江措，带着东方玉音她们走近了其中一顶帐篷。东方玉音站在帐篷口，探着身子打算进去，头先撞在软乎乎的"柱子"上，还觉得有些粗糙。抬头一看，竟是一个头上扎着红色英雄结的康巴汉子。

"是格桑拉姆的哥哥？"东方玉音回头问。

"这是格桑拉姆的阿爸——更松嘎旦。"江措连忙介绍道。

东方玉音听闻，一时间有些窘迫，她曾在一个牧户家，将一对母女认了个颠倒。牧区里的人结婚早，分不出辈分来，常常会闹出这样的笑话。

江措与更松嘎旦交流片刻后，更松嘎旦知道了东方玉音一行人的来意，表情十分开心。却让江措告知东方玉音："格桑拉姆上山放牛去了，临晚上才会回来。"

东方玉音让江措转告更松嘎旦，格桑拉姆的包虫病必须治疗。然后从包里拿出准备好的药品，交给了更松嘎旦。让江措告知他，吃药的相关说明和联系电话都写在纸上了，若是格桑拉姆有其他问题随时电话联系。

说完注意事项，东方玉音便开始向帐篷外走。这时，一旁的更松嘎旦将双手下垂伸开吐了一下舌头。东方玉音连忙微笑着双手合掌说了声："谢谢。"

更松嘎旦向东方玉音行的是藏族习俗里最高的礼节：吐舌礼。

刚走出帐篷没多远，东方玉音又折了回去，嘱咐更松嘎旦："天气多变，家里人若是上山，一定要嘱咐格桑拉姆注意防寒。"

没见到格桑拉姆，东方玉音觉得十分遗憾，而下一次见面更是未知了。

2

说话间，帐篷的最里面发出了一声呻吟。更松嘎旦对江措说，这是他的老婆额吉，就要生产了。

同为女同志，东方玉音和位文昭就自然地走到了帐篷里面的那张炕铺上。面色黧黑扎着大辫子的额吉躺在那里，她的表情原本很痛苦，但看到穿着军装的人走了进来，她还是微笑着点了点头。她显然不明白是怎么回事，军装让她觉得有些惊奇。

松周跟过来做翻译，作为妇产科专家，位文昭和额吉仔细地聊起了孕情。根据额吉的讲述，位文昭判定，额吉在生产格桑拉姆之前，至少流产过四次。她这些症状全部都是胎盘早剥胎死宫内；格桑拉姆应该是她的第五个孩子，眼下是她第六次怀孕。

额吉点点头说，几次流产让她非常害怕。又听松周说位文昭是妇产科专家，额吉拉着她的手不停地表达着想让医疗队留下来，考虑到额吉的现实情况，东方玉音终于决定：医疗组就在巴阳牧委会住下。

返回巴阳牧委会的时候，天气又变了，纷纷扬扬下起了大雪。海拔五千米的地方属于雪线，每当这样的高度，一年四季，每一天都有可能下大雪。

在巴阳牧委会住得还算温馨，大家把睡袋全部铺在一张大会议桌上。江措特地为大家生起了牛粪炉子。大家喝完了热腾腾的酥油茶后，趁着暖和劲赶紧钻进了睡袋里。

夜里，东方玉音做了一个梦：太阳初升的早晨，她骑着一匹枣红色高头大马行走在央日俄玛的草滩上，一只鹰一直在她头顶盘旋着，突然一个微弱的声音传来，仿佛是拉珍的声音：这是一只金雕，一只受伤的金雕，它找不到回家的路。东方玉音四处寻找，但毫无人迹，阳光像莲花一样盛开着，金雕倏尔不见了。

枣红马在苍茫无垠的草滩上撒下清脆的蹄音，敲打着这个刚刚诞生的清晨，格桑花的嫩蕊刚从露珠里抬起脖子，草丛中的便道上扬起的碎草的香味。

央日俄玛在晨光里透出高傲与雄伟的气势，她忠诚地守望着杂那日根神山，一天也不错过。

3

阳光投射在草尖儿的露珠上，格桑花被幻化成更加吉祥的模样。有一股青稞酒的香气从央日俄玛慢慢荡漾开来，勤劳的牧民们准是昨晚就做好了出酒的青稞，晨光正缓缓地流淌。

东方玉音仿佛看见次仁央宗在这阳光初升的早晨，她的整个身子都在草滩腾起的薄雾中，她举着一碗新出的青稞酒，将碗举到头顶，然后下移至胸前，这样重复了三次，跪拜着杂那日根神山。青稞酒洒下的地方生长出殷红的花朵，一滴酒就是一朵，还有一朵生成拉珍的模样。

韵律整齐的歌声在黎明中飘来，那是起早将牛羊赶往牧场的沙日塘草场子民，他们的勤劳和日复一日的坚守，成就了这片草场的气息，守护了这座杂那日根神山的生与灵。

歌声中带着悠长的忧伤，东方的白色渐渐覆盖了整个沙日塘草场。晒不到太阳的扎曲河里，流淌着的水和云朵，雪让草场变成了哈达一样的世界。

路口上那熟悉的藏式土房子里，藏民们不停进进出出，茶马驿道上来往的朝圣者和路人都是他的客人，也是他要用生命捍卫的信仰和献给草原的呵护。

日晒和风吹，是沙日塘草场上的生活主题，除了哈达和经幡，一切都是陈旧的记忆。洛扎还是骑着那匹老马，一副历经风雨而糜烂了的羊毛马鞍。洛扎还是那个习惯——不爱洗澡。

这是个让格桑拉姆疼痛的话题禁忌，却又能被同样读了书的索朗央金包容地看待。睡梦中的洛扎在马背上越来越远，很多蚊子和苍蝇，以及花香和苍鹰，都在围绕着他快乐飞舞。

一声金雕的鸣叫声打断了东方玉音的好梦。大雪过后，正是金雕捕捉鼠兔的最佳时机。这种凶狠的猛禽，只要目光锁定鼠兔，无论它如何钻进雪窝子里藏身，也会瞬间葬身于金雕的那对利爪。

昨晚喝了太多酥油茶，此刻膀胱憋得不行。东方玉音又实在不想动弹，就咬牙坚持着。外面开始发出叽叽喳喳的喧闹声。

松周远远地说："嘎尔萨寺的大法会就要举行，四面八方的教徒都要过来。是的，四面八方的，天南海北的，国内国外的，只要有着这一派别虔诚信仰的人，都会在这样的日子如期到来。"

通过松周的描述，东方玉音仿佛看到，寺庙周围已经搭设无数的帐篷。那些诵经、讲经、布施的和尚，那些摆放着供奉神灵的牛羊和奶酪，那些永远传颂的六字箴言祈诵声，那些永远不会停下的转经筒……无数教徒的虔诚、膜拜伴随着他们对佛法的领悟和心得，每个人都在努力完成灵魂和生命的统一。

东方玉音也微笑着想到，亚书还会在距离央吉家不远的地方等待洛扎。而在杂那日根神山下，丹增喇嘛仍旧能完成草滩上每一个心灵的抚慰。

医疗队总是要走的。但东方玉音并不担心，正如她之前所思考的：巡诊只是一个形式，牧民们不在乎医疗队有多么高超的技术，也不在乎用了多少科学的手段，还是那句话，留下真心热情，一切都会慢慢改变的。

4

早上八点，雪是停了，却又忽然飘起了淅淅沥沥的小雨，潮湿的空气冲淡了额吉的睡意，脖子那里垫着厚厚的衣服，额吉半躺着，她紧皱着眉头，静静地感受着自己的身体，腹部有规律的阵痛让她有些紧张。

额吉想起了那位军医临走时的叮嘱："你现在已经怀孕足月了，随时有分娩的可能，只要出现有规律的下腹疼痛，腰酸坠痛，阴道见红，以及不明原因的阴道流大量的水，那就是要生产了。这个时候，你就要及时到医院就诊，要相信科学，那样对婴儿更好。"

在沙日塘草场上，接生婆们越来越闲了。尽管很多年轻的女孩们开始接受科学生产的观念，但额吉还没有考虑这个问题。眼下就更顾不上了，额吉肚子里的动静越来越大，她开始大声喊叫。更松嘎旦从帐篷外面跑了进来，额吉说："快去把那些曼巴们请过来！"

早上九点，雨渐渐停了，但是太阳还慵懒地躲在云层的后边，似乎不愿意出来。东方玉音刚刚吃完早饭，正看到浑身湿漉漉的更松嘎旦跑进牧委会。东方玉音赶紧把松周喊了出来，听完更松嘎旦的说辞，松周大声翻译："额吉就要生了，肚子疼得厉害着，快点过去吧。"

外面的积雪太大了，车子根本开不上去。更松嘎旦指了指院子外面，两匹马站在那里呢，更松嘎旦就是骑着马过来的。情况紧急，东方玉音立即和位文昭收拾好必备器具和药品。然后松周跟着，四个人两匹马向着额吉的帐篷疾奔而去。

位文昭看到额吉在炕铺上翻来覆去，她发出的叫声就像牦牛，她的浑身都已经湿透了，汗水把她的头发黏成了一坨一坨。

为了准确掌握预产情况，位文昭确认了额吉的月经史，判断她已经到预产期了。额吉说今天早上出现了不规律腹痛，位文昭为她做了产检，一切还好，胎心正常。

位文昭嘱咐更松嘎旦做好准备，说额吉的这个情况有可能要送到县医院去。更松嘎旦有点失落地说："你们接生不了啊？"位文昭说："送到县医院生产是最有安全保障的。"更松嘎且摇摇头："我们不去医院，这附近的产妇都在家生，大家都有接生的经验。"

额吉不发一言，她的腹痛越来越严重，脸上的表情也越来越痛苦。东方玉音想劝更松嘎且几句，话还未出口，就听见额吉轻唤了一声："医生……"

东方玉音走过去，掀起额吉的藏袍，棕黄色黏稠的液体顺着她的两腿流了下来。额吉的突然破水让一家人慌了手脚，更松嘎且嚷着去找有经验的接生婆。

东方玉音指了指位文昭告诉更松嘎且："她就是妇科医生，现在想去医院可能也来不及了，让她来吧。"

位文昭赶紧取出设备为额吉连上了胎心监护。位文昭通过查看胎儿的情况和额吉的宫口开放情况，松了一口气说："胎儿一切正常、宫缩情况也很好。"

这是个好现象，东方玉音放下心来。更松嘎且一直盯着两位曼巴的脸色，看到她们紧皱的眉头放松下来，这位扎着英雄结的汉子赶紧去问松周。

松周向更松嘎且说道："额吉大哥，一切正常，不要紧张，尽量放松。"听着他们说话，位文昭又从藏桌的盘子里拿过来一块风干牛肉递给额吉，告诉她必须吃下去，因为要用力。

更松嘎且着急地问位文昭："曼巴，还需要等多久呀？""一般是八到十个小时。"松周翻译后，位文昭看着更松嘎且和额吉说："这段时间可能会比较痛，但是不要紧张，尽量保存体力，防止分娩的时候没有力气，吃饭要正常吃。"这些词语，更松嘎旦听了，仍然显得满脸迷茫，但额吉好像平静了许多。

5

额吉一边使劲吃着风干牛肉，一边叹气说："再不行了，再坚持不住了，真想现在就生出来。"一旁的位文昭赶紧安慰她说："别着急，放松心情，这个事急不得。有我们在，不会有事的。"

按照正常情况，分娩的产程一般分为三段：第一产程时间约为八到十个小时，这个时候会有宫缩反应，产妇也会越来越难受；当宫口全开时，就会进入第二产程，即分娩胎儿；胎儿娩出后，宫缩明显减轻，这时进入第三产程，娩出胎盘后，整个分娩过程就结束了。

但额吉的情况显然不是这样。到了中午一点，额吉感觉自己的肚子越来越疼了，她感觉自己的肚子就像被人用皮鞋不停地踢着，疼痛让她不自觉地叫出声来。她哭着对两位医生说："再不行了，再不行了。"

位文昭帮她擦了擦汗，尽可能安抚她的情绪："还要再等一段时间，你就要再有一个小宝宝了。多么开心的事情，再坚持坚持。"一旁的更松嘎旦，看着额吉痛苦的样子，轻轻握住了她的手，一脸的心疼与不忍。

躺在床上的额吉，紧紧反手抓着更松嘎旦的手，顺势侧过身子小声呻吟着。细心的位文昭一边给额吉擦着汗，一边继续劝她:"还是要再吃点东西,还是要再吃点东西。"

额吉似乎疼得有些麻木了。有那么一会她的疼痛感不那么严重了;但那种麻木过去后,反而疼痛又加强了。额吉不知道自己还要等多久,但是她感觉自己的疼痛又加剧了,并且持续得更加频繁了,身上已经不知道出了多少汗水,她不停地问着医生们,她感觉自己在炕铺上经躺了好几年了。

位文昭再次为额吉进行检查时,情况有点变化了,她触摸到了额吉的脐带,脐带脱垂了,胎心也有变化,胎儿胎心已经是每分钟一百一十到一百二十次,并且羊水已经污染胎儿,这可能随时会造成胎儿缺氧死亡。额吉之前的流产就是这个原因。

情况非常危险,但巡诊携带的设备有限,只能全力帮助额吉顺产。

东方玉音和马黎明跑着去抱来备用的氧气袋,张罗着给额吉吸氧。这时,位文昭已经无声做好了接产的所有准备。

位文昭温柔地牵着额吉的手,开始指导她做一些有助于顺产的动作。她让额吉尽力抬腿,用双手抱住自己的膝盖,屏住呼吸使劲往下拉。在越来越快的憋气和用力作用下,本来就有高原红的额吉,脸庞红得像熟透的苹果。

额吉感觉整个腹部像被大锤狠狠砸着,疼痛使得额头上的青筋都爆了起来,脑袋不自主地猛地抬起来,又放下去。

看着床上为了生产拼命挣扎的妻子,更松嘎旦背过头去抹了抹眼角。想到额吉曾经几次流产的痛苦,更松嘎旦的心里充满了痛楚和焦虑。"可以生下来吗?"他几次在旁边向曼巴们求问。但位文昭和东方玉音根本没有闲暇和他说话。

更松嘎旦帮不上忙也插不进手，只能搓着两个手掌在帐篷里走来走去。那不大的空间里就旋转着他来回走动的身影。

额吉仍然在做努力，曾经掉过几次孩子，她心里也害怕——这也许是她的最后一个孩子了。不管这次能否顺利分娩，额吉都打定主意不再生产了。

格桑拉姆读了大学，就是可以飞离草场的雄鹰，额吉和更松嘎旦觉得身边没了格桑拉姆，生活里减少了乐趣，才决定再要一个孩子的。但是，把孩子继续捆在身边放牧已越来越不现实了。额吉听说，政府正在把牧区的孩子们送到北京上海那样的大城市读书。或许不久后，沙日塘草场上的孩子们都要飞走了。

6

伴随"啊"的一声尖叫，额吉实在是忍不住了，开宫口的痛感猛烈加剧。她重重地甩开位文昭的手，双手捂住眼睛，眼泪从手缝中流了下来。

实在是太疼了。额吉感觉小腹下面那块口子被撕裂开了似的。位文昭毫不放弃地抓起额吉的手，低而坚定地喊："坚持，加油。"额吉虽然听不懂金珠玛米曼巴说什么，但是她手心里传递的温度似乎给了她一股莫名的力量。她深吸一口气，死死地咬着嘴唇，跟着位文昭手里用力的节奏，一次次地忍着痛使劲挤压。

临时的产房里除了额吉一高一低的呻吟声，再无其他的声音。

"杂日那根神山，请保佑额吉吧！"东方玉音看着额吉用完一次力向后倒去，眼里也湿了，她禁不住也在心底默默祈祷着。

额吉深吸了一口气，直立起身子，双手死死握住膝盖借力。"出来了，出来了！"位文昭稳稳地接起浑身血污的婴儿，而额吉却已经瘫倒在床上。

四周一片寂静，竟没有那一声宣告人世的啼哭。位文昭赶紧侧身一看：婴儿很小，四肢松软，那软弱的脖子上还有什么东西，就像盘着一条红色的小蛇，那是一根脐带。站在一旁的更松嘎旦从来没有见过这样的场景，当他看到婴儿脖子处那红色的东西时，他"啊"了一声不敢再看，不禁想到额吉之前产下的几个死胎，两手捂头蹲在了地上。

东方玉音帮着位文昭一起，将婴儿轻轻放在布置好的床上，开始清理婴儿头部的羊水垢物。孩子口鼻里还留有胎粪，这很危险，若不及时抢救，孩子会因缺氧造成脑瘫甚至窒息死亡。

东方玉音迅速将脐带取下来，但孩子的呼吸道里的胎便却没办法清理干净。

新生儿命悬一线，来不及多想，也来不及商量，东方玉音直接把嘴罩住婴儿发乌的小嘴，混着羊水的血腥味让她一阵恶心、胃里来回翻涌。她努力克制着，调整好自己反复几次大幅度地吸吮，一口混有胎便的羊水终于被吸了出来。

位文昭迅速拍了拍婴儿的后背，还是没哭，依然毫不动弹。东方玉音来不及歇气，毫不犹豫地再一次用嘴罩住婴儿嘴上，吹气，再吹气；位文昭把一只手放到孩子的左胸前，轻轻按压，抚摸。

两人配合默契、小心翼翼，也百倍紧张。终于，婴儿脸色开始变得红润。就在东方玉音撇开嘴准备再一次换气时，婴儿皱巴巴的脸抖动了一下，撇了撇嘴，"哇"的一声哭了出来，打破了刚才凝滞的紧张空气。

东方玉音弯下腰又拍了拍孩子的足底，哭声更响亮了。

更松嘎旦欣喜万分地抱起孩子，爱怜地安抚着。他的眼睫毛挂着泪水，嘴角抽动着。这时候的东方玉音和位文昭瘫软地靠在一起，都累得气喘起来，两人眼里满是得意地互相望着，又不约而同地抓起氧气袋吸了几大口，才慢慢缓过劲来。

作为医生，这世间最幸福的事便是能够通过努力救回一条生命，而在这五千米的牧区帐篷里，她们刚才所做的，已经超出了拯救一个小生命本身的意义。

或许是孩子与母亲之间的特殊心灵感应，昏睡过去的额吉也睁开了眼睛望向孩子。更松嘎旦看了看妻子，然后又看向东方玉音和位文昭："嘎登切，嘎登切……"

将垃圾收拾完之后，位文昭又接过孩子检查了一遍，然后对更松嘎旦说："孩子很弱，需要精心照顾，这两天带去医院做个检查吧。几年以后，他就是可以飞遍草原的雄鹰了。"

更松嘎旦高兴地说："等他长大了，我要让他飞出沙日塘，到更远的外面去。有志向的雄鹰应该飞得更远。"

7

邻近帐篷里的牧民纷纷走进更松嘎旦家的帐篷里向他们贺喜。不一会，帐篷里热闹起来，阵阵欢笑声传出很远。

看到正在整理药箱的东方玉音和位文昭，牧民们纷纷围了上去，他们竖着拇指或双手合十，不停地说着："扎西德勒，金珠玛米，嘎登切，金珠玛米，嘎登切……"

东方玉音和位文昭一边向大家还礼一边说："不用谢，祝福你们健康，祝福这片草场，祝福杂那日根。"

作为这片牧户的"最高长官"，格桑拉姆的舅舅执意要留下小分队吃晚饭。东方玉音诚恳地推辞说："我们还有任务，就不吃了。"没想到这群牧民听完却像顽皮的孩子似的站在门口，说什么也不让他们出去。东方玉音有些哭笑不得，只好应了下来。

围坐在炉火周围，正吃着风干牛肉的东方玉音望了一眼窗外说："高原的天气实在神奇，刚刚还晴天的，一转眼这又下雪了。"

坐在东方玉音身边的牧区"最高长官"，高兴地拉着东方玉音说："看！解放军救下草场的一条小生命，杂那日根都被感动了，送给你们满天的哈达！"

大家看向窗外，落满积雪的草场，晶莹剔透，更像是洒落的星河。飘落着的雪花似哈达，承载着牧民们对医疗队的敬意；草地上积累起的雪像星河，寄托着杂那日根神山下每一个牧民最美好的憧憬与祝福。格桑拉姆的舅舅继续说道："这雪花也有生命，它拥着希望与草场融合，等到来年开春，就能长出珍贵的虫草。"

夜色渐浓，医疗队担心回程的路因为下雪会更难走，吃过晚饭，便打算往回赶。格桑拉姆的舅舅考虑到安全问题，决断地提出，让位文昭和东方玉音在家里屈就一晚，第二天再用马匹将组员们送回牧委会。位文昭和东方玉音看着不停翻译着挽留之词的松周，更加为难起来。

就在双方来回打着"迂回战"的时候，一个高挑的藏族女孩拍打着身上的雪，大步走进了帐篷。

"格桑拉姆回来了！"更松嘎旦仰起脸来喊道。原来，格桑拉姆并没有走远，她就和牛群在不远的山上。更松嘎旦通过对讲机将东方玉音和位文昭帮助阿妈生产的过程告诉她了。格桑拉姆趁着天还未黑，骑着马赶了回来。

看到曾经朝夕相处的东方玉音和位文昭，格桑拉姆站在那里一声不吭，停了很久，空气都像静止一样。躺在床上的额吉声音微弱地传来："拉姆，曼巴们要走了。"格桑拉姆再也矜不住了，她"哇"的一声哭了出来，扑倒在东方玉音怀里，两人紧紧抱在了一起……